以妻為貴

3

風文創 571

淺淺藍 著

目錄

第五十六章 005
第五十七章 017
第五十八章 027
第五十九章 037
第六十章 049
第六十一章 059
第六十二章 071
第六十三章 083
第六十四章 095
第六十五章 107
第六十六章 117
第六十七章 127
第六十八章 137
第六十九章 147
第七十章 157
第七十一章 167
第七十二章 177
第七十三章 187
第七十四章 197
第七十五章 207
第七十六章 217
第七十七章 227
第七十八章 237
第七十九章 247
第八十章 259
第八十一章 269
第八十二章 279
第八十三章 291
第八十四章 301

第五十六章

夜晚，秦相府。

秦相爺氣呼呼地進了劉姨娘的屋子，鞋子都沒脫就直接躺到了床上。

劉姨娘的貼身丫鬟在她耳邊輕語了幾句，她臉上帶著甜笑，殷勤小意地上前服侍。「老爺這是怎麼了？跟誰生這麼大的氣？」

剛才丫鬟告訴她，老爺之前是去夫人院裡，不到一刻鐘就氣呼呼地出來了，直奔自己的院子。

秦相爺哼了一聲，沒有說話。

劉姨娘的眼睛閃了閃，嗲著聲音撲到秦相爺的身上，不滿地撒嬌。「老爺，可不帶這樣的啊！您在外頭吃了氣，憑什麼到妾這裡來撒火？人家不依……」高聳的胸脯似有若無地蹭著秦相爺的身子。

秦相爺卻伸手把她推開。「煩著呢。」

劉姨娘的臉色有一瞬的僵硬，隨即又揚起滿臉笑容。「老爺煩什麼呀？跟妾說說行不行？一人計短、兩人計長，說不準妾就給老爺出個好主意呢。」

秦相爺雖沒把劉姨娘的話當真，但臉色總算好了些。「還不是然哥兒。」

說起這個老來子，秦相爺就直嘆氣，滿府的嫡出庶出哥兒裡就他最不成器，成日就知道給他惹禍。

前些日子被忠武侯府的四小姐給收拾了一回，回府裡就發起高燒，病好後倒是安生了，也不出府去胡鬧了。他還欣慰他轉了性子，誰知過沒三天就跟丫鬟廝混起來。他才多大？十三而已，這不是提早壞了自個兒的身子嗎？

最可恨的還是董氏，不僅不約束著然哥兒，還上趕著給他送漂亮丫鬟，這是為了兒子好嗎？這是害了他呀！就因為這事他才和董氏吵了一架。

劉姨娘一聽就明白了。她身在內院，都快三十的人還能留住秦相爺的寵愛，在夫人董氏的眼皮子底下活得滋潤，自然是有手段的，又怎麼不知然哥兒的荒唐？私底下都不知笑話董氏多少回了。

她只生了一個女兒，都十歲了，這麼多年也沒能再生個哥兒出來，現在年紀大了，早就絕了生兒子的心思。

然哥兒成不成器和她有什麼關係，最多看看笑話罷了。不過現在，她想起前天族姊給她送的信，心裡有了別的想法。她沒給女兒生個兄弟撐腰，怎麼也得給女兒尋個靠山不是？

於是就見劉姨娘噗哧一笑，嬌嗔道：「老爺也真是的，和個孩子置氣什麼？然哥兒才多大呀？」

秦相爺沒好氣地道：「他還小？都十三了。」

「看老爺氣得，快消消氣吧。」劉姨娘再次撲到秦相爺身上，素手幫他順著氣。「妾知道老爺為然哥兒操心，妾看老爺這樣不高興，妾心疼著呢。」

秦相爺聽了劉姨娘的甜語，臉色又好了一些，伸手在她臉上摸了一把。「老爺知道妳是個好的。」

劉氏順勢就倒在秦相爺的懷裡，手指在他胸前畫著圈圈。「老爺，你別說，妾這兒還真有一個主意呢。」

「喔？玉兒不妨說說看。」秦相爺倒是起了興趣。

「然哥兒十三了，老爺就沒想過替他說房媳婦？」劉姨娘的眼睛亮晶晶的。「成家立業，成了家才好立業呀！說不準然哥兒娶了媳婦就穩重，知道上進了，再不濟也能管著然哥兒不胡鬧吧。」

秦相爺還真心動了。他琢磨著劉姨娘的話，越想越覺得有道理。對呀，成家立業，成了家就是大人，就得擔負起責任，說不準然哥兒就懂事了！

「那玉兒再說說，給然哥兒說哪家的小姐好呢？」秦相爺饒有興致地問道。

劉姨娘卻把嘴一撇。「然哥兒的婚姻大事自有老爺和夫人操心，哪裡有妾說話的分兒？」

秦相爺對劉姨娘的小性子不以為忤，還覺得劉姨娘這樣很可愛，比董氏有情趣多了。

「玉兒說說看，說得好老爺有獎賞。」

劉姨娘撩著眼皮子瞅了秦相爺一眼，嫵媚又風情。「要妾看呀，那忠武侯府的四小姐挺合適。」

「沈家那個凶丫頭？」秦相爺若有所思。「為何呢？」

劉姨娘小心地窺一眼秦相爺的臉色，見他沒有生氣，便大著膽子說：「老爺您想，為什麼給然哥兒娶媳婦？還不是為了找個人能管著、督促然哥兒上進？但也不能委屈了然哥兒呀。忠武侯府和咱們相府門當戶對，再有，不是說然哥兒有些怕四小姐嗎？這樣然哥兒才能聽她的話。雖然四小姐比咱們然哥兒大兩歲，兩歲算什麼？不還有女大三、抱金磚的說法嗎？老爺，您看妾說的是不是個理？」

劉姨娘殷殷地看著秦相爺。為了把族姊交代的事情辦好，她可是卯足了勁，但願族姊能說話算數，幫女兒說門好親事。

秦相爺皺眉想著。劉姨娘還真是出了個好主意。以他一個政客的眼光來看，這門婚事的好處可不只劉姨娘說的那些，相府若是能和忠武侯府成了親家，那……秦相爺瞇起眼睛，不自覺地點頭。

劉姨娘一見，放下心來，歡喜道：「看來老爺也覺得妾說得對嘍？那老爺要給妾什麼獎勵？」

秦相爺似笑非笑，摟著劉姨娘就倒在床上。「這個獎勵可好？」惹得劉姨娘一迭連聲地驚呼，然後是一室春色。

世子夫人許氏很發愁。今兒府裡一連來了兩家給薇姊兒說媒的，一家是武烈將軍府，說的是他們家的大公子；一家是秦相府，說的是秦相爺的小公子。

許氏之前給沈薇相看人家，壓根兒就沒考慮過武烈將軍府，章家才從邊關回來，自己對章家的情況也不大熟悉。按門第來看，兩家倒也適合，只是他們家的大公子翻過年都十九了，比薇姊兒大上四歲呢，這就要再看看。

若說許氏對前一門婚事是挑剔，那對後一門婚事就是頭疼了。誰不知道秦小公子是個混世魔王？可人家的誠意足，不僅請了媒人，還請了京中德高望重的周夫人來說，並對之前的事情表示歉意，還說了一定不會虧待薇姊兒。

怎麼拒絕？秦相爺和淑妃娘娘在那兒擺著，拿什麼拒絕？連薇姊兒比秦小公子大兩歲，人家都說了不介意。

許氏煩心透了，連個商量的人都沒有，最後抓了自家夫君討主意。沈弘文也拿不出個好主意，想起老父走時的話，便道：「父親說了，薇姊兒姊弟的事情由他作主。明兒妳就拿這話回他們去，若真有誠意，那就等父親回來。」

也只能如此了，許氏點點頭。

武烈將軍府得了回覆，雖覺得遺憾，卻也表示理解。

而秦相府得了回覆，董氏氣得很，對這門婚事，她是一千一萬個不情願，好好的兒子憑

幾年才回來。什麼娶個被退婚的姑娘？還是個囂張跋扈心狠手辣的，聽說身子骨也不好，在鄉下調養了好

為了這事，她又和相爺鬧一場，沒想到這回相爺是鐵了心，不顧她的哭鬧，哪怕搬出老太君也沒用，他還把老太君說服了，她反對有什麼用？還不是得忍氣吞聲，乖乖去尋媒人。

董氏本就是捏著鼻子遣媒人去說的，現在被回絕了，能不生氣嗎？董氏氣得在屋子裡摔東西。

摔完了東西，第二日還是繼續請媒人登門。

許氏懵了。秦相府這是什麼意思？又把說詞提了一遍，好不容易把媒人打發走，誰知道秦相府好似和忠武侯府槓上了，日日遣媒人上門，一時間，滿京城傳得沸沸揚揚。

這事自然傳到沈薇的耳裡。她很詫異，隨即找來歐陽奈。秦相府一邊求娶一邊結仇，這不大像秦相爺會做的事，相府怎麼起了心思要求娶她？她可是才收拾過秦牧然，以秦老太君婆媳倆護短的性子，恨死她才是正常，這裡頭肯定有事。

見歐陽奈聽了吩咐轉身就走，沈薇忽又改變主意，拿出祖父給她的那塊玉珮道：「算了，這回你就不要出頭，咱瞧瞧祖父的人好不好使。」

不是說暗衛嗎？那肯定很擅長打探消息，可別讓她失望了。沈薇笑了，一雙鳳眼熠熠生輝。

徐佑抬眼看了下依舊站著不動的汀白，問：「還有事？」

江白皺眉糾結著。到底要不要告訴公子呢？好歹也是救命之恩，公子說不準會想知道。「公子，秦相爺為他家小公子向忠武侯府的四小姐提親，他家的媒人天天登門，鬧得整個京城都知道了。」連賭坊都拿這事開了賭局，賭這門婚事會不會成。

徐佑端著茶杯的手頓了一下，卻沒有說話。江白等了半天，也沒見公子有什麼吩咐，只好失望地退了出去。

屋裡的徐佑卻把茶杯擱在桌上，微垂著眸子，也不知道在想些什麼。好半天才揚聲吩咐。「去大長公主府。」

「就為了這事？」長公主詫異地望著自己這個向來冷淡的姪子。她沒想到姪子會有尋自己幫忙的一天，還是為了一位姑娘。

要知道阿佑素來不近女色，院子裡用的也全是小廝和婆子，怎麼就對這個忠武侯府的四小姐上了心？還巴巴地過來求自己幫四小姐說門好親事，這怎能不讓她好奇？

徐佑面容坦蕩地點頭。「是，還請皇姑姑能幫姪子這個忙。」給她找個好夫君也算是還了她的人情吧。

「這位四小姐很……嗯，很不錯？」長公主有些拿不準，試探道。

徐佑點頭。「是不錯。」性子獨立有主見，也沒有一般姑娘家的膩膩歪歪和小心眼。想了想，他又道：「她挺凶的。」無論是教訓秦穎穎還是怒斥永寧侯世子，都能看出來她很凶，尤其是面對一群刺客更是出手不容情。

這下長公主就更不明白了。「阿佑知道秦相爺在給他的小兒子求娶沈四小姐嗎？」

「知道。」徐佑點頭，像是看出長公主想法似的。「配不上。」

長公主聞言嘴角抽搐了一下。好嘛，她這姪子還真是直接。

看得出他挺關心這位沈四小姐，就不知兩人何時認識的？想到這裡，長公主眼睛一亮。「阿佑既然這麼關心沈四小姐，何不自己娶了她呢？」雖說忠武侯府三房的門第低了些，但誰讓阿佑上心呢？

長公主越想越覺得這是個好主意，為了讓阿佑娶妻，自己和皇兄都操碎了心。雖說阿佑藉口自己命格不好，不願意禍害人家姑娘，但作為親姑姑，她還是私心希望姪子身邊有個知冷知熱的人陪著。

對上長公主殷切的目光，徐佑不動聲色，淡淡地說了一句。「不適合。」

長公主頓時如洩了氣的皮球。「行，皇姑姑幫你。說吧，想說門什麼樣的親事？」好不容易姪子求她一回，能不幫嗎？

徐佑依舊面無表情。「皇姑姑看著辦吧。」停了一下，又道：「找個家裡簡單、脾氣好的。」那丫頭個性可凶的，若嫁個不能忍讓的還不得天天吵架，尤其那丫頭功夫很好，嗯，要不給她說個會功夫的？不然還不得天天被她捶打？

長公主只剩下嘆氣了。姪子這分明就是上了心呀！這孩子——

沈薇正站在抱廈裡聽暗衛回稟消息，她的半邊臉龐隱在黑暗裡，讓人看不清她的表情。下頭的暗七單膝跪著，脊梁卻挺得直直的，她手一揮，暗七就如鬼魅一般消失在茫茫夜色裡。

沈薇轉頭看向邊上的歐陽奈，自嘲道：「歐陽奈，你說小姐我是不是太善良了？不然這一個兩個的都把手伸到我身上。哈，一個小小的姨娘居然也起了躍龍門的心思，你說好笑不好笑？」

真不想髒了自己的手，可一個兩個的都當她好欺負，既然上趕著找死，那就別怪她無情了。

沈薇又看了看自己手中才收到的請帖，嘴角露出嘲諷的笑。

秦相府宴客，被她教訓了一頓的秦穎穎居然給她發帖子？

白天，大伯母還特意過來委婉地勸她不要去，畢竟兩家因為求娶的事鬧得滿城風雨，她這個當事人還是避一避的好。

沈薇卻不這樣想。「去，為何不去？我又沒有做錯什麼事情，我怕什麼？若是不去，她們還以為我心虛呢。」

她是真的想去，去看看那些人用什麼樣的手段來算計自己，而且她也厭煩了她們無休止的小手段，乾脆一次把腿打斷，省得再跳出來噁心人。

許氏聽沈薇這麼一說，頓時覺得大有道理。對呀，他們家薇姊兒又沒做錯什麼事，憑什麼要避讓？明明是秦相府咄咄逼人。去，府裡的幾位小姐全都去，也讓秦相府看看忠武侯府小姐的教養規矩，別以為只有文臣家的小姐才知禮，她們武將家的小姐一點也不差。

秦相府修得氣派，朱紅的大門上懸掛著大紅燈籠，大門兩旁的石獅子威風凜凜。迎接沈薇等人的是相府二房的嫡次女秦臻臻，以及三房的嫡長女秦穎穎，她們兩個在府裡排行分別是五和七。

秦臻臻倒是挺熱情大方，親切地和每個人寒暄，連十歲的沈月都被她捏著臉蛋誇了好幾句。秦穎穎則是一副不情願的樣子，還對沈薇翻白眼，好在還知道分寸，沒有出言相諷。相互寒暄之後便有丫鬟領著她們朝裡面走，也不知是不是沈薇多心，她總覺得那位秦臻臻小姐似乎特別關注自己。

章可馨沒有來。章家才從邊關回來，又是武將，和文臣這邊本就沒什麼來往。許冷梅也沒有來，聽說被拘在家裡學規矩。少數的兩個朋友都沒來，沈薇的興致就減了一半。

二姊沈霜頗受歡迎，一來就被人拉走，沈櫻、沈雪、沈萱等姊妹也紛紛尋到自己的好友，只餘沈月還站在沈薇身邊。

「八妹怎麼不去尋朋友玩？」沈薇詫異地問。

沈月露出一個大大的笑容。「我要陪四姊。」這些日子她可是看著，四姊是有錢的，和四姊處好了，她手指縫裡漏點東西都夠自己用了。

沈薇笑笑，摸了摸沈月的小臉，道：「去玩吧，妳的好意四姊心領了，看，人家在等著妳呢。」一早就看到薔薇架前有個小姑娘正朝這邊招手。

沈月也看到了，那是她在長公主府認識的新朋友，後來通過兩回信，感情可好了。

沈月既想留下來，又想去和朋友玩耍，一時為難起來，那張小臉糾結著，跟顆包子似的。

沈薇又笑笑。「去吧，四姊這麼大的人，還能走丟不成？」

沈月不好意思地笑了，吐吐舌頭，跑過去找朋友，兩個個頭相仿的小姑娘手拉著手，也不知道說些什麼，臉上是歡快的笑容。

年少就是好。沈薇感嘆了一回，帶著兩個丫鬟隨意走了起來。

今天帶的是桃花和月桂，這兩人是梨花、桃枝硬讓沈薇帶來的，她倆對自家小姐去秦相府作客十二分不放心，而桃花和月桂都通拳腳功夫，若真有事也能派上用場。

月桂今年十三，是沈薇在進京途中買下的。她本是雜耍班子裡的，因生得漂亮而被惡霸瞧中，硬要弄回去做丫鬟，恰好沈薇經過，那班頭也是頗有良心，不忍她落進狼窩，見沈薇帶著那麼多下人奴才，便求到她那裡，沈薇便把月桂買下來了。

月桂的功夫底子不錯，她便找人指點她幾招，這丫頭也勤奮，每天練著，進步很大。

秦相府有道長廊，爬滿了藤蔓類植物，上頭還開著小花，遠遠望去，綠色的碧波中點綴著五顏六色的花朵，極有野趣。

沈薇興致勃勃地走在長廊下，時不時抬頭往上看，陽光透過縫隙灑下來，在身上照出斑駁的影子，她覺得愜意極了。

要是沒人來打擾她就更好了。

「沈四小姐，沈二小姐的腳不小心扭著了。」一個小丫鬟急匆匆地跑過來。

「在哪裡？我家二姊傷得怎麼樣？可要緊？身邊是誰跟著？」沈薇焦急地問。

小丫鬟指了個方向，道：「在那邊小徑，她身邊穿桃紅衣裳的姊姊拜託奴婢過來找您幫忙的。」

沈霜身邊的丫鬟今天正是穿了件桃紅色的衣裳。沈薇眼睛閃了一下，急不可耐地道：「還等什麼，還不快前頭帶路！」

第五十七章

沈薇跟在小丫鬟身後匆匆地朝出事地點趕去，但見越走越偏時，她就意識到不對了，只是不動聲色。

待秦牧然突然竄出來時，她一點都不意外，對著月桂和桃花抬抬下巴，兩人上前，一記手刀就把秦牧然和那領路的丫鬟放倒了。

「漂亮！」沈薇讚賞地豎起大拇指。

「小姐，怎麼辦？」月桂問。

沈薇張望一下，道：「我和桃花先走，妳把這丫鬟扔林子裡去。至於秦牧然，扔湖裡得了，嗯，弄醒了再扔。」別真把他淹死了。

至於接下來的事，她就不摻和了。

沈薇愉快地去尋沈霜了。直到她們離開秦相府都沒人再給她添堵，沈薇心裡哼了一聲，想起暗衛打探到的消息，心想，便宜妳們了。

對秦相府，沈薇不好做得太過分，但自己府裡那個，她卻不打算輕易放過——

砰的一聲，桃花踹開了松鶴院廳堂的大門，裡頭正吃飯的眾人愕然看過來，就見沈薇在眾丫鬟的簇擁下徐徐而來。

廳堂裡放了兩張大桌子，忠武侯府的主子們正男女分開地用晚飯。今兒是侯府每月小聚的日子，唯獨缺席的就是沈薇和沈玨姊弟倆。

「都在呢？各位長輩和兄弟姊妹們，晚飯用得可好？」沈薇嘴角含笑，目光漫不經心地掃視全場。

以老太君為首的各位長輩有些尷尬。「薇姊兒，妳不是身子不舒坦嗎？現在好些了嗎？」老太君臉色有些不好地搶先開口。

沈薇似笑非笑地看了老太君一眼，喔了聲便沒有下文了。

許氏的眉頭微微蹙著。剛才用飯之前，她還問了薇姊兒怎麼沒過來，老太君跟她說薇姊兒身子不舒坦就不過來了，現在看來，老太君壓根兒就沒去喚薇姊兒。

許氏對老太君的作派不滿起來。要偏心，私底下怎麼不行？在明面上給薇姊兒難堪，還不是讓她也跟著難做？

「薇姊兒，快過來，到大伯母身邊來，我記得妳最喜歡喝這道羹湯。落霞，給四小姐盛上。」許氏笑著招呼沈薇，身後的兩個丫鬟一個忙著盛湯，一個機靈地加了張凳子在旁邊。

沈薇卻沒有動。沈弘軒也生氣了，長輩都拉下臉服軟了還想怎樣？他把筷子往桌上一頓，壓著怒火道：「身子不舒坦就在院子裡歇著，妳跑到這裡來撒什麼野？」他看了一眼女兒身後跟著一大群丫鬟婆子，臉色更不好了。

「喔？父親聽誰說我身子不舒坦？劉氏？她的話還能信？」沈薇的唇角揚起嘲諷的笑。這人還真是不長記性，這才幾天就原諒劉氏了？

不管父親的黑臉，沈薇轉向大伯母許氏，有禮地說道：「謝謝大伯母好意，今兒這飯姪女就不吃了，姪女有點事，說完就走。」

沈薇說罷，手指一指劉氏，道：「夫人，之前我便說過妳再招惹我，我不會再看父親、祖母的面子上給妳機會。這話，妳還記得嗎？」

劉氏還沒說話，沈雪就按捺不住了。「四姊，我娘親是妳的嫡母，有妳這麼跟長輩說話的嗎？妳還有沒有規矩？」

沈薇輕蔑地看了沈雪一眼，覺得異常有意思。「妳跟我說規矩？妳這個私相授受、搶了嫡姊婚事的跟我說規矩？妳知道規矩兩個字怎麼寫嗎？」

沈雪的臉一下子就白了，咬著唇忍著屈辱，眼淚在眼眶中直打轉。

一邊的沈櫻嘴角高高翹起，擺明了看熱鬧。沈月低著頭，幾近埋進碗裡。二房的趙氏也不說話，一臉的幸災樂禍。唯有沈霜蹙了蹙眉，想要站起來說什麼，被母親許氏一把拉住，對著她微不可見地搖了下頭。

「夠了，薇姊兒妳太過分了！」老太君出聲喝道：「有妳這麼跟長輩說話的嗎？」不能怪她不喊薇姊兒過來用飯，有這麼個刺兒頭仕，她哪裡吃得下飯？

「長輩？有這樣屢次對著繼女出手的長輩嗎？」沈薇盯著劉氏，目光轉冷。「夫人，我說的什麼意思，妳一定很清楚吧？」

劉氏自她進來就一直提著心，心虛啊！她不知道自己做的事，沈薇知道了多少，但現在人家點名找她，她哪裡還逃得了。「看薇姊兒說的，我每天都待在後院，哪裡知道妳是什麼意思？薇姊兒可別聽旁人的挑撥就冤枉我呀！」她倒先喊起冤來。

「放心，冤枉不了妳。桃花，把人提進來給夫人瞧瞧。」沈薇抱著雙臂，好整以暇的樣子。「我還真佩服夫人的手段呢，夫人的手伸得可真長，都伸到秦相府了，怎麼？想操縱我的婚事？」

沈薇的話就如在水裡扔下一塊大石頭，眾人均驚呆了。

什麼？秦相府的強勢求娶跟劉氏有關係？不可能吧，劉氏不過一個內宅婦人，能左右得了秦相的想法？可見沈薇說得那麼肯定，似乎連人證都有了，也不像是無中生有。

沈薇把眾人的表情全收進眼底，對他們的想法也猜得差不多。她勾了勾嘴角，示意桃花道：「讓她給主子們說說夫人都做了什麼事情？」

桃花立刻拿掉那婆子嘴裡塞著的破布，推了她一把。「說實話，不然打死。」

那婆子一下子跌倒在地上，渾身戰慄著。「夫人救命，救命啊！」四小姐身邊的丫鬟太可怕，一腳就把大水缸踹了一個洞。

劉氏聽這聲音，眼睛都瞪大了。這個被揍得面目全非的婆子不是她派去送信的那個嗎？怎麼落到沈薇的手裡？她立刻慌了神。

「妳這是哪裡來的婆子？怎麼在主子面前胡言亂語，還不快打出去！」劉氏怒斥婆子，看樣子準備頑抗到底。

沈薇冷笑，斜睨著地上的婆子，道：「看見了吧，這就是妳的主子，妳還忠心為她賣命，她都要把妳推出去當棄子了。」

那婆子又慌又懼，抬起頭來死死盯著劉氏，不敢置信地喊道：「夫人啊，不是您讓老奴給秦相府的劉姨娘送信的嗎？還說只要劉姨娘能幫您辦成這事，您就幫她生的姊兒說一門好親事。夫人，老奴都是為您辦事，您可不能不管老奴啊！」

相府的劉姨娘？姓劉？眾人看向劉氏的目光便微妙起來。

「什麼劉姨娘李姨娘的，我不知道她在說什麼，薇姊兒弄了個婆子過來胡說八道想幹什麼？一個奴才還妄想攀咬主子，快說，誰指使妳的？」劉氏眸子閃過慌亂，她咬了咬牙，知道今兒這事絕不能承認。不過是個奴才，她的話能信嗎？這樣想著，劉氏又鎮定下來。

「夫人這是不承認了？」真是不見棺材不落淚。

劉氏面色悲切。「我沒有做過，為什麼要承認？薇姊兒妳就這麼容不下我嗎？我自問待妳不差，向來都是和雪姊兒一樣的啊！可如今妳、妳卻……」她掩面而泣。

沈薇嗤笑一聲。待她不差？劉氏還真有臉說！

「夫人還是不要惺惺作態的好，妳不會以為哭幾聲、狡辯幾句，事情就推乾淨了吧？我若是沒有足夠的人證物證也不會來找妳。」沈薇清冷的聲音在廳堂裡響起。「難得各位長輩都在，我就順便請長輩們給我做作主。各位兄弟姊妹們也都不要走啊，留下來聽一聽，聽一聽這內宅的手段陰私，以後婚嫁了說不準就能用上。自己固然不去害人，可也得防備著別人害妳吧？」

沈霜、沈謙這些本要避開的小輩也不好再走了，只好面色尷尬地垂著頭，假裝自己不存在。

沈薇的嘴角又勾了勾。「事情很簡單，就是劉氏看我不順眼，趁著我說親的這個時候又心生歹念。她明知道秦相府的那個小公子是個不成器的，還和珏哥兒結了仇，秦老太君婆媳又是護短不好相與的，就起了心思想把我弄進秦相府，一來除了我這個眼中釘肉中刺，二來看著我在相府不好過，她就開心了。」

沈薇漫不經心的聲音響起來，一邊說一邊還瞅著劉氏。「夫人是怎樣操作這事的呢？各位長輩都不知道，秦相爺後院的劉姨娘是夫人的族妹吧？她就派這個婆子給劉姨娘送信，許以利誘。劉姨娘就心動了，給秦相爺吹起了枕邊風，於是就有了秦相府登門求娶的事。」

見劉氏想要分辯，沈薇立刻打斷她的話。「夫人想說什麼？說我冤枉妳？妳有什麼值得我冤枉的？對了，除了妳院子裡的這個婆子，我還把和這婆子接頭的那劉姨娘身邊的大丫鬟給弄來了。桃花，人呢？」

桃花立刻推進來一個十六、七歲的丫鬟，雙手綁在背後，沒堵嘴，也沒挨打。畢竟是人家府裡的丫鬟，借來用用，回頭還得還回去，壞了品相就不好了。

「喏，金歌是吧，給各位主子說說唄。」沈薇下巴輕抬，一點都不著急。

金歌可嚇壞了，她正在床上睡覺，就覺得有人拍她的臉，醒來一看，卻是在陌生的地方，她嚇得尖叫起來。

眼前這位臉上時時掛著淡笑的四小姐，既不打她也不罵她，只是溫和地告訴她。「妳的命在我手裡，想不想活命就看妳說不說實話。」

金歌想到這人能神不知鬼不覺地從秦相府把自己弄出來，哪裡還敢懷疑她的話？自然是問什麼說什麼，只求能保住一條性命。

「大約半個月前，貴府的三夫人派人給我們姨娘送了封信，要我們姨娘務必想法子玉成貴府四小姐和我們小公子的婚事，信上還說只要姨娘辦成這事，就會幫我們小姐說一門好親事。」金歌極老實地說道。

「妳胡說！」劉氏臉色大變，色厲內荏地怒斥著。

金歌急急喊冤。「四小姐，奴婢說的都是實話啊！後來貴府沒有答應婚事，三夫人又給我們姨娘出主意，想趁著相府宴客，把四小姐和我們小公子引到一起，再引人過去撞見，弄成兩人私下相見的場面。四小姐，奴婢沒有胡說，您可要相信奴婢！」

沈薇瞅著劉氏，露出和煦的笑容，嘴裡卻吐出冰冷的話語。「夫人還要狡辯嗎？妳的兩封信也在我這裡。父親，看您吃驚的樣子是不是不相信？給您看看，您身邊躺著這麼一條毒蛇，不害怕嗎？」沈薇認真地問，也不管她爹的臉色黑成什麼樣，把信扔到他臉前。

沈弘軒拿也不是、不拿也不是，低頭一瞥，那字跡確確實實是劉氏的。「劉氏！」沈弘軒看著劉氏的目光冰冷而厭惡，自己怎麼會有這樣一個妻呢？

「瞧這一環一環的，不僅歹毒還巧妙，夫人呀，妳有這麼大的能耐，聖上知不知道？憑妳這份運籌帷幄的手段，聖上怎麼也得給妳封個軍師當當。」沈薇嘲諷道。

劉氏面目猙獰，反倒哈哈大笑起來。沈薇也饒有興趣地看著她，就像看一個死人，一點都不生氣。

「是，薇姊兒說得對，事情都是我做的，又怎樣？」劉氏破罐子破摔，挑釁地衝著沈薇冷笑，她還不信她真能弄死自己。

沈薇也笑，眉眼彎彎。「是，我的確不能弄死妳，弄死了我還得給妳守孝。」她嘆了一口氣，好似很為難的樣子。「祖母您說吧，您說怎麼罰？」

老太君的臉色也不好看，雖氣劉氏，難怪前些日子她跑過來跟自己說秦小公子是良配，但更氣沈薇，什麼事情不能私底下說？非得這麼大張旗鼓地鬧出來？尤其是當著小輩的面給長輩沒臉，劉氏再有錯，那也是長輩，是她的嫡母。

「禁足吧，禁足半年。」老太君抿抿唇說道。

沈薇搖頭。「太輕。」她費了那麼大的勁，又是人證又是物證的，可不是為了讓劉氏禁足的。

「父親說呢？」她把目光轉向沈弘軒。

「禁足一年，在阮氏牌位前跪足半個月。」沈弘軒咬牙說道。

劉氏聽了，臉色立刻白了。讓她去跪阮氏，這對她來說是怎樣的屈辱？她看向沈薇的目光恨毒極了。

雖然沈薇很喜歡劉氏去她娘的牌位前跪著，但仍然搖搖頭。「還是太輕。」

「妳不要太過分了！」沈雪拍案而起，指著沈薇怒吼道。

沈薇冷冷地望著沈雪，忽然莞爾一笑。「明兒我把妳的衣裳扒了，扔到個男人床上，再引人過來抓姦。妹妹不用替我擔心，我不怕禁足，也不怕跪祠堂。」

「妳！」沈雪氣得眼淚一下子掉下來，又羞又怒又難堪。她再也待不下去了，捂著臉就朝門外衝，卻被梨花很有技巧地攔住。「五小姐您稍等，等我們小姐辦完事您再走。」

沈雪出不去，又沒臉再回來，惡狠狠地瞪著梨花，目光中好似能噴出火來。梨花不卑不亢地站在那裡，一步不讓。

沈雪可不敢在此時動粗，聽說沈薇那個賤人身邊有會武的丫鬟。最後，她一跺腳，回頭衝進了內室。

「薇姊兒想怎麼辦？」沈弘文開口了。他皺著眉頭，看向沈薇的目光中透出幾分不贊同來。

雖然這事是劉氏不對，但薇姊兒的做法卻讓他心裡不舒服。

沈薇看了大伯父一眼，自然看見他眼底的不滿，但也不在乎。「小佛堂，或者家廟，或者莊子，夫人自己選吧。」這話一出，就聽見好幾道抽氣的聲音。「不願意？那我明兒把人證物證交給官府好了。」她眉梢一挑，就要轉身走人。

「薇姊兒！」許氏急忙喊道：「三弟妹還是選一樣吧。」別人不信沈薇真敢這樣做，可她信呀！她不能為了一個劉氏讓自家相公兒子成為笑柄。

劉氏向老太君投去哀求的目光，老太君垂下視線，她便知大勢已去。「小佛堂。」這幾個字幾乎是從牙縫裡擠出來的。她選小佛堂是因為小佛堂就設在府裡，不用出府。若是去家廟和莊子，誰知道她還能不能有命。

沈薇點點頭。「成，既然夫人選了小佛堂，擇日不如撞日，現在就去吧，本是清修，也不用收拾東西了，讓佛祖先看看妳的誠心吧。桃花、月桂，送夫人去小佛堂禮佛。」

二人聞聲而出，架起劉氏就朝外走去。劉氏想要呼喊，卻被桃花一把捂住嘴。

沈薇看到了，心情可愉悅了。「各位長輩和兄弟姊妹們繼續吃著，我就不打擾了。」說罷，她歡快地帶著丫鬟婆子們轉身走了。

但廳堂裡的眾人哪還有心思吃飯。

第五十八章

夜色那麼溫柔，似情人的手。已是亥時，秦相爺卻忽然想起一事，匆忙去了外院書房。

四處一片漆黑，長隨打著燈籠在前頭引路，天上繁星點點，一輪彎月時隱時現，整個相府都靜悄悄的。

外院書房是秦相爺處理公務的地方，把守特別森嚴，尋常奴才根本不能靠近，在書房裡伺候的幾個小廝也都是相爺的心腹。

一進院門，秦相爺的眉頭就皺起來——整個外院黑漆漆的，沒有一點光亮。他的書房向來是留有人值夜的。

「這幾個臭小子，懶病又犯了吧，這是皮癢了？」長隨心裡也埋怨這幾個小廝，卻還不得不在相爺跟前替他們開脫，因為他的小兒子也是書房當差之一。

「你去叫人。」秦相爺吩咐一聲，徑直去了書房。剛一推開門，裡頭便燭火大亮。

秦相爺駭了一跳，等眼睛適應光亮，才看清書房裡自己慣常坐著的太師椅上端坐著一位美麗姑娘，此刻正笑盈盈地望著自己。

秦相爺的表情已經恢復自然，心中的警戒卻沒有放下。他把手背在身後，向前走了一步，溫和地說道：「姑娘深夜光臨相府，可是有事需要老夫幫忙？」一雙精明的眼睛卻打量這神秘姑娘，撇去長相，單看她悠閒愜意的姿態，秦相爺就不敢大意。一個在相府書房如同在自個兒閨房一樣隨意的闖入者，會是個簡單的角色嗎？即便這個闖入者是個十五、六歲的美麗姑娘，他也不敢小瞧了。

誰知那姑娘卻噗哧一笑，笑容在燭火的映照下，好似千朵萬朵花次第綻放。秦相爺就聽到她清冷悅耳的聲音。「相爺是找他們嗎？喏，都在那兒了。」

秦相爺順著姑娘手指的方向一看，心中掀起驚濤駭浪。他書房當差的小廝全都被綁著扔在牆角，嘴巴也堵上了。

「姑娘到底是何方神聖？夜闖相府有何貴幹？」他的聲音冷下來，心底把府裡的護衛罵個狗血淋頭。都是些廢物，被人闖進書房還不自知，是不是哪天他的腦袋被人割了也沒人知道？

那姑娘卻徐徐起身。「小女子乃忠武侯府沈四沈薇，給秦相爺問好。」那規矩乖巧的模樣真讓秦相爺嘆為觀止。

沈薇也在打量秦相爺，外表看來嘴角含笑，一副文質彬彬的無害模樣，但她知道這是隻老狐狸。他的唇極薄，薄唇的人大多冷情；雙眸雖然在笑，笑意卻不達眼底。

秦相爺心中一驚，面上的表情卻更溫潤了。「原來是沈姪女呀，不知深夜而至所為何事？」

不愧為大雍朝的相爺，這就蛇隨棍上喊上姪女了。沈薇心中感嘆，無比遺憾地想，她家大伯父、二伯父和她爹與秦相爺同輩，可沒一個有人家這樣的城府，也就祖父能與之一較高低。

「姪女是有點事情向世伯請教，白日人多口雜，姪女只好選擇晚上，還請世伯見諒。」沈薇福身行了一禮，直直望著秦相爺。「聽說貴府為小公子向姪女求親是世伯的主意？」

秦相爺的嘴角抽了抽，眸中的讚賞一閃而過。他才剛說姪女，她就稱呼上世伯了，真是個聰慧又有眼色的姑娘啊！若是真能為然哥兒娶了她，他還有什麼不放心的？

想到這裡，他徐徐點頭。「妳世伯母好心辦了壞事，讓姪女見笑了。」

沈薇卻不是那麼好糊弄的。「那世伯覺得小公子配得上我嗎？」不等秦相爺回答，她就扳著手指頭數起來。「論容貌，他有我長得好看嗎？論才學，他大字不識幾個，我好歹讀了幾年的書；論品行，他有品行那個東西嗎？滿京城，他的大名可是如雷貫耳。再論家世，咱們兩家雖說也算門當戶對，可世伯知道您家老妻不省心嗎？世伯，姪女自問沒有何處對不起您吧，您怎麼就如此坑我呢？」

沈薇神情坦蕩，眼圈微紅，好似受了大委屈。

秦相爺臉上閃過尷尬。這姑娘是精明還是傻？怎麼什麼話都敢往外說？他也知道自己小兒子配不上人家姑娘，但是見過這位四小姐之後，他更不想放棄了。

「姪女勿惱，這事是世伯讓妳受委屈了。但世伯是真有誠心求娶，世伯可以保證只要妳願意嫁過來，你們院裡的事都由妳作主，而且世伯的私房全都補貼給你們這房。」秦相爺誠懇說道。

沈薇心中閃過惱怒，面上卻絲毫不露。這是把自己當無知小姑娘哄？姊最不缺的就是銀子，誰稀罕你的私房？

「世伯少哄我了，您憑著良心說，您家小公子是良人嗎？將將十二歲就破了童子身，這兩年睡過的女人沒有一百也有好幾十了，都被人睡爛了扔給我，我是那撿破爛的嗎？您這麼坑我，敢情不是您閨女您不心疼啊？」沈薇氣呼呼地指責，噘著嘴巴，跺著腳。「還有世伯您那老妻，她可討厭我啦！上回我來府上作客，她都準備設局壞我閨譽，讓我給你家小公子做妾，幸虧我機靈躲過去了。」

秦相爺愕然。董氏這不是胡鬧嗎？忠武侯府的嫡小姐給她兒子做妾，她還真是好大的臉！秦相爺心底怒火上升。

「姪女妳看，這事世伯真不知情，若是知情，世伯能讓這樣的事發生嗎？」秦相爺的臉有些發燙。自己兒子被人家姑娘如此嫌棄，心裡是不舒服，但人家說的也是實話，饒是他在朝堂上靜思善辯，此刻也說不出一句分辯的話。

沈薇大方地點頭。「嗯，姪女也相信世伯不知情。怎麼說您也是一朝宰相，怎會行些婦人的小道？您就該是那光風霽月偉岸高潔的，哪裡會耍後宅手段？」她極盡諷刺，偏偏臉上還一本正經。

秦相爺滿頭黑線。這是誇他還是罵他呢？還不能生氣，真是惱人啊！

沈薇又道：「現在世伯不就知道了嗎？世伯肯定不會再打姪女的主意了，對吧？」

見秦相爺面上猶豫，她狡黠一笑。「就算姪女我嫁過來又怎樣？我的脾氣可不大好，您就不怕我把相府鬧個底朝天，讓你們都沒有安生日子可過？您不要覺得制得住我，我要嫁是要帶著護衛做陪嫁的，全都是祖父自軍中挑給我的，厲害著呢。也別想找我家長輩，他們根本就管不住我。您還不知道吧？昨日我剛把我們夫人送進府裡的小佛堂，為啥？因為她得罪我了唄！怎麼得罪的？說起來真是一把血淚啊！」

沈薇唱作俱佳，那小模樣要多無辜就有多無辜。「我們夫人手伸得太長了，都伸到世伯您的後院了，她和您府裡的劉姨娘密謀把我和小公子湊成一對，您說她操心這麼多不累嗎？所以我就請她去小佛堂歇幾年。」

秦相爺此時才是真正吃驚，難怪劉姨娘跟他提起忠武侯府的四小姐，原來裡頭還有這一番曲折。想他一朝宰相，居然被個後院婦人耍弄，丟人啊！

他瞳孔猛縮，眸子射出駭人的光芒。沈薇毫不示弱地跟他對視。「世伯，您要是還想著求娶我，那就得跟我祖父商量了。祖父說了，我的事情祖父作主。要不您和他交流交流？」沈薇好心建議，然後眼眸一閃，好似才想起的樣子。「對了，聽說世伯和南邊的張姓官員有些聯絡？他的處境可不妙啊，世伯您可要早做準備喔。」沈薇笑笑，意味深長。

秦相爺這回臉色才是真的變了，陰沈著臉道：「姪女這是威脅我。」他和那人的聯絡連自己最器重的大兒子都不知道，這個小姑娘是怎麼知道的？沈平淵那個老匹夫真是好能耐！

秦相爺的眼睛眯了起來，眸中閃過危險的光芒。

沈薇卻還笑得十分靦覥，不好意思地說：「看世伯說的，姪女哪敢威脅您呀！給您提個醒而已。咱們兩家關係多好，您這麼看重我，我會害您嗎？」她漂亮的鳳眼眨呀眨，素手掩口打了個呵欠。「世伯，咱們可都說好了，這事到此為止，不要讓媒人再登門了，鬧得滿城風雨，丟人啊！天不早了，您歇著吧，姪女就不打擾了。」

她推開身後的窗戶跳了出去，還不忘回頭對秦相爺燦爛一笑，那囂張的小模樣真是欠揍得很，怪的是秦相爺卻怎麼也氣不起來。

片刻之後，長隨急匆匆地趕過來，剛要說什麼卻被秦相爺抬手止住。「先把他們都鬆開。」

長隨這才看到屋裡綁著一群人，臉色頓時大變，三下五除二就解開了繩子。「這是怎麼回事？」剛才他莫名其妙被人制住，還以為會沒命了，沒想到那人沒傷他還放了他。

想到這裡，他立刻飛奔出去，轉了一圈卻什麼也沒有發現。

回到屋子裡，幾個小廝都搖搖頭。他們也正迷糊著，只知道自己莫名其妙就被人給綁了。

秦相爺擺擺手，吩咐了一句。「加強警戒。」

他一個人坐在燈下。可惜了，沒想到他也有看走眼的時候，這個四小姐，咳，想起來就覺得可惜啊！

他的眼底明明滅滅，也不知道在想什麼。

徐佑面無表情地聽著江黑的回稟，嘴角微不可見地抽了一下。江黑如他的主子一樣面無表情，稟完事情便低頭立在那裡。江白則是驚得呆若木雞。哥哥說的是誰？是那個他認識的沈四小姐嗎？

徐佑揮揮手，江黑便退了出去，看江白還傻愣愣地站著，不由嘆了口氣，認命地拉著他一起退出去。

到了門口，江白才回過神來，不大相信地問：「哥，那沈四小姐真的夜闖相府臭罵了秦相爺一頓，最後還全身而退了？」

不可能啊，沈四小姐凶是凶了點，可有那麼大的能耐嗎？還是說秦相府的戒備鬆得跟菜市場似的，誰想進就進？也沒有啊，兩個月前他才夜探過一回，差點被發現了。難道沈四小姐的功夫比自己還要好？這絕對不可能！他趕緊搖頭，甩掉這個荒謬的念頭。

迎上弟弟殷切的目光，江黑鄭重地點頭。看著弟弟怪異的表情，他心中無比同情。他從外辦差回來，公子就交代這個任務給他，他雖然詫異，卻也聽命行事，沒想到卻看了這一齣好戲。秦相爺那隻老狐狸居然栽在個小姑娘的手裡，說出去誰信？

江白大叫一聲。「那個凶丫頭功夫比我還好?!」他一臉大受打擊的樣子。

江黑又點點頭。「比起我來都只好不差。」而且身邊似乎還頗有幾個高手相衛，所以他趴在屋脊沒敢動一下。

比哥哥的功夫還好？不可能！這是江白腦中閃過的念頭，待看到哥哥鄭重的表情，才不得不接受這個事實。難怪了，難怪公子對沈四小姐的事情這麼上心。

想到這裡，他心中閃過一個想法，眼前一亮。「哥哥，你說這位沈四小姐會不會成為咱們夫人呀？我跟你說，公子對沈四小姐可上心啦！」

公子肯定是心悅沈四小姐！江白越想越覺得是這樣。嗯，別以為他看不出來，每次聽到沈四小姐的消息，公子的心情都會很好，若公子身邊能有個人陪伴，日子就不會這麼冷清了。

江黑卻一瓢冷水澆下來。「主子的心思是你我可以揣測的？」

江白頓時垂頭喪氣了。是呀，誰知道公子心裡怎麼想的？公子還想著要幫沈四小姐說門好親事呢，可依他看，滿城的貴公子就自己公子最出挑。

屋裡的徐佑摸著下巴笑了，真是隻潑辣的小貓，不過沒吃虧就好。看來不需要自己幫忙，她也可以遊刃有餘地解決問題，那他就放心了。

徐佑覺得沈薇像自己兒時養的那隻小貓，眼睛看著人時會發出幽幽的光芒，讓人心裡癢癢的，總想伸手摸上一把，時不時地亮出鋒利的爪子，不許人靠近。

這下沈薇無比開心，好了，煩心事都解決了，又可以悠哉地過日子了。她躺在湘妃椅上，有人打扇，有人捶腿，有人唸話本子，還有人撚著剝好的葡萄送到嘴邊，真是幸福的米蟲生活呢。

這天晚上，她正在床上熟睡，忽然猛地睜開眼睛，沈下心來仔細聽。沒錯，屋頂上確實有人。她可氣壞了，夜探侯府去大伯父那邊呀，跑到她的風華院做什麼？

她小心地下了床，沒開門，直接從敞開的窗戶翻出去。她躍上屋頂，極目遠望，四下裡靜悄悄的，沒有一絲聲響。

沈薇極有耐心，索性在屋頂上坐下來。反正都出來了，就欣賞夜色吧。只要人不來風華院，那就不關自己的事，府裡養著一大群護衛，輪不上她一個小姐親自上陣抓賊。

正這麼想時，就見一抹黑影從西邊疾馳而來，仔細瞧，後面好像還跟著一個。

沈薇頓時來了精神。好呀，送上門來了。待黑影接近時，她猛地竄了起來，軟劍直取那黑影要害之處。「小賊哪裡跑！」

那黑影只顧著跑路，哪裡看見這裡殺出個攔路虎？眼瞅著劍尖正對著自己的心臟而來，這人倒也機智，硬生生在半空扭轉身體，避開了要害，沈薇的軟劍擦著黑影的胳膊而過。

沈薇見這招落空，立刻挽劍再上，誰知那黑影根本就不接招，腳下不停地向東繼續逃竄，而後面的那個黑影已經近在眼前，她沒法，只好迎戰後面這個。

沈薇的劍很快，但這人的身法更快，讓她兩劍都落空了。

「是我！」一面對著沈薇一次次的攻擊，這黑影只好無奈地開口了。

是熟人？沈薇停下進攻。她就奇怪這人怎麼只躲不攻呢，原來是熟人。「誰？」她持著劍，一點都沒有放下防備來。

黑影看到沈薇的架勢，嘴角抽了抽。這小丫頭的防備心還挺重的。「徐佑。」

「是你呀？」沈薇上前兩步瞅了瞅，立刻收起軟劍。黑夜裡，晉王府大公子的眸子比天上的星星還亮。

沈薇摸了摸鼻子，道：「大半夜的你不睡覺，跑到我們府裡散步？」

徐佑的嘴角又抽了一下。「追人。」他能說自己睡不著，散步來到這裡，躲在她院子外的大樹上，卻發現有人夜探侯府，他就跟著追過來了嗎？

沈薇懂了。喔，原來他是追著之前那個黑影的。

「那你繼續追人去吧，我回屋睡覺了。」她見沒啥事就準備走人。

看著那個纖細的身影索利地跳下去，徐佑覺得自己的牙都疼了。知道這丫頭膽子大，但沒想到會大到這種程度。發現有人夜探侯府，不是該縮在被子裡發抖嗎？這丫頭不僅跑出來查看，還興奮地上去交手，不知道這很危險嗎？真是個不省心的丫頭呀！

第五十九章

忠武侯府內，一條偏僻的小徑上，沈雪帶著丫鬟倚翠正匆匆地走著。

「到了沒有？還有多遠？」沈雪一邊拿帕子擦汗，一邊焦急地問。平時在府裡，她走得最遠的路也不過是到祖母的松鶴院，再不就是到院子裡賞花看景，何時來過這麼荒涼偏僻的地方？

此時，她內心惶惶的，想到娘親在這個地方受罪，便覺得十分難受，再加上這些日子受的委屈，就更想早一點看到娘親了。

「快了，小姐，前面一轉彎就是。」倚翠輕聲道。

又走了一會兒，終於來到劉氏禮佛的小佛堂，還沒走近，一個年邁的老嬤嬤從小屋裡出來，面無表情地看著主僕二人。

「麥嬤嬤好，我們小姐來看看夫人。」倚翠堆著笑臉上前寒暄。

麥嬤嬤站著沒動，扯了扯嘴角，露出一個難看的笑容。「三夫人正專心禮佛，五小姐還是回去吧，免得打擾了三夫人的清修。」

沈雪頓時大怒，何時連個粗使婆子都敢下她的臉面了？「妳個老殺才怎麼跟主子說話的？快點讓開，本小姐要進去。」

麥嬤嬤卻是動也沒動。「五小姐息怒，老奴也是聽命行事，還請五小姐不要為難老奴。」心中卻冷哼，三夫人都把自己弄進小佛堂，五小姐還有什麼依仗？

沈雪更怒了，上前就想掌摑麥嬤嬤，倚翠見狀，立刻把她抱住，輕聲說：「小姐，不可啊！麥嬤嬤是老太君院子裡的人。」這麼鬧起來肯定會鬧到老太君和老爺那裡的，五小姐是不怕，可自己卻得受懲罰。

沈雪也知道不能鬧起來，恨恨地一甩帕子，銀牙咬得咯咯響。

倚翠安撫住小姐，又滿臉笑容地走近麥嬤嬤，摘下手腕上的一只金鐲子塞過去。「我們小姐心情不好，嬤嬤您別介意，您看我們大老遠地來一趟也不容易，您就抬抬手通融、通融吧。」倚翠哀求道。

金鐲子入手極有分量，麥嬤嬤的臉上閃過貪婪，目光在倚翠臉上轉了轉，這才陰陽怪氣地道：「進去吧。」

「多謝麥嬤嬤！」倚翠拉著小姐進了小佛堂，不忘一迭連聲地道謝。

麥嬤嬤看著兩人的背影，又低頭看看手裡的金鐲子，掂了掂，那張老臉上露出滿意的笑容。

「娘、娘？」沈雪一進小佛堂就喊起來。

那個背對著門跪在蒲團上的身影立刻轉頭，臉上滿是激動，嘴唇哆嗦著，不敢置信的樣子。「雪姊兒，是妳嗎？」她伸出手，卻遲疑著不敢上前。

沈雪看清眼前之人的面容，驚呼一聲，摀住自己的嘴巴。「娘，您怎麼變成這個樣子了？」

眼前這個老婦哪裡還是雍容華貴的娘親？短短時日裡，娘親就老了不止十歲，光潔的臉上爬滿皺紋，憔悴極了，身上穿著青布衣裳，頭上連支釵子都沒有。

「娘，她們是不是折磨您了？走，咱們去找祖母作主。」沈雪氣憤極了，再怎麼說娘親也是府裡的三夫人，怎能任由奴才搓磨？

「雪姊兒不可。」劉氏拉住女兒。「妳祖母身子不大好，咱們就不要給她添亂了。」實話怎麼對女兒說呢？她再落魄也是府裡的三夫人，麥嬤嬤一個奴才，倒是沒膽子折磨她，只是一天到晚盯著她禮佛就夠她受的了，從早跪到晚，她的膝蓋都跪得紅腫了。沒辦法，為了能休息一會兒，要點藥膏，她頭上戴的首飾全拿去賄賂麥嬤嬤了。

「娘！」沈雪不滿地喊道：「您現在的膽子怎麼這麼小？還怕一個奴才不成？」

劉氏趕忙捂住女兒的嘴，這一時半會兒的她也出不去，得罪了麥嬤嬤她還能有好日子過嗎？

「雪姊兒，娘沒事，快跟娘說說妳還好不好？妳弟弟好不好？有沒有受欺負？」劉氏拉著女兒的手，關切地詢問。

沈雪的眼淚嘩地就流出來了，撲進劉氏懷裡哽咽道：「不好，一點都不好。自娘您進了小佛堂，女兒就事事不順心。」以往見到她就笑臉相迎的管事婆子們，現在看到她就跟沒看到似的，前天她使人去針線房要塊布料做荷包，管事的卻推三阻四不願意給。

劉氏急了。「妳弟弟呢？他有沒有受委屈？」比起女兒，她更關心年幼的兒子。雪姊兒再受委屈，年底也就出嫁了，可奕哥兒年紀還小。

「有，弟弟院子裡的奴才都鬆散了，他的衣裳劃了個長口子都沒人管。」沈雪哽咽著說道。

劉氏一下子跌坐在地上，臉上的表情似悲似怒，掩著嘴流淚。「我可憐的雪姊兒跟奕哥兒啊！」她在小佛堂裡每時每刻都抓心抓肺地想，生怕兒女受了委屈，現在，自己最擔心的事情終於成了現實。

「沈薇！」劉氏的眼裡射出陰毒的光芒。都是這個小賤人出的么蛾子，不是她，自己怎會被罰入小佛堂受罪？雪姊兒、奕哥兒怎會受奴才慢待？

「對，都怪她！娘，您當初怎麼不弄死她？」沈雪擦擦眼淚，眼底都是仇恨。當初怎麼就沒弄死她呢？不然娘也不會在小佛堂受苦，自己也會有全京城閨秀羨慕的豐厚嫁妝。

母女倆沈浸在對沈薇的仇恨裡，邊上的倚翠不免著急，提醒道：「夫人、小姐，有什麼事快點說吧，時辰不早了。」估計一會兒麥嬤嬤就該來趕人了。

劉氏趕忙擦擦眼淚，拉著女兒的手細心交代。「雪姊兒，妳一定要看好妳弟弟，他是妳以後的依靠，他好了妳才能好。妳多看顧他一些，別讓奴才欺負了他，更不要讓奴才勾帶他學壞了。再發現這樣的事情就告訴妳爹和祖母，知道了嗎？」

沈雪不住地點頭。「娘，我知道了。」

看著乖巧聽話的女兒，劉氏心底浮上一絲希望。「不要經常來看娘，十天半個月來一回就行了。敷外傷的藥膏帶一些，娘想法子儘快出去。」就是給她送銀子，也是便宜了看守小佛堂的麥嬤嬤。

「嗯，嗯。」沈雪點頭，眼淚模糊了視線。

最後，劉氏狠心一推，道：「走吧，趕緊走吧。」

「娘……」沈雪淚眼婆娑地被倚翠拉走了，劉氏跌坐在地上默默流淚，許久才起身重新跪在蒲團上，心裡盤算開了。還有三個多月就到雪姊兒出嫁的日子，那是自己的一個機會，她一定要抓住！

沈薇很快就知道了劉氏母女的對話。對於劉氏的擔憂，她能明白幾分，不就是擔心她使壞，像養廢玨哥兒一樣對待奕哥兒嗎？

真是愚蠢，當別人都跟她一樣眼皮子淺！以後三房當家作主的是玨哥兒，奕哥兒若是不成器，還不給玨哥兒招災惹禍？她巴不得奕哥兒能有出息，以後娶了親、分出去單過，也不會扯玨哥兒的後腿。

但她嗤笑一聲就丟開了，自己盤算已久的計劃終於能成行，才不想壞了心情。她帶著玨哥兒和外祖父一家去京郊莊子玩幾天，最高興的就是表妹阮綿綿了，從知道這事，臉上的笑容就沒斷過。

外祖父起先不願意，都十多年沒出過門，也沒有那個心思。後來禁不住沈薇的軟磨硬泡，才勉強答應了。

一早，十多輛馬車就浩浩蕩蕩地出城，呼吸著外頭的新鮮空氣，沈薇覺得整個人都舒坦了。

走了約一個時辰才到莊子，這個莊子是阮氏嫁妝中離京城最近的一個，不大，但也不算太小，約有五百畝地，有五、六十戶佃農。

「奴才陳廣福給各位主子請安。」莊頭陳廣福小跑過來。他是沈薇拿回莊子之後才換上的，是雞頭山後山上的人，種地的老經驗了，沈薇對他頗為信任。

沈薇點點頭，吩咐他。「先進莊安置。」

陳廣福引著車隊進了莊子。莊子的條件自然不如府裡，但房屋打掃得十分乾淨，院子裡，十多個年輕後生和媳婦正候著。

沈薇這邊有梨花和歐陽奈，外祖父那邊有阮富和江嬤嬤。沈薇推著外祖父，帶著弟弟沈珏、表哥阮恒和表妹阮綿綿一起到廳堂歇息。

荷花帶著小丫鬟有條不紊地備水泡茶，阮振天看著外孫女不慌不亂地下達各種指令，眼裡滿是讚賞。真是個能幹的孩子，嗯，珏哥兒也是個懂事的，小小年紀便如此沈穩；恒哥兒和綿姊兒也不差，孝順、知上進。他的目光在四個孩子臉上掃過，十分欣慰。

「薇姊姊，咱們什麼時候去釣魚？」阮綿綿草草喝了一杯茶就急不可耐地問。

「看把妳急的，妳也讓妳薇姊姊喘口氣。」阮恒笑道。

阮綿綿一點都不惱，吐了吐舌頭，道：「我沒抓過魚，自然想去呀，我就不信哥哥不想去。」

阮恒沒好氣地斜了妹妹一眼。「妳當誰都跟妳一樣貪玩？」又扭頭對沈薇說：「表妹看著安排就行，不要慣壞了這個丫頭。」

沈薇笑笑。「表哥客氣了吧？綿綿就如我的親妹妹一樣，你們要是不累，那咱們現在就去河邊，看今兒誰抓的魚多。」

「好呀，好呀！」阮綿綿高興地拍手。

陳廣福早就幫著準備好工具，親自領沈薇一行去了河邊。

沈薇拿起魚竿示範一下，沈玨、阮恒和阮綿綿也都拿起魚竿有樣學樣，各自找了位置釣起魚來。

沈薇在沈家莊沒少釣魚，經驗可豐富了，半炷香的工夫就釣上一條巴掌大的草魚。阮綿綿立刻放下魚竿跑過來。「薇姊姊可真厲害呀！」臉上的敬佩一覽無遺。

「釣魚就是個功夫活，只要耐下性子就能釣到。」沈薇拴上魚餌把魚線又垂到水裡。阮綿綿聽了便回去繼續釣魚。

不一會兒，沈薇又釣了一條魚，她剛把魚扔到桶裡，就見沈珏和阮恒也紛紛提線，他們也釣到了魚，沈珏的大一些，有半個巴掌大；阮恒的小一些，只有三寸左右。

阮綿綿急了。「薇姊姊，怎麼就我沒釣到魚呢？」

沈薇還沒來得及開口，阮恒就笑話她了。「妳跟個活猴子似的動來動去，能釣到才怪呢！妳都把我的魚嚇跑了。」

阮恒是真心看不下去了，妹妹就在他旁邊，魚餌剛放到水裡就提上來看看，一會兒的工夫提起來七、八次，連他這邊的魚都被她嚇跑了。

阮綿綿不服氣了。「你才活猴子呢！釣不到魚還怪別人，哼，有本事你釣一條大的，這麼一點點，夠塞牙縫嗎？」

「那也比妳一條沒釣到的強。」阮恒閒閒回了一句，頓時把妹妹氣得炸毛了。「等著瞧，我一定釣條大魚給你瞧瞧！」

「行，我等著呢。」

半晌午的時候，沈薇釣了有十多條，阮恒和沈珏兩個人加起來也釣了十條，只有阮綿綿還是一條都沒有釣到，急得滿頭都是汗。

沈薇見狀怕她一會兒下不了臺，就招來陳廣福低聲吩咐了幾句。過了一會兒，陳廣福去而復返，手裡拿著幾根木棍。

「綿綿過來，我教妳一種抓魚的新方法。」沈薇喊道。

「是什麼？」阮綿綿立刻跑過來。

沈薇拿起木棍，用匕首把一頭削尖，在手裡掂了掂。「看好了。」她的雙眼緊盯著水裡，突然出手如電，猛地甩出手裡的木棍，再拿起來時，木棍的尖端已經叉著一條魚了。

「呀，薇姊姊好厲害！我要學！」阮綿綿拉著沈薇的胳膊高興地跳起來。

「好，我教妳。」沈薇笑著。

阮恒和沈玨也被勾起了興趣。「我們也試試。」沈薇便又削了兩枝給他們。

「眼睛瞅準，出手要快。」沈薇指導著，握著阮綿綿的手。「快看，那裡有一條。」唰的一聲，木棍就出去了，一條大魚被叉上來。「哈哈，我抓到魚了，一條大魚！」阮綿綿高興地大喊起來。

沈玨和阮恒齊齊嘴角抽搐。那是妳抓的嗎？

幾個人拿著簡易的魚叉叉魚，沈薇叉了兩條就休息了。

「薇姊兒手上功夫不錯。」阮振天不知何時來到河邊，捋著鬍子，看起來心情不錯。

沈薇聳聳肩。「練多了唄。」

「呵呵，不止吧？」阮振天大有深意地笑著。哪裡是練多了那麼簡單，恒哥兒練了十多年都還比不上薇姊兒出手的速度。

「小姐，渴了吧，喝點酸梅湯。」桃枝立刻貼心地捧過一碗酸梅湯。

沈薇接過來遞給阮振天。「外祖父嚐嚐，味道還不錯。」然後揚聲對著水裡的人喊。

「快點上來喝酸梅湯，晚了就沒有了。」

阮恒三人也玩得差不多了，聽到她一喊，立刻跑上來。

幾個人在樹底下喝著酸梅湯，乘著涼，談論著抓魚的種種快樂。

沈薇看了看桶裡的魚，挑出十來條大的，扔給陳廣福處理，然後用鹽巴在魚身裡外塗了一遍。

阮綿綿好奇地問：「薇姊姊，妳抹鹽巴幹什麼呀？」

「入味，這樣放上半個時辰，鹽味就浸到肉裡去了，烤出來的魚才會更好吃。」沈薇一邊解釋，一邊指揮丫鬟搭架子、搬木炭。

所有的準備工作都做好了，魚浸味也浸得差不多了。「外祖父，今兒請您品嚐我的手藝。」

沈薇把串好的魚放到架子上，嫻熟地翻著，撒上各種調料，不一會兒，魚肉的香味就傳了出來。

阮綿綿在邊上眼巴巴地瞅著，不停地催問好了沒，連阮恒和沈珏都忍不住圍過來。沈薇可得意了。

「外祖父，您嚐嚐。」沈薇先遞了一條烤好的魚給阮振天，然後又遞了一條給阮綿綿。「小饞貓，快吃吧。」

沈珏和阮恒早就自己動手拿了，也不怕燙，下嘴就啃了起來。

「好吃，太好吃了！我從來沒吃過這麼好吃的魚！」阮綿綿大聲說道，嘴巴卻是不停，沈玨和阮恒也不住地點頭。

阮振天品嚐著手裡的烤魚，也是滿臉讚賞。「不錯。」

十幾條烤魚很快就被幾個人分吃完，還一臉意猶未盡的樣子，直到沈薇反覆承諾下次會多烤一點，他們才甘休。

第六十章

晉王府，雲院。

江黑匆匆地來到書房。「大公子，屬下有急事稟報。」

徐佑放下手中的兵書。「何事？」

「屬下剛剛得到消息，殺手樓出動三十天級殺手朝京郊東南方向去了。」江黑回稟道。

徐佑微微詫異。「這麼大手筆？看來有人要倒楣了。」殺手樓的殺手分為天、地、玄、黃四個等級，等級越高的殺手越厲害。能一次派出三十天級殺手，可見雇主多麼大的手筆了。

「知道雇主是哪個嗎？」徐佑好奇，能有這般大手筆的可不是尋常人物。

江黑搖頭。「沒有查到。殺手樓的生意都是保密的，只有樓主一人知道雇主身分。」遲疑了一下，他還是把另一則消息說出來。「大公子，忠武侯府沈四小姐三天前攜外祖一家去莊子遊玩，那莊子正在京郊東南方向。」

徐佑臉色一冷，站了起來，吩咐。「備馬，出城！」

「啊，我終於學會騎馬了！」阮綿綿緊握住韁繩，在馬背上興奮地大叫。前天，她看連桃花那個小不點都騎得有模有樣，就纏著沈薇非要學，沈薇教了她兩天，現在自己終於能獨自騎著馬小跑了。

和阮綿綿一起學騎馬的還有沈薇身邊的幾個丫鬟，月桂學得最快，半個上午就能獨自跑馬，荷花和桃枝其次，兩天下來也能勉強騎一段，只有梨花怎麼都學不會，一坐到馬上就緊張得不敢動了，倒惹得大家笑了一場。

幾個新學會騎馬的癮頭特別大，阮綿綿纏著沈薇要出莊子跑馬，於是沈薇跟外祖父請示一聲，一行人就打馬出了莊子，沈玨則被她打發回城唸書了。

沈薇和阮恒一左一右護著才學會騎馬的阮綿綿和三個丫鬟，桃花早就不耐煩這麼慢騰騰，自個兒飛馬揚鞭撒歡去了，連個影子都看不到。

「表哥，你先前頭去吧，我看著她們就行。」沈薇善解人意地對阮恒道，十五、六歲的少年哪有不喜歡玩的？能耐著性子陪她們這麼慢騰騰走半天，已經很難得了。

阮恒卻搖頭。「怎好讓表妹一人？」要騎馬什麼時候不行？不差這一會兒，表妹一人看著四個丫頭，自己還是留下來幫忙吧。尤其是妹妹，是最淘氣的，有他看著也能少出點么蛾子。

沈薇見狀只好作罷。表哥真是個上進的好少年，文武雙全不說，還非常有耐心和細心，以後定能長成個溫潤如玉的公子。

一路嬌聲軟語，沈薇也很高興，出來玩要的就是快樂，她覺得在侯府的所有日子都沒有在莊子這三天舒心。

但意外在這時發生了。一行人路過一片樹林時，突然從樹林裡跳出一大群蒙面黑衣人，把幾人團團圍住。

「閣下是何人？」沈薇警戒地拉住馬，冷聲喝問。

「要妳命的人。」其中一個黑衣人冷冷答道，手一揚，其他黑衣人便提著刀劍步步逼近。

沈薇哼了一聲。「那也要看你有沒有本事。」想要她命的人多了，可她還活得好好的。

「表妹，妳護著她們先走，我和歐陽師傅攔住他們！」阮恒大聲喊道，他看出來了，這些黑衣人都是難纏的，可不能讓表妹和妹妹出事。

「想走？沒那麼容易！」其中一個黑衣人露出嗜血的笑容，身形已經來到沈薇跟前。

「護好綿綿她們！」沈薇吩咐一聲就飛身下馬，腰間的軟劍也持在手裡，閃過黑衣人的寶劍，順勢側踢翻轉，軟劍攻過去。

三、五回合後，沈薇的警戒已經提到最高。這些人是殺手，而且是等級很高的殺手！目測一下圍攻的黑衣人有三十人，是誰這麼處心積慮地想要自己的命？她好像也沒有招惹什麼死敵呀？難道這些人是衝著外祖父來的？沈薇一想到這就更著急了。

他們這方會功夫的只有她、表哥以及歐陽奈和月桂，而月桂那點花拳繡腿在這些殺手跟前簡直白搭，表哥和歐陽奈手中連個兵器都沒有，赤手空拳怎麼是這些訓練有素殺手們的對手？唯一的生力軍桃花還跑得沒有蹤影。

怎麼辦？難道這條命今天就交代在這裡了嗎？要是只有她一個人，她要脫身太容易了，可現在還得護著不會武功的阮綿綿、荷花和桃枝，她心裡一點底都沒有。

沈薇四人把不會武功的三人護在中間，背對背面對殺手的圍攻，她招招凌厲，傷了兩個殺手、奪了兩把寶劍，扔給阮恒和月桂；歐陽奈也奪了一把大刀。手中有了兵器，頓時就輕鬆多了。

因為要護著裡面的人，沈薇幾人只殺退殺手，卻不敢追擊，怕黑衣人乘機傷了阮綿綿他們。

黑衣人很快便發現這個弱點，他們幾個人圍戰一個，企圖把他們分開。

很快，月桂就受了傷，她臉色蒼白，勉力支撐著。

「表哥，換個位置！」沈薇大吼一聲，和阮恒交換位置。四人之中，她的功夫最好，由她來照顧月桂最適合。「月桂，沒事吧？」沈薇匆匆瞥了她一眼，手中的軟劍卻沒有停下。

「小姐，我沒事。」月桂咬牙堅持著，不能扯小姐的後腿。

被圍在中間的三人雖然嚇得臉色蒼白、瑟瑟發抖，卻都硬逼自己不發出聲音。她們幫不上忙，卻能不給幾人添亂。

又一劍朝月桂而去，月桂握劍的手已經沈得抬不起來，眼見那一劍就要刺入月桂的心口，沈薇焦急之下，直接放開自己的對手去救月桂。

還好，險險擋住了那一劍，可沈薇的胳膊上也挨了一刀，血頓時染紅了她的衣裳。

沈薇瞥了一眼，目光更加冷凝。

「小姐，您帶著表小姐走吧，不要再管奴婢了，您走吧，奴婢求您了！」荷花和桃枝哭著哀求道。尤其是荷花，她知道若不是要護著她們，小姐肯定能脫身的。「小姐，奴婢不怕死，奴婢不怕的，您快走吧！」

「閉嘴！」沈薇冷冷喝道：「我既然帶妳們出來，就要把妳們好好地帶回去。」

她舔了舔嘴角的血，腥的，此刻自己身上已經受了三處傷，雖不是要害，卻也很疼，至於倒在地上的黑衣人也有近十個，她一個人解決掉了五個。

此時的她已經殺紅了眼，招招乾脆索利，直取敵人要害，連自己的安危都不顧了，全是不要命的打法，對手膽怯後退了，月桂才得以喘上一口氣。

「月桂，妳進去，護好她們三個，防止他們偷襲。」沈薇見月桂的身形已經搖搖欲墜，知道她已是強弩之末。

月桂死命咬牙朝後退去，一陣暈眩，差點沒有站穩。桃枝三個趕忙扶住她。

荷花望著小姐身上的血衣，恨得眼睛都紅了。真恨自己呀！怎麼就沒想著跟月桂一樣學幾招呢？她要是會武功，也能幫小姐的忙呀！

「大膽毛賊竟敢欺負我家小姐！看棍！」折回來的桃花遠遠看到這麼多黑衣人圍攻她家小姐，都快把鼻了氣歪了。

這些不要臉的，居然趁她不在就欺負小姐，把他們全都砸死！

桃花一手縱馬、一手高揚著大棍飛奔而來，那大棍是她踹斷的一棵小樹。

黑衣人先是嚇了一跳，待看清來人是個十歲出頭的小姑娘，立刻不放在心上。但很快地，他們就因為自己的輕忽而付出代價，沈薇身前的兩個黑衣人被桃花砸得腦漿都迸出來了。

「小姐，您受傷了！」桃花跳下馬，看到小姐身上斑斑的血跡，立刻怒了，轉身揚起大棍揮舞開去。「讓你們欺負小姐，打死你！打死你！」

桃花本就是個傻愣的，加之又看到小姐受傷，當下只有一個想法：這些人欺負小姐，該死，全都該死！她要把他們全都打死！

她如一匹瘋了的野馬，不管不顧地衝進黑衣人當中，見人就打。她力大無窮，又是不要命的，黑衣人被她打倒了好幾個，沈薇等人的壓力頓時緩解許多。

黑衣人一看不好，這小瘋丫頭還挺棘手，立刻分過四人圍住桃花。

桃花雖然力大無窮，但手中的兵器不趁手，幾個回合就被黑衣人把木棍削得只剩一尺來長。

「桃花，小心！」沈薇看到一把大刀朝桃花頭上砍去，魂都快嚇沒了，也不管自己會不會受傷，一腳踹開面前的黑衣人就搶了上去。

刀鋒從桃花額前劃下，是沈薇拉了她一把。沈薇一見沒傷著桃花，心中鬆了一口氣，後腰上卻忽然一股劇痛襲來，一把劍插在她的腰間。

「小姐！」

「薇姊姊！」

「表妹！」

「啊！」桃花紅了眼，丟下半截的大棍直接撲上去，一頭把一個黑衣人撞出老遠，仍不解氣，騎在黑衣人的身上，搬起大石頭朝他的頭部砸去，直至把黑衣人的頭砸扁。

阮綿綿三人也不管自己不會武功，撿起地上的兵器就朝黑衣人亂砍，眼淚幾乎模糊了視線。所有人都發了瘋，只有一個念頭：把這些黑衣人碎屍萬段。

「沈四！」這一幕正落入飛馳而來的徐佑眼底，他眼中射出駭人的光芒，疾馳而至，翻身下馬扶住沈薇，但見她臉色蒼白，幾乎沒有一點血色。

他緊抿的嘴唇無情地開合著。「一個不留！」

徐佑帶了十多個親身侍衛，全是一等一的好手，不過兩刻鐘便把剩餘的黑衣人屠殺殆盡。

「妳沒事吧？」徐佑緊盯著沈薇沒有血色的臉，眼裡是毫不掩飾的關心。

沈薇費力地扯了一下嘴角，露出一個虛弱的笑容。「沒事。」之後便閉上眼睛，放心地沈入黑暗之中。

徐佑的心一緊，抱起她便朝馬匹走去。「回莊。」

阮恒剛要阻攔，被歐陽奈止住了。「是小姐認識的人，咱們也趕緊回去吧。」

回到莊子，阮振天聽到動靜，出來一看，一個陌生的年輕公子抱著渾身是血的外孫女，大吃一驚。「這是怎麼回事？」

徐佑一聲不吭，只顧往裡面走，帶著太醫李豐泰過來的江白趕緊解釋。「阮大將軍，令外孫女遇到了刺客，我們家公子是過來幫忙的。」

阮振天一聽遇到刺客，更急了。「薇姊兒沒事吧？其他人呢？有沒有受傷？」連薇姊兒都受了這麼重的傷，恒哥兒和綿姊兒能好到哪裡去？

「還不知道呢，大將軍您別急，李太醫已經進去了，不會有事的。」江白安慰道。

「阿富，快推我進去瞧瞧薇姊兒！」阮振天也顧不上等孫子孫女了。

正在此時，阮恒等人也回來了。「祖父！」阮綿綿直接衝過來。

「綿姊兒沒事吧？恒哥兒呢？」阮振天拉著孫女的手，見孫女除了一身狼狽，並沒有受什麼傷，才稍稍放下心來。

「祖父，我沒事，是薇姊姊和哥哥護著我的。哥哥也沒事，只有薇姊姊傷得最重。」阮綿綿趕忙說。

今兒她真的嚇壞了，可一想到薇姊姊的傷，也顧不上害怕。「祖父，我要去看薇姊姊，都是因為要護著我，她才受傷的。」

「好。」阮振天摸了摸孫女的頭，心裡也十分擔憂外孫女的傷勢。光是衣裳上的血，到底受多重的傷呀？

剛到房門口，徐佑就從裡面出來了。「請阮將軍稍候，李太醫正在為沈四小姐看傷。」

阮振天點了下頭，眼前這位公子似乎是薇姊兒的救命恩人，他抱拳說道：「這位公子救了我家薇姊兒，老夫感激不盡。」

徐佑眼皮都沒撩一下，冷聲道：「不必，沈四小姐也曾救過在下。」

阮振天一滯，不明白這人到底何意。

江白趕忙解釋道：「阮大將軍勿怪，我們公子就是這副脾氣。對了，我們公子是晉王府的大公子，和令外孫女沈四小姐是朋友，之前沈四小姐也幫過我們公子的忙。您老放心吧，李太醫的醫術可好了，四小姐一定會沒事的。」

屋內，梨花看著她家小姐身上的傷口，心疼得直掉眼淚。

一盆盆的血水端出來，等在外頭的人更急了，阮綿綿和幾個丫鬟小聲地啜泣起來，心中把諸天神佛拜了個遍，一定要保佑沈薇沒事啊！

桃花直愣愣地靠在牆邊，胳膊上直流著血，她也不管。小姐是為了救自己才受傷的，她看到了，那把劍就插在小姐身上，可小姐還對著她笑。

她好害怕，小姐若是死了怎麼辦？小姐死了，就再也沒有人對她好了，再也沒有人會摸著她的頭，說桃花真聰明，再也沒有人給她肉吃了，再也沒有了……

胸口很疼，撕扯般地疼，桃花按住那個地方，止不住地害怕。

她一骨碌地爬起來，衝進屋裡，跪在床前抓住小姐的手。「小姐，您別死，您別死啊！桃花疼，桃花這裡疼！」她按向自己的胸口。

李太醫翻了個白眼，沒好氣地瞪她。「嚷嚷什麼？妳家小姐好著呢，什麼死呀死的！」哪裡來的傻丫頭，真是笨死了，有他李豐泰出手，人能死得了嗎？

「小姐不會死？」桃花愣愣地看著李神醫。

李太醫哼了一聲，繼續給沈薇包紮傷口。嘖嘖嘖，這女娃可真能忍，雖沒傷及肺腑，可這麼長、這麼深的傷口有多疼呀？

「小姐不會死？」桃花執拗地望著李太醫，勢必要得到一個答案。

梨花怕她惹惱了李太醫，忙把她拉到一邊。「桃花，妳別打擾李太醫給小姐療傷，小姐沒事的。」

「喔！」桃花是想笑的，可是下一刻，她整個人就朝後倒去。

桃花這一倒又是一番人仰馬翻，大家以為她受了嚴重的內傷，誰知李神醫一把脈，說她是力竭而暈。

第六十一章

沈薇直到天黑時才醒過來。

梨花一直守在床邊，第一個發現她醒來了。

「小姐，您醒啦！」梨花的聲音裡充滿驚喜，一邊擦著眼淚一邊笑。「快來人呀，小姐醒了，李太醫快來！」她轉頭，一迭連聲地喊著，又關切地詢問：「小姐，您餓了吧，想吃什麼？奴婢給您做去。」

沈薇想坐起來，卻發現自己渾身都疼，整個人都動不了，不由蹙起了眉頭。梨花連忙按住她。「小姐別動，您受了重傷，李太醫交代您需要好生養傷，您想要什麼就跟奴婢說。」

「她們都還好吧？」沈薇的聲音嘶啞而虛弱。她記得自己昏迷的時候似乎看到了徐佑，那表妹她們應該沒事吧？

梨花搖頭。「小姐放心，大家都沒事呢。」想了一下，覺得還是讓小姐放心為好。「除了小姐就月桂的傷重，歐陽師傅和表少爺都是輕傷，表小姐和荷花、桃枝全都好好的。最好笑的是桃花那丫頭，正說著話時忽然就暈倒了，還以為她受了內傷，沒想到是因為力竭，現在還睡著呢。」

沈薇笑了一下，扯動了胸口一疼，卻放下心來，沒事就好。她剛想再說什麼，就見房門被猛地推開，一群人呼啦啦湧進來。

「薇姊姊，妳怎麼樣？」阮綿綿跑得最快，撲到沈薇床前。

沈薇搖了一下頭，想要對她說沒事，就聽到外祖父的聲音。「綿姊兒快讓開，讓李太醫給妳表姊看看。」

「老朽先給沈四小姐把把脈吧。」李太醫伸出兩指搭在沈薇的手腕上，一屋子的人目不轉睛地盯著，不敢發出一點聲音。

半晌，李太醫才抬起手，臉上是欣慰的神色。「還好、還好，沈四小姐身體強健，這一關算是闖過去了，好生養著，十天半月就能下床了。」沈四小姐雖滿身是血，看上去嚇人，還好沒有傷到內腑，不然別說十天半月，就是一年半載也別想下床。

眾人一聽，全都鬆了一口氣，尤其是阮綿綿、荷花幾個，要是小姐有個好歹，她們真是萬死不足以謝罪了。

「薇姊兒聽到了吧？沒事的。好孩子，恒哥兒和綿姊兒多虧了妳，外祖父承妳的情，好生躺著養傷。」阮振天拍了拍沈薇的手，又轉頭吩咐道：「都出去吧，讓薇姊兒好好休息。藥熬好了嗎？快給薇姊兒端來。」

梨花應了一聲，扭身出去了。

阮振天望著外孫女虛弱地躺在床上，心裡也是異常難過。誠如沈薇想的那樣，他也在猜測這事，一出手就是三十個頂級殺手，薇姊兒不過是個孩子，哪裡就和人結了這麼大的仇？

八成還是衝著自己來的吧，薇姊兒這是受了連累。阮振天又內疚又心疼。

「薇姊兒好生歇著，外祖父明天再來看妳。」阮振天慈祥地說道。

沈薇點了下頭，目光卻看向一個地方。阮振天順著她的目光看去，見她看的是救她回來的徐大公子。他知道兩人想必有話要說，便出了屋門。

「這次多謝你了。」沈薇輕聲說道，是真的感激徐佑，也十分後怕。若沒有徐佑及時趕來，他們可就真的凶多吉少，她就是受再重的傷也護不住綿綿了。

「妳也幫過我。」徐佑的話還是那麼簡潔。

沈薇嘴角彎了一下，無比慶幸自己管了一回閒事。看吧，做好事還是有好報的。

她繼續問道：「知道這些人是什麼來路嗎？」

「殺手樓天字級的殺手。」

徐佑的回答證實了她心中的猜測，但誰這麼看得起她？三十個天字級的殺手，這是下了血本要她的命呀！她似乎也沒得罪過這樣的大人物呀……

「能查到雇主嗎？」沈薇隨口問道，其實也知道這種可能微乎其微。

果然，徐佑搖頭了。「查不到。妳得罪過什麼人？」

沈薇仔細回想了一下，毅然搖頭。「沒有。」得罪的人是有幾個，但能雇得起殺手樓天字級殺手的卻是沒有。

「小姐，會不會是夫人？」梨花小聲提醒。

沈薇立刻否定。「不可能。」然後解釋道：「她手裡沒有多少銀子，而且她現在還待在小佛堂裡。」劉氏的一舉一動都有人看著，她不可能不聲不響就做下這麼一件大事。最主要的是她手裡沒有銀子，這樣一筆買賣至少得花五萬兩銀子，劉氏沒有，即便有也捨不得，她頂多會找幾個街上的地痞流氓來毀她名節。

一時間，室內陷入了沈默。梨花把從她到小姐身邊直到回侯府後的所有事情都想了一遍，然後遲疑地道：「小姐，會不會是那個趙知府？」

小姐可是狠狠地得罪他了，堂堂一個知府，應該有能力買凶殺人吧？

他？沈薇想起那個被她打斷兒子的腿又敲詐了一萬兩銀子的趙知府。嗯，倒也有可能，不過細想一下，她還是否定了。「不是他。」

趙知府此人膽小怕事，他最看重的是自己的仕途，任何影響仕途的事他都不會去做。

「趙知府是誰？」沈薇正想著，就聽到徐佑這麼問。

呃，她一怔，臉上閃過一絲尷尬。「我在沈家莊時得罪的一個人。」

徐佑嘴角一抽，看向沈薇的目光意味深長起來。這小丫頭真不是個省心的，去祖宅調養身體都能得罪知府，惹事的本領也是一等一。

沈薇哪裡不明白徐佑在想什麼，覺得有些不自在。不就是救了自己一回嗎？管得倒挺多。

「妳有沒有想過不是衝著妳來的呢？」徐佑忽然說道。

沈薇抬眸對上徐佑深邃的星眸，頓時明白他的意思。「想過，可又不敢想。」沈薇道。不是衝著自己來，那就是衝著外祖父來的。照殺手的那股狠辣勁，看來是要滅家的意思，表哥和表妹若是出事，大將軍府便連根斷了，留下風燭殘年的外祖父有何用？

徐佑道：「無論是衝著誰來的，反正妳都要小心，這事還沒完呢。」

沈薇心中一凜。是呀，任務沒有完成，殺手樓肯定會派第二批殺手來執行任務，她現在受了傷，到時豈不更危險？

「需不需要——」徐佑遲疑了一下還是問道。

卻被沈薇打斷了。「不用，多謝。」她明白徐佑的意思，是問她需不需要幫忙，沈薇卻不想再欠他人情。人情債是最難還的，況且他們也不是很熟。

她身邊也不缺人手，這回是自己大意了，覺得不過是來莊子遊玩，不會有什麼危險，就沒有帶上暗衛。

徐佑點點頭。「行，那妳休息吧。」看了她疲憊的小臉一眼便退了出去。

沈薇喝了湯藥，又吃了一小碗白粥就睡了。也不知睡了多久，迷迷糊糊中，總覺得有人在她床前晃蕩。

半夜，再次醒來時，沈薇看到有人趴在自己床邊睡得正香，仔細瞧，是桃花。

她一醒，值夜的梨花就進來了。「小姐，您要喝點水嗎？」她倒了一杯溫水，半扶起小姐餵了下去。

沈薇喝了水，覺得舒服多了，下巴抬了一下。「桃花怎麼在這兒？」

梨花道：「自她醒來就跑到小姐這兒來了，死活不願意離開，只好由著她了。」梨花也很無奈。

沈薇目光柔和地望著桃花，輕聲道：「把她挪到榻上去吧，這麼睡不舒服。」

「奴婢省得了。」梨花點頭應道，心中卻想，小姐對桃花真好呀！她羨慕，卻不嫉妒。

桃花到底還是個孩子，梨花把她抱到榻上，她都沒醒，沈薇微笑地看著她恬靜的睡顏，心裡覺得滿足。

「小姐，那位徐公子走了。」梨花忽然道。

「喔。」沈薇也不在意。兩人本就不太熟，又不是通家之好，在莊子過夜也不大適合。

「李太醫沒走。」梨花又道。

沈薇有些意外，但也只是意外了一下。「讓人好生服侍著。」頓了一下，又道：「明早讓歐陽奈過來一趟。」還有好多事情要吩咐呢。

「什麼？一個都沒回來？」殺手樓樓主聽了屬下稟報後驚道。

此人很高，穿一身月白色衣裳，上頭繡著點點梅花，腰間垂著一塊美玉，看上去像哪家的貴公子，只是臉上覆著面具，除了一雙眼睛便看不到其他五官。

「稟樓主，是的，派出的三十天級殺手沒有一人回來，屬下估計是凶多吉少了。」

什麼估計凶多吉少，肯定是凶多吉少了！樓主面具後的眼珠動了一下，似乎在想事情。殺手樓自成立以來也有幾十年，這樣的敗績卻是從來沒有過。那個小丫頭這麼厲害？還是說她身邊有人？他傾向於後者。

難怪雇主大手筆地要求派出三十個天級殺手，他之前還覺得那人小題大做了，不過花錢的是大爺，殺手樓向來是得人錢財、與人消災，自然是雇主怎麼要求他們就怎麼做。

沒想到派出樓裡頂尖的還是失敗了，這損失可大了……樓主眉頭皺得緊緊的。

「樓主，是不是繼續派人執行任務？屬下立刻去安排。」屬下問道。

這是殺手樓的規矩，接了任務就得完成，失敗了，那就派人繼續，直至任務完成為止。

樓主卻搖頭，道：「不急，你先下去吧，等著本尊的命令，沒本尊的命令，任何人不得擅自行動。」

屬下很意外，卻也不敢違抗樓主的命令。

樓主坐在椅子上沈思著。哪個環節出錯了？還是有什麼內幕是他沒有調查清楚的？殺手樓雖然做的是殺人生意，但有一些勢力還是能避則避，比如軍中，他可不想殺手樓在他手裡覆滅。

嗯，還是等等看吧，等雇主找上他再說吧。

沈薇身體好，第二天一早，她就能靠在床頭自己喝粥了。

「小姐！」下去吃早飯的桃花回來了，一看到她家小姐就露出一個大大的笑容，眼裡滿是依戀。

「桃花吃飽了呀。」沈薇也笑，目光滑過她纏著紗布的胳膊，眼裡閃過一絲什麼。

桃花大力地點頭。看到小姐不再緊閉雙眼躺在床上，她覺得安心多了。「小姐，您還疼嗎？」她伸手輕輕摸了摸小姐包紮的地方。

沈薇一怔，又笑了。多好的丫頭呀！誰說桃花傻，桃花是最好的丫頭了。

「桃花疼嗎？」她反問。

「疼。」桃花點頭。今日還好點，昨天都火燒火燎地疼。

「能忍嗎？」沈薇又問。

桃花想了想，點頭。「能！」胳膊上的傷是很疼，但還能忍受。可胸口的疼卻沒法忍，她昨兒都快不能喘氣了，還好現在不疼了。

「那小姐也和桃花一樣，疼是疼了些，過幾天就好了。」沈薇對桃花說。

桃花點點頭，笑得那麼歡暢。真好，小姐不會死了，小姐過幾天就好了，小姐不會不要她的。

邊上忙著收拾的梨花像想起什麼似的道：「小姐，徐公子還給您留了一封信，奴婢去拿給您。」

沈薇接過信，打開一瞧，整個人頓時凌亂了。信上只有一句話：我會負責的，放心。

這是什麼意思？負責？負責什麼？還放心呢，有什麼不放心的？不負責可以嗎？沈薇真是欲哭無淚。是她想的那個意思嗎？這人就因為抱了自己而要負責？那不是情況緊急嗎？

或許人家徐大公子也就是意思一下，說不定如今正後悔呢。沈薇收起胡思亂想，決定把這事忘了，只當沒有這麼一封信。

而被沈薇腹誹不已的徐大公子正心情愉悅地蹺著腿，暗想：現在那丫頭一定看過信了吧？她會怎麼想？高興？嬌羞？

以前他是真的沒想過成婚，只要想到身邊多個女人就異常心煩，但現在想想，那人若是那個小丫頭，似乎感覺還挺好的……他心裡居然隱隱期待起來。

來接人的張雄、錢豹等人一早就到了，東西也早就收拾好，等人上了馬車就可以直接回城。因為沈薇身上有傷，梨花就在馬車裡墊了兩床被子。

回去的路上很順利，啥也沒有發生，虧他們還十二分警戒。

沈薇回到侯府，受傷的消息也同時傳了出去。最先到風華院來探望的是大伯母許氏。

「薇姊兒，怎麼就受了這麼重的傷？看小臉白的，可得好生補一補，需要什麼直接跟大伯母說，不要不好意思啊。」許氏愛憐地摸著沈薇的臉，一臉心疼。

沈薇俏皮地道：「知道大伯母疼我，姪女是不會不好意思的。」說完還吐了吐舌頭，嬌俏不已的樣子。

許氏卻很受用。「就該這樣，一家子骨肉親人，客氣什麼？我呀，最喜歡薇姊兒這分爽利勁。」

說著自己就笑起來，想起夫君跟她說的話，道：「聽妳大伯父說是遇到了刺客，我一聽，差點沒嚇死。不是去莊子嗎？怎麼就遇到了刺客？」

沈薇也一副害怕不已的樣子。「誰說不是呢？姪女跟表妹在莊子學騎馬，就從樹林裡竄出來一群蒙著面、穿著黑衣裳，手裡還拎著兵器的人，圍著我們就動手。若不是表哥和歐陽師傅，以及桃花、月桂幾個丫鬟拚死護著，姪女不定就回不來了。」外祖一家也去了莊子，許多人都看見了，沈薇也沒想隱瞞；而且那是她的外家，沒什麼見不得人的。

她說著還打了個寒顫，眼裡也滿是恐懼，看樣子是真的嚇壞了。

「薇姊兒別怕。」許氏把沈薇攬在懷裡輕輕拍著。「不怕，已經回府了。朝廷那些官員是幹什麼吃的？光天化日之下就有歹人出沒，還離京城這麼近，也不怕聖上知道了怪罪。」

許氏又陪著她說了會兒話，留下許多藥材和補品就回去了。

老太君和二伯母沒有來，都是身邊的大丫鬟過來，府裡的姊妹也都來看望她了，只是心裡怎麼想，那就只有她們自己知道了。

三老爺沈弘軒也來了一回，坐著喝茶，半天也不說一句話，最後茶喝夠了，丟下一句「好生養傷」就走了。

最讓沈薇頭疼的是弟弟沈玨，那小子在她跟前緊抿著唇，眼睛都紅了，回去後卻發了瘋似的練武，把自己弄得渾身青紫。

她知道那個臭小子肯定是把這事攬自個兒身上了，覺得自己沒能力保護姊姊。罷了，練就練吧，男孩了麼，精力旺盛，不發洩出來憋壞了怎麼辦？

第六十二章

養傷的日子安逸卻也無聊，沈薇雖是懶散來著，可是懶散和成天躺在床上是兩碼子事，每每她想下床，都被忠心耿耿的丫鬟們聯手鎮壓，以至於白天睡太多，晚上失眠。

沈薇瞅著外頭那一輪彎月，怎麼瞅怎麼覺得像是被什麼啃了一口，然後就看到窗戶底下冒出一個人頭。她不動聲色地伸手在枕頭下摸了摸，摸到一把銅錢，這是白天她和桃花玩遊戲的道具，便捏了一枚在手裡。

窗戶被打開，那個黑影跳了進來，沈薇一動不動，待那人朝床前過來才出手如電，擲出銅錢的同時起身。

「是我，別鬧。」那黑影身子一側，接住了那枚銅錢，嘴角抽搐。「妳還沒睡？」

沈薇聽出是徐佑，沒好氣地道：「你也知道這是大半夜，跑我房裡來做什麼？」看來府裡的警戒還得再加強。

徐佑臉上一熱，自己也說不出為何大半夜地跑來看她，似乎就是想看看她，和她說說話。

「妳怎麼還沒睡？」徐佑不自在地咳了一聲。

沈薇在黑暗中翻了個白眼。「白天睡多了，晚上睡不著。你呢？不會也是白天睡多了吧？」睡不著也不用到她房間來溜達呀！男女授受不親不知道嗎？

「不是，就是過來看看妳。傷好些了嗎？」夜色中，徐佑說道。

沈薇看他居然拉把椅子坐下來，一點要走的意思都沒有，頓時不知道說什麼好了。黑燈瞎火的，看個鬼呀！

「好多了，現在你也看過我了，趕緊走吧。」

「妳趕我走？」冷冽的聲音裡似乎帶著一絲委屈。

委屈？你委屈什麼？我才委屈好不好？

「大公子，這不是我趕不趕你走的問題，而是咱們這樣孤男寡女、同處一室好嗎？傳出去我還有什麼名聲？」沈薇耐著性子解釋。真想翻臉，可是不行，這是救命恩人。

「不會傳出去的。」徐佑保證地說道。「妳看過信了？」

「什麼信？」沈薇一怔。

「我在莊子給妳留的信。」

沈薇翻著眼睛想了一下，嗯，是有這麼回事。「看了。」

「我會負責的。」徐佑突然道。

沈薇一個激靈。「負責什麼？」千萬不要是她想的那樣啊！

「娶妳。我會娶妳的，妳放心。」徐佑道。

沈薇真的要哭了。「那是意外，你也是為了救我，不需要你負責，你也不用勉強自己娶我的。」

「不勉強，我願意娶妳。」徐佑道。

「真的不用！」沈薇再次說道。就是抱了一下，又沒有少塊肉，娶什麼娶？沒聽說過被人救了還得賠上終身的。

「妳嫌棄我？」徐佑的聲音裡帶著一絲受傷。

「沒有！絕對沒有！」沈薇趕忙搖頭否認，補救地道：「大公子，你出身晉王府，長相佳，武功好，心腸也好，我怎麼會嫌棄你呢？」

「不嫌棄就好。等妳傷好了，我就找人上門提親，妳放心吧。」黑暗中，徐佑的眼眸亮如天上的星子。一說到提親，心底怎麼那麼開心呢？於是他放柔聲音道：「天不早了，妳快些休息吧，我走了。妳等著我。」說罷，就如他來時一般跳出窗戶不見了。

留下沈薇目瞪口呆。誰不放心了？誰要你提親了？我有答應嗎？不都是你自個兒自說自話嗎？她恨恨地猛捶被子。

不管了，提親就提親，愛怎麼怎麼著，睡覺！

可是許久過去了，她還是沒有一丁點睡意。她哀號一聲，又睜開眼睛。

徐佑那廝若真的來提親怎麼辦？她能拒絕得了嗎？心裡怎麼還隱隱有一絲喜悅呢？畢竟徐大公子長得挺好看的，對著那張臉，至少她不會吃不下飯……

至於回到自個兒院子裡的徐佑，已經在盤算請誰上門提親適當了。想來想去還是覺得長公主適合。剛想過了提親人選，又想到聘禮，盤算著自己有多少私產，府裡能出多少，以前沒想娶親便罷了，同樣都是爹的兒子，府裡怎能少了他的一份呢？

嗯，明兒讓江白打聽打聽二弟妹、三弟妹的聘禮單子，可不能委屈了小丫頭。

這麼七想八想，徐佑是一點睡意都沒有了。

晉王妃宋氏正靠在美人榻上跟心腹施嬤嬤說話，她滿頭珠翠，臉上的妝容精緻，看得出是個大美人。

「等昶哥兒成了親，我就沒什麼心事了。」晉王妃眯著眼睛，享受丫鬟的按摩。

「您快別這麼說，等四公子成了親，您還不得操心著抱孫子？」施嬤嬤奉承著。

晉王妃嘴角露出一抹笑意。「嬤嬤說得也是，燁哥兒媳婦都生兩個丫頭了，至今也沒能為燁哥兒添個嫡子；炎哥兒媳婦還沒有孕，一想到這些我就愁得睡不好。為人父母的，總有操不完的心。」

晉王妃是個好命的女人，嫁給晉王爺二十餘載依舊恩愛如昔，王府後院只她一人獨大，晉王爺連個側妃都沒有，僅有的兩個姨娘也不過是個擺設，成日縮在自己的院子裡無聲無息。

晉王妃生了三個兒子，分別是二公子徐燁、三公子徐炎、四公子徐昶，其中二公子和三公子都已經娶妻。除了王妃所出的三個嫡子，晉王府還有個嫡長子徐佑、庶出的五公子徐行、庶出的大小姐徐蒹葭。

「這麼些日子，王妃也瞧了不少小姐，可有看中的？」施嬤嬤徐徐問著。

晉王妃換個姿勢，道：「祖哥兒是個愛玩的，仕途上恐怕不如燁哥兒和炎哥兒，我就想著得給他娶一門得力的媳婦。要說適合，長公主家的青蕊丫頭最適合不過了，門第相當，又是表兄妹，自小一起長大，應該能過到一塊兒去。」

晉王府早就瞄上長公主唯一的愛女，一心想把小郡主弄進府給她當兒媳。有了長公主這尊大佛當靠山，她小兒子還愁什麼？

她盤算得很好，卻忘記了長公主連晉王府的世子徐燁都不大瞧得上眼，能瞧上吃喝玩樂一把好手的徐祖？

晉王妃看不清這個事情，施嬤嬤心裡卻清楚，猶豫了一下仍委婉提醒。「青蕊小郡主和咱們四公子年紀倒是相當，就是不知長公主願不願意？」

自王妃嫁入晉王府，施嬤嬤就一直陪在她左右，她知道長公主對王妃不過面子情，整個晉王府，長公主最看重的還是大公子。

晉王妃不以為然。「她有什麼不願意的？青蕊那丫頭不過是個沒爹的，我還沒嫌棄她命格不好呢，能嫁給祖哥兒也算是她的福氣了。」晉王妃對長公主也不大看得上眼，不過是個喪夫守寡的，仗著聖上的榮寵裝腔作勢。

施嬤嬤一聽這話，立刻識趣地轉移話頭。「四公子的婚事有了眉目，王妃是不是也該為大公子操心操心？」她小心翼翼地道。

晉王妃一怔。「大公子？怎麼操心？我還沒有操心嗎？他都死了三個未婚妻，高僧都說了，他就是個天煞孤星的命格，還是不要糟蹋人家姑娘了吧！他自己也說了不想娶。」

這個大公子可真是晉王妃心頭的一根刺，當初明明她和王爺兩情相悅在先，是那個女人非插上一腳，搶了她的王妃位置。

好在那女人是個短命的，不過兩年就香消玉殞了，卻留下個討債鬼來礙自己的眼。幸虧這個討債鬼身子不好，大半時間都在山上養病，不然哪能過得這樣舒坦？

「話是這樣說，可王妃您該做的還是得做，畢竟您是大公子的嫡母，該有的姿態您得有。王爺嘴上不說，但大公子也是他的兒子。還有聖上，您給大公子張羅婚事，聖上也得讚您一句賢良。」施嬤嬤苦口婆心地勸道。

晉王妃若有所思，蹙著籠煙眉想了想，緩緩點頭。「嬤嬤所言極是。看在王爺的面子上，我也不能虧待了佑哥兒不是？」

「王妃賢慧。」施嬤嬤讚道。

晉王妃卻依舊蹙著眉。「佑哥兒的親事卻不大好找呀，他今年都二十二了，歲數著實大了些。而且他那個身體，哪家願意把閨女嫁給他？是有那小門小戶的上趕著，可身分又太低。」

晉王妃犯起難來。她倒是樂意給徐佑娶個身分低的，身分低才好拿捏呀，可徐佑畢竟是晉王府的大公子，娶個身分低的，王爺和聖上那裡都交代不過去。

施嬤嬤眼睛閃了閃，出主意道：「王妃娘家不還有未出嫁的表小姐嗎？」

「不成，寧姊兒的婚事大哥已有打算。」晉王妃一口否決了這個提議。寧姊兒是大哥嫡幼女，長得好，自小就請名師教著，才學規矩都是一等一的，一家子都盼著她能有大造化。

施嬤嬤笑道：「宜寧表小姐自是不行，不是還有宜慧、宜佳幾位表小姐嗎？」

晉王妃還是蹙眉。「宜慧、宜佳可都是庶女，身分上適合嗎？」

「怎麼就不適合了？王妃您想，咱們大公子的條件擺在這兒，哪家高門大戶願意把嫡女嫁過來？宜慧、宜佳表小姐雖是庶女，但咱們大老爺好歹也官至工部尚書，這不就適合了嗎？」施嬤嬤慢慢分析道。

晉王妃徐徐點頭。「這倒也是。行，明兒我招大嫂過來商議一下。」

「還有王爺那裡。」施嬤嬤提醒道。

晉王妃再次點頭。她自然是要和王爺說的，也讓王爺瞧瞧她可沒虧待他的大兒子。

說做就做，晉王妃對大丫鬟華煙吩咐道：「去外書房請王爺回來一趟，就說我有要事相商。」

晉王爺今兒恰巧在府裡，來得很快。「王妃有何事？」一撩袍子坐了下來。

晉王妃眼眸流轉，嗔怪著他道：「沒事就不能請王爺回來了嗎？」

「看王妃說的，為夫這不趕緊回來聽王妃的吩咐了嗎？」晉王爺笑道。

夫妻兩個耍了一會兒花槍，晉王妃才道：「妾身給昶哥兒相看媳婦，就想起了佑哥兒，他都二十二了，身邊還沒個知冷知熱的人陪著，妾身每每想起就覺得心疼又難安。佑哥兒的婚事，王爺有什麼章程？」

「提他幹麼？」晉王爺臉上的笑一下子就淡了。

晉王妃只當沒看見，道：「他不是王爺的嫡長子嗎？比他小的燁哥兒、炎哥兒都娶了妻，連昶哥兒都開始相看了，佑哥兒還沒個著落，像話嗎？佑哥兒是個命運多舛的，妾身能不為他多操點心嗎？」

晉王爺依舊不高興。「這事妳看著辦吧。」他一個大男人，哪裡知道怎麼給兒子娶媳婦？而且這個兒子打小就跟自己不親。

「王爺，佑哥兒可是您的嫡長子，他的婚事有何要求還得請您明示，這樣妾身才好辦呀！還有聖上那裡，您是不是去和聖上說一聲？」晉王妃耐心說道。

晉王爺更加不耐煩了。「本王的兒子娶親跟聖上有什麼關係？他的婚事妳看著辦，身分上不太差，別丟了王府的臉面就行。我還有事，午時不回來用飯了。」說罷，晉王爺沈著臉朝外走去。

屋裡的施嬤嬤和華煙見王爺生氣，十分害怕。晉王妃反倒十分高興。

於是第三日，晉王妃打發人接了娘家的三位姪女來王府小住。

「姑姑，一段時日沒見，您又年輕了，瞧瞧您這氣色，比我們姊仨都還要好。」穿鵝黃衣裳的宋宜慧巧嘴奉承著。她是晉王妃大哥的庶女，年方十六，排行居六。

「就是，姑姑您有什麼養顏秘訣快給姪女傳授傳授，可不能藏私喔。」穿淺粉衣裳杏眼桃腮的宋宜佳也嬌俏地附和道。她是晉王妃二哥家的庶女，同樣十六歲，但比宋宜慧小了三個月，在府裡排行居七。

兩人一唱一和把晉王妃哄得開懷大笑，指著她們道：「妳們呀，就是淘氣，姑姑我都老太婆了，哪能和妳們這些小姑娘家比？」

「才沒有呢，我們說的是實話，您讓九妹說，姑姑是不是又年輕又高貴？」宋宜佳噘著小嘴，不依地拉著晉王妃的衣袖，還拉著坐在一旁微笑喝茶的宋宜寧評理。她本就長得好看，這麼一番作態就更讓人移不開眼了。

宋宜慧看得眼裡冒火。不就是仗著長得好，處處跟她搶嗎？長得再好，沒有身分也不過是個以色侍人的，跟她那個煙視媚行的姨娘一個樣。

宋宜寧也是心中鄙夷，面上卻眉眼彎彎。「六姊和七姊說得是，姑姑您貴為一府王妃，儀容豈是我等青澀的小丫頭片子能比的？」娘早就對她說過此次來王府小住的目的，她就是個陪客，自有她的大好前程，自然不會摻入兩位庶姊的爭鬥之中。

「連九妹都這樣說，姑姑，求您把用過的胭脂水粉賞姪女一盒吧。姪女不求能與您比肩，能有個一二成，姪女就心滿意足了。」宋宜慧接過話頭繼續說道。

「姪女也要，姑姑您可不能厚此薄彼呀！」宋宜佳擰著身子撒嬌。

「都有！華煙，還不快把宮中才賞下的胭脂水粉給三位表小姐各拿一份來。妳們呀，都是好孩子，姑姑就生了三個臭小子，最喜歡嬌嬌軟軟的小姑娘了，妳們三個這回可得多陪姑姑幾日。」晉王妃看著花朵一般的姪女，嘴角翹得可高了。

宋家三姊妹自然應是。

宋宜慧和宋宜佳對於到晉王府小住也是心中有底的，且十分願意。晉王府的大公子，簡直是天上掉餡餅的婚事，至於說大公子的身子骨不好，呵，根本就不是問題，大公子的身體若好，早就娶了高門貴女，哪還輪得到她們。

除去晉王府嫡長子的身分，光是大公子的相貌風姿就讓她們趨之若鶩了。

現在姑姑給了這樣一個機會，她們心裡是感激的，也都暗暗決定，嫁給大公子後，定要幫姑姑籠絡住他，姑姪一條心。可是大公子只有一個，最終嫁入晉王府的人也只能有一個，所以宋宜佳和宋宜慧恨不得掐死對方才好。

「我勸妹妹還是主動退出的好，晉王府的大公子可不是個阿貓阿狗就能配得上的，到時自取其辱，可別怪姊姊我沒有提醒妳。」宋宜慧輕蔑地看著宋宜佳說道。二叔只是個六品小官，怎能和官居尚書之位的父親相比？

宋宜佳冷冷地挑眉。「誰自取其辱還不知道呢！就憑妳那雙小眼還想入了大公子的眼？作夢吧！」愚蠢，身分算什麼，姨娘說了，男人愛美色。就憑著她這張絕色的臉，大公子也該選她。

「咱們走著瞧，哼！」宋宜慧臉色一變，氣得要命。無他，宋宜佳戳中了她的痛處，容貌是她永遠的痛，她的一雙眼睛雖不像宋宜佳說的是小眼，但比起其他姊妹霧濛濛的大眼睛，便要遜色許多。

「走著瞧就走著瞧，誰怕誰！」宋宜佳也不甘示弱。

第六十三章

徐佑從府外回來，想起長公主皇姑姑那打趣的目光。「之前你還託我給沈四小姐說門親事，幸虧我這幾日忙，沒顧上，不然你就後悔去吧！」

他的臉隱隱發燙，不過想到皇姑姑答應替他上門求親，嘴角就忍不住上揚。

至於府裡的父王王妃，誰管他們，是爺自個兒娶媳婦，又不是他們娶。

「大表哥。」徐佑正朝自己的院落走去，忽然從小徑旁竄出一個嬌滴滴的姑娘攔在他面前。

徐佑臉色一冷。他最討厭別人靠近自己了，尤其是女人，身上搽了什麼，這樣刺鼻？徐佑沒忍住，狠狠打了個噴嚏。

跟在後面的江白差點笑死了，這不是王妃娘家的姪女嗎？怎麼一臉含情地向大公子身邊湊？有什麼企圖？大公子都有意中人了，可不能讓她得逞。

「是宜慧表小姐呀，怎麼逛到前院來了？您擋了我們公子的路，請讓一讓。」嘴上說著讓一讓，手卻伸了出去，護著他家大公子從宋宜慧身旁走過。

宋宜慧被江白身子一帶，差點沒趴倒在地上。望著走遠的大公子，宋宜慧恨恨地跺腳，眼底是濃濃的不甘。

而宋宜佳聽了心腹的稟報，臉上浮現諷刺的笑容。蠢貨，送上門去何等輕賤！就這麼點手段還想跟她爭大公子，真是不自量力。

宋宜佳一面冷笑，一面吩咐丫鬟備食材。她要親自下廚做羹湯給大表哥送去，這樣才能顯出自己的賢慧。

可惜宋宜佳想得很好，卻連徐佑的院門都沒能進去，任她把嘴皮子磨乾了，江白就一句話：「公子吩咐，不許任何人打擾。」

宋宜佳心中氣急敗壞，只好狼狽地帶著丫鬟回去，剛好又碰到正要出門的宋宜慧。宋宜慧一看到她手裡提的食盒，嘲笑地道：「殷勤沒獻上？吃了閉門羹吧！早告訴妳不要跟我爭了，偏不自量力，丟人了吧！」

宋宜佳本就一肚子氣，現在可找到了對象發洩。她輕蔑地斜睨著宋宜慧。「說得好像妳沒丟人似的，是誰半路跑去截人卻被人家推開的？哼！」又送了一個白眼，高揚著頭進屋了。

氣得宋宜慧就要追過去打她，被丫鬟死活拉住了。

「走了？」屋裡，徐佑清越的聲音響起。

外頭的江白立刻小跑著進去。「回公子，走了。」

徐佑揉了揉眉心，放下手裡的書，道：「你做得很好。」

「是，公子。」江白極少聽到公子誇自己，咧著嘴笑了。見公子似乎有些疲憊，便建議道：「日頭下去了，公子您出去散散步吧。」

徐佑想了一下，便點頭同意了。

在王府內悠閒漫步，正想著忠武侯府的那個小丫頭此刻在幹什麼，是不是又和她那個笨丫頭猜銅錢玩？都及笄了還這麼孩子氣，徐佑的嘴角不由爬上一抹笑意。

忽然，前面傳來一個重物落水的聲響，隨後響起了丫鬟驚慌的呼救。「救命，快來人救命，我家小姐落水了！大公子您快救救我家小姐吧！」那丫鬟看到徐佑主僕，喊得更歡了。

徐佑眉頭一皺，江白踮起腳，張望了一下，道：「公子，落水的是之前送解暑湯的宜佳表小姐。」

「回去。」好好的興致被破壞了，徐佑轉身就走。

江白低著頭，趕忙跟在自家公子身後，至於那個落水的表小姐，只能自求多福嘍，他家公子可不是善良之人啊！

回到書房的徐佑，好心情被破壞殆盡。這又是攔人又是送湯又是落水的，自他回府就沒消停過，再遲鈍也明白王妃家那兩個表小姐是什麼目的。

王妃這是要插手他的婚事了……他嘴角露出冷笑。

看來光有皇姑姑幫他去提親還不夠，是不是該去跟聖上求個賜婚聖旨什麼的？

不提徐佑的盤算，就說沈薇那邊，第二日清晨醒來，想起昨晚徐佑光臨的事，真覺得恍然如夢，一點也不真實。

徐佑居然想要娶她，怎麼可能？不是她自卑，但以她的身分，婚嫁對象絕不包括晉王府大公子，雖說低娶媳婦高嫁女，但徐佑對她來說也太高了點；若她是忠武侯府長房嫡女還勉強能配上，可三房之女就差得遠了。

沈薇提心弔膽了好幾天，好在府裡風平浪靜，她這才放下心來。

她去看了月桂一回，月桂比她傷得重多了，受了內傷，沒有一、兩年的調養是好不了的。她是個寬厚大方的主子，好醫好藥供著，還寬慰月桂說哪怕一輩子好不了也不會嫌棄。月桂感動得直抹眼淚，換個主家，自己早活不成了，只有小姐捨得花銀子救她的命，不用說她也知道每天用的湯藥一帖多少銀錢，更別說那些珍貴的補品了，哪裡是個丫鬟該有的待遇？她感激的同時心裡卻十分惶恐，生怕傷養不好遭了小姐的嫌棄，現在聽小姐這般說，她心底的不安才沒了。

風華院還有一個變化，那就是丫鬟們掀起了尚武的風氣，其中以沈薇身邊的荷花、桃枝最勤奮，每天寅時就起來跟著護院們操練，卯足了勁要練好功夫，至少不能再扯小姐的後腿。

這時，晉王妃語重心長地和徐佑說話。「一晃眼，大公子都二十出頭了，你二弟、三弟都成家有了孩子，就連你四弟也相看起人家了，大公子還孤身一人，每每想起，我和你父王就揪心不已。我和你父王商量了，趁著給你四弟相看，一併也給你尋個可心的媳婦，大公子說呢？」

徐佑冷著一張臉。「不用再糟蹋人家姑娘了。」

晉王妃便笑了。「看大公子說的，什麼糟蹋不糟蹋的，咱們是什麼身分，能嫁進晉王府那都是她祖上積德了。近兩年，你的身子也好了不少，是時候說上一房媳婦了，到時再添上幾個子嗣，我和你父王就放心了，待百年後下去見到姊姊也有個交代。」

晉王妃說著拿帕子按了按眼睛。徐佑垂下的眸中閃過嘲諷。她不是巴不得他沒有子嗣嗎？

他還是面無表情。「不需要。」

晉王妃慈愛地嗔怪道：「你呀，也別那麼執拗了，之前那三家的姑娘不過是巧合罷了，也是她們自個兒福薄，怎能怪到你頭上？這一回呀，咱們好生查訪，挑那八字好的，一定要為大公子尋個好的。」

她見徐佑不說話，像是才想起來似的道：「前兒我接了你三位表妹來府裡小住，都是一家子親戚，你們也多親近親近。」

但想起兩個姪女做下的事，晉王妃就咬牙切齒。到底是庶女，就是上不得檯面，不過這樣也好，這樣的蠢貨才好拿捏。

徐佑依然是那張冷淡的臉。「王妃歇著，我還有事就不打擾了。」站起來轉身就走。想把姪女塞給他？當他是撿破爛的？

氣得晉王妃渾身發抖。「嬤嬤妳看看，他這是什麼態度？我好心好意為他操心，他倒脾氣大，拂袖而去，眼裡還有沒有我這個嫡母？」

施嬤嬤趕忙勸說。「王妃息怒，大公子就是那麼張冷臉，他在王爺跟前不也這樣？您跟他一般見識做什麼？快喝口茶消消氣。」

晉王妃接過茶杯，輕輕地抿了幾口，覺得胸口不那麼悶了才道：「造孽啊！我這是上輩子欠了他的。不瞞嬤嬤，我一看到他那張臉就頭疼。」

施嬤嬤心疼。「您不想見他就不見他唄，您是長輩，他還能說什麼去？他一年裡有一大半不在府裡，您忍忍也就過了，權當是給王爺面子了。」

晉王妃被勸得很舒服。「嗯，若不是看在王爺的面子上，當初我非——」

「王妃慎言！」施嬤嬤趕忙阻止，示意了一下屋裡伺候的丫鬟。

晉王妃也不是傻的，自然知道有些話能說，有些話不能說。

「父母之命媒妁之言，我是他的嫡母，他的婚事自然是我說了算。嗯，嬤嬤一會兒去宋府給大嫂送個信，這事我要好生合計合計。」晉王妃又道。

「是，王妃放心吧，老奴一準給您辦好。」施嬤嬤輕聲應道。

徐佑出了晉王府，就去了皇宮求賜婚聖旨。

「什麼?!」雍宣帝驚訝得差點沒把御筆折斷。「賜婚聖旨?」

徐佑坦然迎上雍宣帝懷疑的目光，點頭道：「是賜婚聖旨。」既然已經決定要娶那丫頭，還是早點把名分定下來的好，不是有個詞叫「夜長夢多」嗎?

雍宣帝的愣怔只是片刻，隨即哈哈大笑起來。「好!好!好!阿佑你終於開竅，是哪家的姑娘?品行如何?」

徐佑道：「是忠武侯府的四小姐，今年十五了，姪兒看她覺得順眼。」

「喔，是沈平淵的孫女?」雍宣帝有些意外。「哪一房的?」

徐佑答道：「三房嫡長女。」

「她爹是禮部的沈弘軒吧，才學倒是不錯，不過這身分有些低了。」雍宣帝皺著眉頭說道，然後像忽然想起似的。「是原配出的那個?」

見徐佑點頭，雍宣帝便若有所思地道：「是阮振天的外孫女呀!當初阮振天的閨女出嫁，十里紅妝來著，可惜紅顏薄命，早早地去了，這個四小姐倒也是可憐，不過身分還是低了些。」雍宣帝非常遺憾地搖頭。

徐佑卻道：「皇伯父，姪子就瞧中她了。」

「喔?」雍宣帝頓時來了興趣。「這位四小姐長得貌若天仙?比淑妃的表妹還美?」

淑妃一直想把表妹說給徐佑，那表妹雍宣帝見過一回，是個嬌滴滴的大美人。

徐佑嘴角抽搐了一下。怎麼覺得皇伯父有些膚淺?淨關注相貌，誰知道面皮之下是什麼心腸？難怪皇伯父後宮淨是些淑妃之流。

但他仍是誠懇地點頭。「沈四小姐長得是好，但姪子看重的是她心腸好，她救過姪子的命。」

「這倒不奇怪，阮振天的閨女年輕時是京中第一美人，她的女兒定然也不會差。」雍宣帝點頭，才反應過來似的驚訝道：「救過你的命？什麼時候？」

「就是上次在城外姪子遇到刺客那回，正好她碰上了，她讓她家的護衛幫忙，姪子這才撿了一條命回來。姪子就覺得沈四小姐好，看著她心裡就覺得舒坦。」徐佑半真半假地說道。

雍宣帝徐徐點頭。「嗯，倒是個熱心腸的姑娘，身分低點就低點吧，誰讓你這麼多年來頭一次喜歡一位姑娘呢。這事跟你父王說了嗎？」

徐佑搖頭。「沒，父王事務繁忙。」遲疑了一下，才道：「不過王妃挺上心的，把娘家的庶女都接到府裡小住了，所以姪子害怕。」

徐佑上起眼藥來絲毫不手軟。「畢竟父母之命媒妁之言，姪子也不想令父王為難。」

雍宣帝差點沒氣壞。事務繁忙？一個王爺能比朕還忙？聽到後頭更生氣了，宋氏什麼意思，徐家人就只配宋家的庶女？他就說宋氏不是個好的，偏他那個傻弟弟死活要娶。

「成，皇伯父答應你了。」雍宣帝十分爽快地答應了。比起宋家的庶女，忠武侯府的四小姐好多了，何況這姑娘還救了阿佑，最重要的是阿佑自個兒喜歡。

「謝謝皇伯父成全。」徐佑的眼睛裡全是喜悅，跪在地上磕了三個響頭。

雍宣帝何時見過姪子這樣喜形於色，不由啞然失笑。「你呀，快起來吧！」笑過之後心裡卻是黯然。這孩子從小就是個可憐的，一出生就沒了親娘，生下來又胎中帶病，喝的藥比吃的飯還要多，受了好多罪。

罷罷罷，既然這位沈四小姐是阿佑喜歡的，就成全他吧！

於是聖旨到了忠武侯府時，闔府全都傻了。世子沈弘文看著來宣旨的是聖上身邊的大太監張全，簡直受寵若驚。

張全宣讀完聖旨，忠武侯府眾人更懵了。賜婚？薇姊兒和晉王府的大公子？這是怎麼回事？

沈薇也傻了。賜婚？她無比震驚，只感覺一邊的二姊碰了碰她的胳膊，這才醒轉過來，就聽見宣旨太監和藹的聲音。「沈四小姐接旨吧。」

沈薇趕緊斂住心神，莊重地雙手接旨謝恩。周圍的人見狀，這才鬆下一口氣，也不知是不是沈薇的錯覺，總覺得那太監對自己的態度特別和善。

「好了，聖旨已宣，咱家也該回宮交差了。」張全揮著拂塵，領著小太監要走，自有沈弘文親自把他送出府門。

「薇姊兒何時結識晉王府大公子的？」老太君皺著眉頭問道。

沈薇捧著聖旨轉頭，在眾人的臉上看到了兩種表情，一種是驚訝，一種是嫉妒。

「徐謹言是誰？」沈薇反問道。她心裡有個模糊的想法，急切需要證實。

「薇姊兒不知道嗎？徐謹言就是晉王府的大公子徐佑呀，謹言是他的字。」折返回來的大伯父說道。

沈薇放心了，隨即眉頭又蹙了起來。這廝來真的？不是說找人上門提親的嗎？怎麼改成賜婚了？提親還能拒絕，可這賜婚哪裡拒絕得了，抗旨可是滿門抄斬的大罪，這個不要臉的神經病坑死她了。

「喲，薇姊兒的命可真好，晉王府的門第可比永寧侯府高多了。」二伯母趙氏一張嘴就酸溜溜的，說話時還不忘朝沈雪瞥上一眼。

趙氏是真的嫉妒，這麼好的一門婚事，還是聖上賜婚，怎麼就沒落到她的萱姊兒頭上？她想到劉氏使出百般手段搶了薇姊兒的婚事，結果轉頭薇姊兒嫁得更好，真想看看劉氏那張氣急敗壞的臉。

沈雪是真的恨。她垂著眸子，指甲都要掐進掌心。憑什麼？憑什麼沈薇能嫁得這麼好？

「妳不說話沒人當妳是啞巴。」老太君沈著臉喝斥道：「這裡是妳說話的地方嗎？薇姊兒，妳跟我到松鶴院來。」

老太君對沈薇這個孫女嫁得好嫁得差無所謂，反正是她不喜歡的孫女，不過這個孫女嫁得好對府裡總歸有好處。至於晉王府大公子剋妻和身體不好，她根本就沒考慮。

「薇姊兒幾時結識晉王府大公子的？」老太君又問了一遍。

沈薇道：「就是這次在莊子遇到歹人，大公子路過幫了忙。」她隱瞞之前的相遇。

「以前沒見過？」老太君十分不信。「就見這一回，人家就求了賜婚聖旨？」

沈薇茫然地搖頭，裝起傻來。「沒有，我才回府多久，聽說徐大公子又經常不在京裡，我怎麼會見到他？孫女這會兒也糊塗著，怎麼就賜婚了？」

老太君還是不信，不過看孫女那茫然的表情，再想想她說的話，還真不由她不信。

「所以說這是咱們薇姊兒運道好，這叫因禍得福。好孩子，既然賜了婚，妳就好生備嫁，妳的婚事大伯母一定好生給妳張羅。」許氏笑道。她雖然也羨慕四姪女得了這麼一門好親事，但也為四姪女高興。

整個風華院上上下下都興高采烈，還有什麼比他們小姐有個好歸宿更值得高興的？小姐這般品貌的，就該徐大公子那樣的人才配得上。

「恭喜小姐得此佳婿！」梨花幾人齊齊笑著對沈薇行禮。

荷花還調皮地伸出手討賞。「小姐，這麼大的喜事是不是該發賞錢？」其他丫頭也跟著附和。

沈薇好笑地瞪了她們一眼，把她伸過來的手打開。「就這麼高興？可惜小姐我不高興，不發！」

梨花卻笑吟吟地接話道：「小姐不發，奴婢發，小姐的私房銀子可都在奴婢這兒掌著呢。」

「好呀！」其他丫鬟拍手叫好。

沈薇看著這群快要造反的丫鬟，嘆了句「奴大欺主」，就背著手進了內室，留下她們在外頭嘰嘰喳喳地說笑。

此刻，她的心情特別複雜，說高興吧也很高興，說不高興吧也有點，好像很難用語言形容呢……

第六十四章

晉王府也接到了賜婚聖旨，晉王爺面色淡淡，雖然徐佑是自己的長子，但他對這個長子向來不在意，所以長子娶誰都無關緊要。既然皇兄下旨賜婚，那就娶吧，忠武侯府倒也不算丟了晉王府的臉面。

跪在地上接旨的晉王妃卻憤怒得想要撕碎那道聖旨。宣旨的太監一走，她就立刻回了後院，一刻都沒停留。

晉王爺追著王妃進了後院。「王妃呢？」看著空無一人的外廳，他問道。華煙聽到聲音從裡頭掀簾出來，邊朝裡頭示意邊行禮。

晉王爺便踱進了內室，見王妃正背對著坐在床上輕聲啜泣，便坐過去扳過她的身子。「怎麼了？」接過華煙遞來的帕子給她擦淚。

晉王妃卻不領情，擰著身子又轉了過去。

晉王爺也不惱，輕聲哄她。「怎麼不高興了？好了、好了，天大的事有本王為妳作主呢。」

晉王妃抽噎了一會兒，才道：「聖上這是何意？這不是明著指責妾身苛待佑哥兒嗎？妾身嫁入王府二十餘年，沒有功勞總有苦勞吧，對佑哥兒，妾身也盡心盡力，聖上這不是打妾身的臉嗎？」

晉王爺一聽是為這事，頓時鬆了一口氣，勸道：「這妳可就想多了，皇兄本就多疼佑哥兒三分，關心他的終身大事是正常，哪裡是針對妳了？」

晉王妃還是抽抽噎噎。「怎能不讓妾身多想？妾身正忙著給佑哥兒相看，連娘家姪女都接過來挑選了，聖上此時卻賜婚，這不是明擺著打妾身的臉嗎？」

「本王知道妳待佑哥兒好，皇兄賜婚，不是還省妳操心了嗎？忠武侯府的門第倒不算辱沒了佑哥兒，妳是他母妃，納吉下聘的事情還得勞王妃多辛苦了。」晉王爺輕聲道，想了想又道：「至於大舅兄那裡，王妃若覺得過意不去，不妨給佑哥兒納個貴妾，這樣妳也多個說話的知心人。」

晉王妃這才破涕為笑，嬌嗔著橫了晉王爺一眼，道：「佑哥兒也是妾身從小看到大的，他的婚事妾身自然會用心打理。不過聖上給咱們佑哥兒賜婚的這位沈四小姐聽說身子骨不大好，子嗣上，妾身很擔心啊！」晉王妃蹙著眉，露出憂心忡忡的表情。

晉王妃的心思轉得可真快，之前的打算因賜婚落了空，立刻就能謀算下一個，勢必要把姪女塞到徐佑的身邊。

「還有這事？」晉王爺詫異。「不會是傳言吧？」皇兄那麼疼佑哥兒，怎麼會給他賜個子嗣艱難的姑娘？

晉王妃又橫了晉王爺一眼。「妾身還能騙您？這位沈四小姐原本有門自小訂下的娃娃親，就是永寧侯府的世子，他家就因為沈四小姐身子骨不好，這才退婚改聘了她的嫡妹，這事前些日子鬧得沸沸揚揚。」

晉王爺的眉頭便皺了起來，半天才道：「賜婚的聖旨都下來了，這門婚事再無反悔的餘地。既然那沈氏身子骨不好，就更得給佑哥兒納貴妾，總不能讓他絕了後嗣。這事妳多上心一些。」如果說之前提起納貴妾只是安慰王妃，現在他是打心裡決定必得給佑哥兒納個貴妾。

晉王妃見心願得逞，面上露出笑容。「是，妾身一定會好生給佑哥兒打算。」

沈雪自前院回來便處於盛怒。賜婚？沈薇那個賤人居然被賜婚給晉王府的大公子，這是多麼大的榮耀！

自她得了永寧侯府這樁婚事，就覺得自己終於壓了沈薇一頭，可現在看來是多麼可笑。憑什麼？憑什麼那個賤人嫁得比她好？她哪裡不如一個鄉下長大的村姑？

她不甘心，再一想到沈薇手裡握著的大筆嫁妝，對比自己那寒酸的嫁妝，她就恨不得立刻衝到風華院打砸一番。

芝姨娘得知了賜婚的消息也很震驚，震驚過後又為四小姐高興。四小姐得了這麼一門好親事，對自個兒女兒也是有益的；妹妹是晉王府的大少奶奶，文家只要是個拎得清的，就會高看女兒一眼。

她又怕女兒再想不開，趕緊去女兒屋子勸說。

沈櫻正在繡枕套，安靜地坐在那裡，微垂著頭，腳邊放著個針線籃子，芝姨娘的心一下子就軟了。這是她的女兒，是她十月懷胎生下的親生女兒，從牙牙學語長到如花似玉，一晃眼都要嫁人了。想到女兒就要離開自己嫁到夫家，芝姨娘的心裡又是酸澀又是不捨。

「姨娘來了。」沈櫻抬起頭招呼道。

芝姨娘過去坐在她邊上，拿起她的繡活看了看，道：「姨娘沒事，就是過來看看妳。」停了一下，又道：「妳也不要一天到晚坐著不動，別把眼睛熬壞了，一些不重要的就交給身邊的丫鬟去做。」

沈櫻點點頭，看著姨娘卻笑了。「姨娘，我知道您的來意，您是想勸我看開點，不要去嫉妒怨恨四妹吧？您放心，我心裡頭明白著。」

一番話說得芝姨娘目瞪口呆，沈櫻的心裡忽然很愧疚。她這副爭強好勝的性子，姨娘一定為她操了很多心吧？

「姨娘，我長大也懂事了，四妹能得這門婚事是她的緣分，我只會祝福，不會怨恨嫉妒的。都是親姊妹，有什麼好爭的？何況四妹嫁得好，於我也是有好處的。姨娘放心吧，等到了文家，我一定好生過日子。」沈櫻認真說道。

芝姨娘的眼淚突然湧出來。她攬著女兒拍著她的後背，哽咽著說：「好，好，我的櫻姊兒終於長大了。」

沈櫻把頭擱在芝姨娘的肩上，聞著她身上好聞的味道，心裡滿是對未來的憧憬。

這邊，秀姨娘和沈月這對母女也在說話。

「四小姐的命可真好，聖上賜婚，滿京城的小姐能有幾個？」秀姨娘一臉羨慕地說。

沈月點頭，眼裡閃過嫉妒，但很快又消失不見了。她四姊可真好命，晉王府的大公子可是全京城閨秀夢寐以求的好婚事。

「姨娘，您再仔細幫我瞧瞧，我想給四姊繡些東西。」沈月道，她手頭沒有多少銀子，也置辦不來什麼好東西，唯一能拿得出手的不過是繡活，怎麼說也是她的一番心意。

秀姨娘欣慰地點頭。「月姊兒能這樣想就對了。」

沈月心想，四姊嫁得那麼好，她自然得巴著些。她不是不嫉妒，只是看到了夫人的下場，哪敢再有小心思？所幸她還小，等她到了說親的年紀，四姊早就在晉王府站穩腳跟，現在跟四姊處好，以後也能靠著她得一門好親事，畢竟她們也是親姊妹。

深夜，窗外繁星點點，徐大公子再一次光臨沈薇的閨房。

嗖，一枚銅錢迎面飛來，徐佑無奈地接住了，失笑。這小丫頭，還挺記仇的。

沈薇靠在床頭，斜睨著這個半夜闖入的小賊，沒好氣地道：「你又來幹麼？」

「生氣了？」徐佑輕笑一聲。真是個壞脾氣的小丫頭。

「誰敢生徐大公子的氣呀？」沈薇哼了一聲，陰陽怪氣地道。

她就是覺得憋屈。你說負責就負責，你說娶就求聖旨賜婚，什麼都你說了算，我算什麼？

「真生氣了？」徐佑問道，想了想還真不明白她氣什麼，不過他有個優點，那就是不恥下問。「妳為何生氣？」

沈薇翻了個白眼，看著這個不要臉的男人已經由椅子上改成坐在自己床邊，若不是怕動靜大，驚醒外頭的值夜丫鬟，真想一腳把他踹地上。

「賜婚。」她言簡意賅地道。

徐佑一怔，然後解釋道：「我本來是想請長公主提親的，誰知事情有變，只好請聖上賜婚了，其實不都一樣嗎？」

沈薇特別敏銳，迅速捕捉到「事情有變」四個字。是什麼樣的事情連長公主的分量都不夠，需要請動聖上賜婚？一想到這兒，她就覺得頭疼。

「誰問你這個了？」沈薇瞪了徐佑一眼。

說來說去都是美色惹的禍，若是徐大公子長得醜一點，她也能狠心豁出去把他給喀嚓了，可他長得如花似玉還對她的胃口，下不了手啊！

「還是妳不想嫁給我？」徐佑看著她臉上變幻的表情，突然問道。

「我根本就不想嫁人。」沈薇脫口而出。

「這有何區別？」徐佑皺著眉。這小丫頭不想嫁給他，事情有些棘手。

「區別大了，我只是不想嫁人，又不是針對你。」沈薇解釋道。美男皺眉的樣子可好看了，她剛才都差點看呆了。不行，此人太過危險，不能與之過多接觸。

「喔，這樣啊。」徐佑放下心來，只要不是不想嫁給他就行。「為何？」

「嫁人有什麼好？」沈薇反問。

「嫁人有什麼不好？」他也問。

沈薇看著徐佑那認真的表情，忽然洩氣了。這只是她的想法，全大雍可能也只有她一個人這樣想，能給他解釋清楚嗎？他又能接受自己的解釋嗎？聖旨都下了，她和他早就綁在一起，再來說這些有意思嗎？

「麻煩，我很討厭麻煩。」沈薇儘量簡單地說。

「麻煩？」徐佑一怔，臉上全是不解。嫁人和麻煩有關係嗎？沒有吧。

她一眼看穿了徐佑的想法，恨恨地道：「你雖然是晉王府的嫡長子，但現任王妃不是你的親生母親吧？她自個兒有三個親生兒子，能待你好了？你父王對你也不怎麼樣吧？不然晉王府世子也不會落到你弟弟頭上，不要說是因為你身體不好，你父王若是疼你，你身體不好不是更該讓你做世子嗎？反正那個身體好的可以去掙自己的前程。你就是個礙眼的，我嫁過去能有什麼好？這麼多的麻煩想想就煩！」她真不想關在後院跟一群女人成天鬥啊。

徐佑怔了一下，然後笑了，一雙眸子熠熠生輝，好看極了。

真是個聰明的丫頭呀！徐佑感嘆著。更不想放手了怎麼辦？二十二年的人生中，他頭一回生出想要的念頭，自己若是錯過這個有意思的小丫頭，以後的人生再也不會有樂趣了。

徐佑伸出手去觸摸沈薇的臉。「不會有麻煩，我保證，即便有，也有我在前頭替妳擋著。」這小丫頭的眼睛可真好看，清麗又不失嫵媚。

沈薇驚得目瞪口呆。這個不要臉的竟然用男色誘惑她，還吃她的豆腐，而自己居然不爭氣地沈迷其中！等她回過神來時，徐佑已經輕笑著退到窗邊。「小丫頭，等著我來下聘禮。」

因為徐佑年紀不小了，兩天內就走完了納采、問名、納吉等流程，賜婚的第三天，欽天監就送來兩人八字的卜算結果，自然是天作之合。一起送過來的還有大婚的吉日，來年三月，下聘是九月十八。

晉王妃忙了七、八天，理了一份聘禮單子，選了一個晉王爺也在的場合遞給徐佑。「佑哥兒，這是母妃替你準備的聘禮單子，你也過過目，看看還需要添些什麼？」

徐佑不客氣地接過聘禮單子翻看起來，看得十分仔細。晉王爺見狀，不耐地皺著眉頭。好半天，徐佑才合上聘禮單子，晉王妃殷殷問道：「佑哥兒，可有不妥？」

晉王爺的眉頭皺得更緊了。「有什麼不妥的？妳做事何時出過岔子？我看這份聘禮單子就擬得很好。」

晉王妃賢慧地笑道：「這畢竟是佑哥兒的人生大事，應該以他的意見為準。」

「他懂個什麼？妳看著作主就是了，光聘銀就五萬兩，不少了，就按這份聘禮單子走吧。」晉王爺一揮手說道，五萬兩的聘銀是晉王妃昨晚在他耳邊念叨的，說是和煒哥兒、炎哥兒當初一樣。

徐佑卻揚了揚聘禮單子，不疾不徐地道：「五萬兩的聘銀是少了些，畢竟我是嫡長子，聘銀應該多一些。」

這份聘禮單子看著花團錦簇，實則價值並不高，像鋪子，東大街上的能和西大街上的一樣嗎？還有莊子，田地肥沃程度能相同嗎？還有那珠寶金銀首飾頭面，能做手腳的地方就更多了。

要是以前，徐佑可能真被矇過去了，可現在就不能了，打從下定決心娶沈薇的那天起，他就琢磨著聘禮的事了，拿出做學問的勁頭來研究聘禮，晉王妃還能矇得了他嗎？

徐佑一說聘銀少了，晉王爺就不高興了。「怎麼少了？你們三兄弟都是一樣，雖然你是嫡長子，可你二弟還是世子呢。」

徐佑直視著晉王爺的眼睛，嘴角勾了起來。「二弟的世子之位怎麼來的，父王您不是最清楚嗎？既然世子就能高眾兄弟一頭，那怎麼三弟和二弟又是一樣呢？」

那眼底的嘲諷讓晉王爺臉色一紅，不自在地道：「你二弟的世子之位不是你主動想讓的嗎？你身體不好，怎能承擔起王府世子的職責？你二弟這也是為你分憂。」除了開始的尷尬，晉王爺越說越順溜，一副全都是為兒子好的樣子。

徐佑眼底的嘲諷更盛了。「兒子不主動相讓，您成天到皇伯父那兒哭訴去？」大雍律法，王府世子有嫡立嫡，無嫡立長；他既是嫡又是長，世子之位板上釘釘應該落在他的頭上，可父王一拖再拖，遲遲不上摺請立世子，還隔三差五就到皇伯父跟前哭訴，什麼長子身體不好不能為他分憂，什麼燁哥兒孝順、文韜武略，那意思誰不明白？

徐佑也是想落個清靜，加之不想讓皇伯父為難，這才把世子之位主動相讓，而且他也有信心，即便沒有這個世子之位，憑自己的能力也能掙下一份家業。

晉王爺的臉一下子就沈下來，怒道：「你這個逆子是什麼意思？」成天黑著一張臉，像別人都欠他似的，說出的話能噎死個人，能怪他不待見這個長子嗎？

徐佑冷笑。「父王又是什麼意思？」還當他是那個垂髫小兒？

晉王妃一見兩父子就要吵起來，心裡很高興，怎奈爭吵的內容和世子之位有關，她不得不做起和事佬。「王爺，您這是做什麼？兩父子有什麼話不能好好說？佑哥兒也別惱，咱們繼續來說聘禮的事。依你看這聘銀是少了，那添上多少合適？」

徐佑看向端莊賢慧的晉王妃，眼底閃過什麼。「我到底是嫡長子，這聘銀至少要再加一萬兩。至於其他的我就不挑剔了，皇伯父也賞了我一些私房銀子，我自個兒準備吧。」

像是又想起來似的道：「我這兒有二弟和三弟的聘禮單子，父王不妨好生看看，到底和兒子的一樣不一樣。對了，光看還不行，也使人去打聽打聽這上頭的鋪子莊子每年收益相差多少。我雖不理俗事，這麼點小事還是懂的。」最後一句話是說給晉王妃聽的。

徐佑抬腿走了，晉王妃心裡卻有些忐忑。「王爺，佑哥兒這是何意？妾身怎麼聽不懂呢？」

晉王爺卻盯著桌上的三份聘禮單子若有所思，嘴上敷衍道：「誰知道那臭小子什麼意思？妳不要管，就按他說的做吧，反正是他的婚事，丟人也是他丟人。」

晉王妃見晉王爺真的把三份聘禮單子收起來，握著帕子的手不由緊了緊，心裡更不安了，也暗暗後悔自己輕忽，可誰能知道那目下無塵的大公子對俗事那麼了解？

第六十五章

九月十八這一天，世子夫人許氏一早就忙活開了，整個侯府早就在三天前打掃得煥然一新，廊下懸掛著紅綢和燈籠，連牆壁都新粉了一遍，下人們也都換上新衣，精神抖擻地忙前忙後。

「快、快、快，把這盆珊瑚擺在這裡，這盆富貴滿堂擺那邊去，動作輕點，別出了紕漏。」許氏親自指揮。

晉王府那邊早傳消息來了，說今天晉王妃和長公主都會過來。晉王妃是薇姊兒未來的婆婆，長公主是除了進宮從不出府作客的，這麼兩尊大佛要來，對侯府是多大的榮耀，怎能不讓許氏重視？

「夫人，來了，四姑爺下、下聘禮來了！」有下人跑得氣喘吁吁來稟報。

許氏一驚。「怎麼？咱們四姑爺也來了？」沒聽說徐大公子也要來呀！

那下人猛嚥了幾口唾沫才把氣喘勻。「回夫人，是咱們四姑爺親自帶人來下聘禮的。」

他遠遠瞅見就跑回來報信了。

「你是個機靈的，回頭少不了你的賞錢。」許氏讚許地看了報信的小廝一眼，想了一下，吩咐道：「趕緊去請世子和三老爺回府待客。」說罷匆匆去大門迎接貴客。

聘禮是先到的，那個如神仙一般的公子從馬車上下來，許氏就覺得眼前一陣恍惚，天地間都安靜下來。

「沈夫人。」耳邊響起清冷的聲音，許氏才回過神來，揚起笑臉道：「大公子快請進。珏哥兒，快把大公子帶去前院書房歇著。聘禮直接抬去風華院。」片刻間許氏就下了決定。

徐佑卻擺手拒絕了。「不忙，佑還未拜見老太君呢。」怎麼也得看那小丫頭一眼。小丫頭氣性可真大，直接把窗戶給釘死了，害得昨晚他無功而返。

看著如流水一般抬進去的聘禮，眾人都驚訝得張大嘴巴，就是見多識廣的許氏也是暗暗吃驚。這聘禮也太多了吧？

長公主和晉王妃的車駕到了，徐佑快步過去，扶著長公主下車，而許氏也接了晉王妃，一行人朝內院行去。

「老身恭迎長公主殿下和晉王妃。」沈老太君起身行禮，並把二人讓到上座。

徐佑上前給老太君和許氏見禮，然後幾個人便寒暄起來。

晉王妃一直面帶微笑，一副和藹可親的樣子。她看了一眼垂目喝茶的大公子，從袖子裡掏出聘禮單子遞給老太君。「這是我們晉王府的聘禮單子，老太君請過目。」

要是往常，忠武侯府這樣的府邸她是不屑來的，雖然沈侯爺簡在帝心，但在晉王妃眼裡，忠武侯府就是個暴發戶，她可不屑打交道。可今兒是晉王府下聘的日子，由不得她不來，好在也只這一回，忍忍就過了。

老太君接過聘禮單子翻看了一下，幾乎要被嚇住了，光是聘禮銀子就有六萬兩，晉王府真是財大氣粗，薇姊兒那死丫頭還真有幾分運道。

老太君心裡感嘆著，隨手把聘禮單子遞給邊上的許氏。「一會兒給薇姊兒送去，讓她也看看。」

倒不是老太君對沈薇改觀，實在是這個孫女嫁得太好，她多籠絡著些，不是能帶攜謙哥兒他們兄弟們嗎？

「是，一會兒就給薇姊兒送去。」許氏恭敬道，低頭瞥了一眼，看到上面的聘銀六萬兩，心中也是吃驚，不由看向晉王妃。薇姊兒這個未來婆婆倒是個好的，不然也不會給這麼多聘銀。

一直垂目的徐佑聽到提起沈薇，端茶杯的手頓了一下，不由抬頭朝長公主看去。

長公主見狀，心中好笑，輕咳一聲道：「本宮還未見過四小姐，請四小姐過來見見吧。」

長公主都吩咐了，誰敢說不？於是老太君對大丫鬟琥珀吩咐道：「快去請四小姐過來。」

風華院正熱鬧著，好多下人圍著滿院的聘禮，興奮地說著笑著、指指點點。不愧是晉王府，就是財大氣粗，四小姐可真有福氣，能跟著這樣的主子多幸運呀！風華院的下人個個挺直腰板，頭揚得老高，接受其他院落下人的羨慕嫉妒恨。

沈薇貼身的幾個丫鬟也異常興奮，連最穩重的梨花都忍不住跑院子裡看了兩趟，荷花更是跑進跑出。「小姐、小姐，奴婢粗粗估算了，不算聘銀也得有十萬兩。」

「太好了，可見晉王府對咱們小姐多重視。」其他丫鬟附和道。

沈薇心裡卻波瀾不驚，看著喜氣洋洋的丫鬟們一眼，道：「妳們小姐我是缺銀子的人嗎？」真是眼皮子太淺了，她手裡光是現銀就有近百萬兩，還有那麼多的產業，哪會把這區區十來萬兩的聘禮放在眼裡？

眾丫鬟一想，也是，小姐最不缺的就是銀子了。

「雖然小姐不缺銀子，可這聘禮代表著晉王府對小姐您的看重呀！」桃枝斂了斂神說道。

沈薇嘴角扯了扯，剛要反駁，就見祖母身邊的大丫鬟琥珀進來了。「四小姐，老太君請您過去一趟。」

不用問肯定是長公主和晉王妃要見她。

梨花等人趕緊服侍沈薇換衣裝扮，一番手忙腳亂後，沈薇終於優雅地出門。通報的聲音響了起來，徐佑的脊梁不由挺直了三分。

就見從門外進來一位妙齡少女，身材高眺，穿一身淺綠衣裳，給這秋高氣爽之日注入一股清涼。一頭青絲隨意綰起，一根碧玉簪子斜斜插在頭上；耳邊兩顆珍珠耳墜輕晃，給她白皙的皮膚更添幾分亮色。

再瞧那張臉，怎麼會有如此好看的姑娘！一雙鳳眼含笑，瓊鼻朱唇瓜子小臉，真真是絕色。難怪阿佑這麼上心了！長公主心道。

晉王妃也是大吃一驚。難怪聖上會賜婚，這位四小姐長得這樣好，自己作為女人看了都動心，何況是大公子？她似乎一下子找到了徐佑非要娶沈薇的理由。

徐佑的嘴角翹得高高的。打從沈薇一進來，他的目光就盯在她身上，眼底劃過驚豔。他知道這小丫頭長得好，卻沒想到盛裝打扮的她會如此亮眼。

沈薇感覺到那道灼熱的目光，心裡翻了個白眼。誰能告訴她這個神經病怎麼也在？他不是該在外院和人伯父、父親相談甚歡嗎？

面上卻不動聲色，裙不動身不搖，儀態萬千地行禮。「小女沈氏阿薇拜見長公主殿下和晉王妃。」

長公主的眼底閃過讚賞，還沒來得及說話，就見晉王妃已經拉住沈薇的手，嘖嘖稱讚。「真是個漂亮的好姑娘。」

沈薇抿嘴羞澀一笑。「王妃誇獎了，小女蒲柳之姿怎能比得上王妃的雍容華貴？」

「嘖嘖，還是個巧嘴的姑娘，我就喜歡這樣的姑娘。」晉王妃笑得合不攏嘴，扭頭對著老太君羨慕道：「老太君您可真有福氣，養了個這麼好的孫女。」

老太君受寵若驚。「不過是個孩子，哪裡值得王妃這般誇獎？」

晉王妃卻仍拉著沈薇的手不放。「老太君謙虛了吧，好孩子，等妳進了晉王府，咱們娘兒倆可得好生親香親香。這支金釵我戴了七、八年，妳別嫌棄，給妳戴著玩吧。」她拔下頭上的一支金釵插到沈薇頭上。

雖然是賜婚，但有些程序還是要意思意思的，比如這插釵，若是男方相看滿意，就會把金釵插到女方頭上，代表訂下來的意思。

沈薇雖然嘴角抽了抽，但也知道這金釵代表的意義，於是禮貌地道謝。「多謝王妃賞賜。」微垂著眸子，俏臉緋紅，像一朵嬌羞的睡蓮。

晉王妃掩嘴而笑。「不謝，不謝，很快就是一家人了。」她意有所指地道，眼角瞟了瞟坐在末位的大公子，就見他依舊低頭喝茶，連眼皮子都沒抬一下，不由心中有幾分失望。

接著，徐佑徐徐站了起來，告罪道：「皇姑姑、王妃、老太君、沈夫人，容佑先行告退，煩勞沈夫人指個人領佑去拜見沈世子和沈大人。」

他立在那裡如挺拔的翠竹，這樣的小輩誰不喜歡？許氏還沒張嘴，老太君就一迭連聲地吩咐。「秦嬤嬤，快領大公子去前院書房。」

徐佑退出去之前，不著痕跡地看了沈薇一眼，就見這小丫頭垂眸淺笑著，壓根兒就沒往自己這邊看一眼。

長公主看著姪子那番作態有些想笑，便打趣道：「既然妳婆婆都出手那麼大方了，本宮也不能小氣不是？喏，這玉鐲本宮也戴了七、八年，就給妳拿去戴著玩吧。」

她從手腕上脫下一只玉鐲塞到沈薇手裡。她是真的喜歡沈薇，長得好，儀態好都還是其次，最重要的是這丫頭眉眼正、不輕浮，一看就是個聰慧懂事立得住的，配她苦命的姪子正正好。

這只玉鐲通體碧綠，水頭極好，一看就知道價值不菲。也是，長公主手裡能有差的東西嗎？

沈薇慌忙拒絕。「這玉鐲太珍貴了，長公主還是自個兒留著吧，您隨便賞小女帕子荷包就成。」

長公主卻非賞不可。「拿著玩吧，不是什麼值錢的東西，不過是顏色還好，拿著。」

呵，這還不是什麼值錢的東西？沈薇心中感嘆著，面上卻為難地看向老太君。

老太君對她點點頭。「既然是長公主給妳的，妳就拿著吧。」

「小女謝長公主賞賜。」沈薇只好接了這只玉鐲。嗯，戴在手上剛剛好，而且還挺漂亮的，她高興地對著長公主露出嬌憨的笑容。

與此同時——

「樓主，您召屬下所為何事？」殺手樓日殿殿主冷飛揚恭敬問道。

樓主謝飛站在一片竹林前，長身玉立，依舊戴著那張銀色面具。他抬頭看了看天，雲層壓得很低，預示著將有一場大雨。

「天字七號的雇主有沒有上門？」他狀似不經意地問。

冷飛揚點頭。「來倒是來過，知道任務失敗後沒說什麼，也沒有催促咱們繼續，只說恰當的時候會派人過來傳話。」

謝飛喔了一聲，伸手摘了一片竹葉把玩。「把這樁生意退了。」

冷飛揚不解。「樓主，這可是好大一筆銀子，咱們殺手樓做的就是殺人的買賣，只要雇主出得起銀子，就沒有咱們殺不了的人，這次只是一時失誤，但也不至於就毀約吧？」他心裡不大情願。

「退了，提十萬兩銀子給天字七號的雇主送去。」謝飛毫不猶豫地下令。這是殺手樓的規矩，一旦單方違約必要賠償一倍的佣金。

鑑於謝飛積威甚重，冷飛揚即便心中不情願也不敢違抗命令。「是，屬下明白了。」

謝飛看了眼屬下遠去的背影，又把目光投向遙遠的天際。

殺手樓能在帝都傳承幾十年，和每代樓主敏銳的政治嗅覺分不開。自皇上給晉王府的大公子賜婚，他便立刻明白天字七號的任務不能再繼續執行了。

他是殺手樓的樓主，自然知道許多別人不知道的內幕，那晉王府的大公子可不像表面看上去的那麼無害，這麼說吧，整個大雍朝，徐大公子是他最不願招惹的人，沒有之一。

如今的殺手生意也不是那麼好做的，沒有點頭腦，說不準就是全樓覆滅。所以單純做殺手事業是不行的，還得發展其他副業，像他，除了是殺手樓的樓主，還是一名經由科舉考上的翰林院小翰林。

京中一處院落，一個中年文士模樣的人匆匆拐進書房，把手裡的信雙手奉上。「主人，殺手樓退了咱們的生意。」

那主人好似早就預料到了，一點都不驚訝。「退就退了吧。」聖上給晉王府的大公子賜婚，他也知道這筆生意十有八九做不成了。可惜呀，只差那麼一點點。

「主人，您看是不是要……」中年文士有些不甘地提議。

那主人卻搖頭。「暫時先不要輕舉妄動。」現在他還不想和晉王府的大公子對上。不過是個小丫頭，容她多蹦躂幾天又怎樣？等她進了晉王府，恐怕不用他出手，她就活不長了。

如今京中最熱門的話題就是晉王府的大手筆聘禮，前幾天還在感嘆忠武侯府的四小姐走了狗屎運，以退婚之身還能被聖上賜婚給晉王府的大公子，得是多逆天的運道。都猜測這沈四小姐有什麼能耐，猜來猜去只知她的生母曾是京中名動一時的第一美人，外家大將軍府曾顯赫一時。

難道是聖上想起阮大將軍府的冤案，心中愧疚想要彌補一二？可要彌補也該是彌補阮大將軍的親孫子孫女，阮振天不是還有個小孫女嗎？難道是聖上感念沈侯爺勞苦功高想要恩澤一二？可有長房在前頭杵著，哪裡輪得到三房的閨女？

就在眾說紛紜的時候，西疆的戰報也八百里加急到了京中。

西疆燃起了烽火，和大雍朝西邊接壤的是個叫西涼的小國，他們是遊牧民族，今年也不知為何，西涼國的草場大片死去，導致牛羊馬匹也大批死去，眼瞅著就要到冬天了，沒有糧食怎麼過冬？

於是西涼國鋌而走險，打上了大雍的主意，頻頻到邊境來打穀草。邊境的大雍居民便遭了殃，西涼人所過之處，村莊都被洗劫一空，男女老少要麼被殺，要麼被掠走做奴隸。

鎮守西疆的沈侯爺自然不能坐視旁觀，親自帶人到邊界巡視，擊退了幾批東下的西涼人。但隨著冬天逼近，西涼國的大軍迅速東來，勢要一舉突破邊疆防線，闖入大雍朝的國土。

沈侯爺一邊調兵遣將，一邊派人將戰訊傳入京中。

雍宣帝接到戰報，十分重視，滿朝文武官員也都譁然一片。有那熱血的在金鑾殿上就挽起袖子勢要跟西涼一決高下，也有那保守的憂心忡忡，擔心西涼人強馬壯，大雍不是對手，與其枉啟戰事死傷無數，還不如早早捨些糧食圖個平安。

一時間，朝臣們吵得不可開交，雍宣帝坐在龍椅上面無表情，握著椅柄的手卻是青筋暴突。

第六十六章

忠武侯府自然也收到了這個消息，世子沈弘文帶著兩個弟弟跟幕僚商談整宿，就擔心老父在西疆的安全。

其實沈薇知道的消息要比她大伯父還要多一些，在戰報進京之前，大雍和西涼大軍已經戰了一場，慘勝。這兩個字代表什麼意思，夠她想像了。

「西涼死士燒了咱們的糧倉？」沈薇問著下頭那個絲毫不起眼的小廝，蛾眉緊蹙著。

「是，侯爺疏於防備，被西涼死士鑽了空，侯爺派屬下悄悄入京找四小姐想辦法。」那穿著小廝衣裳的親衛不卑不亢地道。

現在明白為何是慘勝了，雖然打退了西涼軍的進攻，但糧草都被人家給燒了，大軍吃什麼？沒飯吃怎麼打仗？真是個慘啊！

但這麼大的事情，祖父不找大伯父商量，反而讓自己一個小姑娘想辦法，什麼意思？不就拿了他一塊破玉珮嗎？還得做牛做馬？不要了還不成嗎？

「我能有什麼辦法？你還是找大伯父商議吧。」沈薇不大想管，這才過幾天安生日子？打仗那是男人幹的活，她一個小女子不摻和。

那親衛卻一動不動。「侯爺只吩咐屬下來找四小姐，屬下這裡有侯爺的親筆書信，請四小姐過目。」

望著雙手上托的書信，站在沈薇身邊的歐陽奈已經接過書信遞給她。沈薇狠狠地瞪了歐陽奈一眼。

她無奈地接過書信，粗魯地撕開。信上的內容很簡單，幾句話，她卻笑了。她祖父真是隻老狐狸，總能撓到她的癢處。

她現在手裡要人有人，要銀子有銀子，還有一門聖上賜婚的好親事，要打動她還真不易。可她在意弟弟呀，現在祖父許玨哥兒一個錦繡前程，不由她不動心。

不就是要糧食嗎？她手裡有大把的銀子，還愁買不到糧食？這買賣划算，她做了！

「行，你先下去歇著吧，五天後，我給你弄兩萬石糧食。」沈薇十分有魄力地說道。

那親衛卻沒有動，猶豫了一下，道：「四小姐，能不能快些？屬下怕西疆撐不住。」八萬大軍全靠著僅剩下的小糧倉，恐怕堅持不了多久。

沈薇一想也是，救人如救火，她再加把勁吧。「那就三天吧。」

於是，無論是跟沈薇來京城的曲海、張雄、錢豹，還是留守沈家莊的福伯、黎伯，都接到她的命令：收糧食！多多益善，不用怕花銀子，但要收得不著痕跡，不能讓人察覺。

在沈薇下了命令的同時，雍宣帝也正和幾個大臣在御書房裡商談對策，商討了大半天才勉強湊了一萬石糧草。

眾位大臣陸續出了御書房，當晚，徐佑便秘密地出現在雍宣帝的寢宮。

「阿佑，快過來陪朕下棋。」雍宣帝招呼道。

徐佑走過去在雍宣帝對面坐下，兩個人開始排兵布子。

「阿佑覺得派何人押送糧草適合？」雍宣帝隨口問道。

「武烈將軍。」徐佑答得也隨意。

「喔，為何？」雍宣帝有幾分詫異。「朕還以為你會舉薦沈世子呢。」畢竟沈侯爺是他那小未婚妻的祖父。

徐佑卻道：「沈世子還是留在京中的好。他走了，兩位沈大人可撐不住忠武侯府。」到時忠武侯府亂起來，不是給小丫頭找麻煩嗎？

「喔？那永定侯怎麼不行呢？你華康姑姑一個人可就撐住永定侯府了。」雍宣帝饒有興趣地問，好似在考校徐佑一樣。

徐佑放下一顆棋子才道：「永定侯姑父是有這能耐，可他在外領兵的那些年傷了腿腳，平時不顯，一勞累就會腿腳痠疼發麻，聖上還是心疼一下永定侯姑父吧。」

雍宣帝哈哈大笑，其實心裡也是屬意武烈將軍的，這可是一員虎將。

「阿佑有沒有想過去西疆走一趟？」雍宣帝此時的心情很好，揶揄地看著姪子，道：「這可是個難得的機會。」

徐佑側頭看著雍宣帝，反問道：「聖上希望臣去？」他飛快地思索著，去一趟也不是不可以，留在京中也不大能見到那小丫頭，還總掛念著，要不去西疆走一趟？順便立個小功什麼的，回來好跟聖上討賞。畢竟他也是要成家的人，養媳婦是要花銀子的。

雍宣帝不說是，也不說不是，只是問：「阿佑想去嗎？」

徐佑想了想，道：「好。」聽說這回西涼大軍來勢洶洶，西疆那八萬人馬也不知能不能守住邊城，沈侯爺畢竟是小丫頭的祖父，若是出事，小丫頭還得守孝，自己都二十二了，可不想再等一年。

第二日，武烈將軍章浩然便押著一萬石糧草出發了。因為徐佑素來低調，所以知道他也在此次押運糧草隊伍中的人不多，就這不多的幾人也不約而同地想：聖上這是送大公子去西疆撈功勞呢！

就在徐佑出發後的這日傍晚，又一份西疆急報送入京城：沈侯爺中箭昏迷，西疆形勢緊急。

雍宣帝驚得一口茶差點沒噴出來，又慶幸派去押運糧草的是武烈將軍和阿佑。對這個姪子，他還是很放心的。

而沈弘文得了消息就匆匆進宮求見雍宣帝，雍宣帝對他的來意一清二楚，看在沈侯爺的面子上，倒是召見了他。

「聖上，臣的老父現今在西疆生死未知，懇請聖上容臣帶府中護衛去西疆探望。」沈弘文雙膝跪在地上苦苦哀求。

雍宣帝本不欲答應，但看到沈弘文這可憐巴巴的模樣，又想到沈平淵一把年紀了還在西疆為國盡忠，心便軟了下來，像想起什麼似的問道：「你那長子今年也有十七、八了吧？武藝如何？」

沈弘文雖不明白雍宣帝是何意，仍老實地答道：「回聖上，臣那長子今年十八了，武藝也是打小就學的，倒是比平常人強些。」

雍宣帝便道：「讓你的長子代你走一趟吧，朕點五百禁軍隨行。侯府還需你坐鎮，朕是萬不會派你去西疆的。」

沈弘文還想再求情，但雍宣帝一副朕意已定的樣子，他只好退下了。

沈薇知道大堂哥要去西疆的消息，眼珠了立刻轉開了，當下就出府看外祖父去了。

祖孫倆關在書房裡也不知是怎麼嘀咕的，反正沈薇就把表哥阮恒塞進沈謙的隊伍裡。

至於曲海、張雄可真能幹，不到二天就收購了三萬石糧食，沈薇還沒來得及喊那個親衛，親衛就先找上她了。

「什麼？讓本小姐親自押著糧食去西疆？」她差點沒蹦起來，有這樣得寸進尺的嗎？敢情她不僅得出銀子籌備糧食，還得親自押去西疆？再是親祖父也不能這樣坑孫女呀！

那親衛卻跪在地上，一字一頓地說：「侯爺昏迷前給四小姐留下一句話：覆巢之下，焉有完卵。」

她當然知道覆巢之下無完卵，祖父若是不在了，忠武侯府必然敗落。雖然她不大在意這個，但有個強有力的娘家，她嫁入晉王府也能狐假虎威不是？何況還有珏哥兒呢，忠武侯府敗落了，他要怎麼辦？

好吧，她就親自去西疆走一趟吧，一定要把那隻老狐狸的鬍子全都揪掉！

第二日一早，沈薇的馬車便駛出忠武侯府的大門，說是要去離京五、六十里的大覺寺小住，為祖父祈福。

沈薇帶走大半的護院，除此之外，還有梨花、桃花及湘眉嫂子母女倆，蘇遠之則留下來策應。其實她是很想帶走蘇遠之，他可是個萬能軍師，有他在身邊，自己能少很多麻煩。可京中必須留一個能掌大局的人，此人非蘇遠之莫屬了。

桃枝和荷花也留下來，走之前，沈薇把兩人叫進屋子。「此次我去大覺寺少則一個月，多則三、五月才能回來，妳倆能不能把咱們的院子看住？」

荷花一聽小姐不帶自己去，心裡有些許失望，又聽到小姐對她委以重任，激動地直點頭。「小姐放心，奴婢定把咱們院子守好。」

桃枝是個聰明人，知道這是小姐對自己的看重，便也認真說道：「奴婢定幫小姐守好院子。」

沈薇心中滿意，勾起唇角說道：「即便小姐我不在府裡，妳們也不用怕，日子該怎麼過就怎麼過，不要主動惹麻煩，但麻煩惹上來也不要害怕。只要妳們占理，小姐我就全替妳們兜著。遇到不決的事情，可以去前院找少爺和蘇遠之。」

「奴婢記下了。」桃枝和荷花恭敬答道，尤其是桃枝，身側的手不由攥緊，心底有股隱隱的興奮。她感覺到了，這是個好機會，只要她能在小姐不在的日子守住風華院，那她今後在小姐眼裡就跟梨花、荷花一樣了。

沈薇剛上馬車，沈珏就攔在馬車前，她無奈，只好招他上來。「怎麼沒去學堂？」

沈珏微皺著眉，看著姊姊身上的素衣。「姊姊是要去西疆嗎？」水仙和顧嬤嬤說姊姊要去大覺寺為祖父祈福，可他知道不是這樣的，去個大覺寺哪需要帶這麼多護院？還有歐陽師傳，昨兒他都看到他擦槍了。

「誰跟你說的？」沈薇很意外沈珏的敏銳。她要去西疆，可是一點口風都沒露出來。

「別管誰跟我說的，妳告訴我是不是？」沈珏緊盯著姊姊，大有得不到答案誓不甘休的架勢。

既然這小子自己猜到了，沈薇也不瞞他，點頭道：「是，祖父中箭昏迷，我不大放心，過去看看。」順便給你掙個錦繡前程。後面的話是在心裡說的。

「那我也去。」沈珏知道姊姊做了決定便不會更改，可西疆正兩軍交戰，太危險了，姊姊是姑娘家，他不放心。

「不行。」沈薇一口回絕，對上弟弟倔強的眼神，心中一軟，拍著他的肩道：「該讓你去的時候，你就是不想去，我也會拿鞭子抽著你去，可現在還沒到你去的時候。你現在的任務是留在京中好生讀書，跟著蘇先生多學本領。」

沈玨站著不動，絲毫不肯妥協。

「玨哥兒，聽話。」沈薇直視著他的眼睛。「玨哥兒你要知道，不是姊姊想去，而是姊姊不得不去。你看看咱們侯府這兩代哪個是能夠挑大梁的？祖父若是有個不測，侯府立刻能從雲端摔下。姊姊知道你心疼我，那你就更該好生學本事，但在你長大學好本領之前，姊姊先替你撐著。」

沈玨眼睛都紅了，咬著嘴唇，倔強地看著比自己其實大不了幾歲的姊姊，終於重重地點點頭。「姊姊要小心，我會看好咱們院子的。」

沈薇看著背脊挺得直直的小小男子，笑了，笑容是那麼驚豔和璀璨。

沈玨望著姊姊的馬車漸行漸遠，身側的拳頭握得緊緊的。姊姊這都是為了他，本該在閨閣無憂的姊姊為了他，卻要去西疆那麼危險的地方！他要快點長大，才能保護姊姊！

至於梨花和湘眉嫂子是到了大覺寺才知道小姐要去西疆，不由大吃一驚。「小姐，這也太危險了！」

「我心意已決，但我不在大覺寺的消息不能傳出去。我走之後，妳們就關在小院裡禮佛唸經，儘量少出去。我給妳們留四個通拳腳的婆子，一會兒有個人過來，妳們就把她當成我服侍。」

正說著就從外面進來一個頭戴帷帽的姑娘，身上穿著和沈薇一樣的衣裳，那身段看著和沈薇有七、八分相似，進了屋也不說話，只朝沈薇福身行禮。

「小姐，這是？」梨花又是一驚。

沈薇解釋道：「這是素娘，我走後就由她假扮我。素娘，把帷帽拿下來給她們瞧瞧。」

素娘這才出聲。「是。」她取下頭上的帷帽，梨花和湘眉嫂子看到她連頭上的釵子都和小姐一樣，再瞧那張臉，提起的心才慢慢放下。

沈薇這一回把能帶的人全帶了，分成兩路走，一路佯裝走鏢，由張雄領頭押著兩萬石糧食，一路扮作商隊，由錢豹、曲海、郭旭押著一萬石糧食。

沈薇跟著錢豹、曲海這一隊走，途經沈家莊時，她讓郭旭留下來。這場戰爭也不知要打多久，三萬石糧食聽起來很多，其實也不過就勉強夠八萬大軍耗用一個月，一個月之後呢？全指望朝廷哪行？

所以還得留個人在沈家莊繼續收購糧食，況且密室裡還藏著一批糧食，實在不行就先弄出來用著。

第六十七章

第六天黃昏，商隊在一處山坡停歇，山坡下有河，坡上面是山林。曲海一聲令下，大家趕緊生火做飯，整個山坡都喧囂起來。沈薇扶著桃花的手下了馬車，活動一下有些僵硬的手腳，看著天邊殘陽如血。

「公子，喝口水吧。」同樣男裝打扮的女暗衛小油遞過水囊。小油今年十七歲了，長得十分普通，但有一身打探消息的本領。

沈薇接過，猛灌了幾大口，然後遞給身邊的桃花，桃花咕嚕咕嚕喝了一大氣，看樣子是渴極了。

「公子，您想吃點什麼？」小迪接過水囊又問道。

小迪有一雙化腐朽為神奇的巧手，所以這一路沈薇雖然風塵僕僕，但在飲食上卻很舒心。

「隨便吧。」她也不挑剔。

小迪微一思考就道：「那屬下給公子熬點魚湯喝。」

「哪裡來的魚？」沈薇奇怪。

小迪一指山坡下，道：「那不是有條河嗎？裡頭肯定有魚，屬下去抓幾條。」

「我也要去，我也要去抓魚！」桃花歡呼一聲，扯著小迪的衣袖就跟她去了，沈薇莞爾一笑，找了塊乾淨的草地坐下來。

他們這商隊有一百五、六十人，其中三分之一是來自沈家莊的後生，他們得知這回小姐要帶他們去戰場上立功，個個摩拳擦掌。

沈紹勇那小子不過比他們早幾個月去西疆，現在都已經是七品的把總了，當初練武的時候誰也不比誰差，沈紹勇那小子都能做把總，自己也行。

大家說笑著忙碌著，撿柴、打獵、打水、生火，有條不紊地分工合作。

「公子累了吧？」曲海笑呵呵地來到沈薇身旁。

沈薇也笑了笑。「還好。」然後歪著腦袋打趣。「曲叔精神不錯啊！」曲海是整個押運隊伍中年紀最大的，而且不會功夫。

「公子見笑了，屬下只是走慣罷了。」曲海依舊呵呵笑。他打年輕時起就跟著商隊外出，不再出門也不過是最近幾年，所以經驗豐富。

「曲叔看，按照這樣的速度，咱們得多久到西疆？」沈薇問，現在都第六天了，也不知道祖父醒了沒有、傷勢怎麼樣了，有些心焦。

「估計還得十天吧。」曲海想了想才道。

沈薇的心一下子沈了下去。十天！戰場上瞬息萬變，誰也說不好這十天裡西疆會有多大的變化。她最擔心的還是糧草的問題，雖說朝廷也派了武烈將軍給西疆送糧草，但一萬石夠什麼用？

「曲叔，能不能再快點，我怕祖父等急了。」她看向曲海。

曲海也知道西疆等著糧草救命，低頭沈思了一會兒，道：「那從今夜起，咱們改為兩天歇半宿，估計能提前兩、三天到。」

「成，就這麼辦吧。」

「屬下一會兒就傳令下去。」曲海鄭重說道。

這時，一股誘人的香味傳來，沈薇忽然覺得好餓，抬頭循著香味找去，是小迪和桃花熬的魚湯，柳大夫還朝裡面扔著什麼。

沈薇走過去。「還真抓到了魚，真香啊！」說著嗅了嗅，覺得更餓了。

桃花興奮地比手劃腳。「小迪姊姊可厲害啦，抓了好多條呢，桃花也抓到了兩條。」

沈薇失笑。這丫頭的重點是後面一句吧？「桃花也很厲害，今兒我是沾了桃花的光。」毫不吝嗇她的誇讚。

桃花便咧嘴笑了，本來就不胖的小臉似乎更瘦了。吃這麼多怎麼就不長點肉呢？沈薇也好操心啊！

「柳大夫可還好？」沈薇親切地問。

柳世權捶捶腿自嘲。「老嘍，哪裡能和這些年輕人比，光是坐車子，屬下就覺得整個人都要散架了。」

波。

「辛苦柳大夫了。」沈薇有些過意不去，說好帶人家來京城享福的，現在卻要千里奔波。

柳世權卻正色道：「看公子說的，這是屬下自己願意的。」

他沒想到自己有生之年還能趕上這個機會，雖然不能親自拿刀上陣殺敵，但他會醫術，可以救治受傷的士兵，也算是為國盡忠了。

「小姐，魚湯好了，您先嚐嚐。」小迪端著碗，恭敬地遞過來。

沈薇接過碗吹了吹，慢慢喝了一小口，那鮮香立刻刺激她的味蕾，讓她忍不住又喝了一口。「好喝！小迪的手藝又精進了。」沈薇誇讚。「都喝呀，愣著幹麼？給柳大夫、曲叔、錢豹都送一碗去。」看著鍋裡的魚湯，嗯，應該夠他們分的。

「那屬下就不客氣了。」柳世權把乾糧泡在魚湯裡，大口大口喝了起來。

沈薇也學著他把乾糧泡在魚湯中，一大碗魚湯下肚，雖然額頭上冒汗，但整個人都無比舒坦。

吃飽了飯，眾人就準備歇息了。守夜巡視等瑣事並不需要沈薇操心，她從車裡拖出簡易帳篷，帶著小迪就鑽了進去，桃花則直接睡在馬車上。

趕了兩天的路，沈薇真的累壞了，頭一沾枕，立刻發出輕輕的鼾聲。

也不知睡了多久，她猛地睜開眼睛。自己似乎聽到了什麼聲音，遠遠的，隱隱約約地傳入耳中，不由警戒起來，然後就見睡在身邊的小迪也猛地睜開眼睛。

沈薇向她投去目光，小迪肯定地輕點了下頭，沈薇立刻爬起來鑽出帳篷，大吼道：「敵襲，列陣，滅火！」

營地上立刻響起尖銳的哨聲，整個營地頓時動了起來。

歇息前，他們就把所有車輛和馬匹聚集在一起，敵襲的哨聲響過之後，眾人立刻起身摸傢伙，站到指定位置，背靠背把車輛圍在中間。

火堆已經熄滅，眾人握著武器嚴陣以待。

隱約的馬蹄聲越來越近，沈薇屏住呼吸，仔細傾聽。

「公子，約有八十人左右，都是好馬。」小迪戒備地守在她身側，小聲提醒。

沈薇點了下頭。這個人數和她推測的差不多。幾乎是一瞬間，她就作出了決定。「敵人約有八十左右，大家沈住氣，聽各領隊號令，暗衛，策應。」

來的路上，她就和大家商議過了，這一路若是順利還好，若是遇到敵人該怎麼辦？於是他們訂下策略，把所有能戰的人每二十個編為一隊，每隊選出一個領隊，各隊之間要相互配合。

至於暗衛策應則是沈薇的一點私心，這些人雖然也操練了很久，但大多都沒上過戰場，遇上敵人難免手忙腳亂，她這才帶出二十暗衛，他們不需動手，只需每人看護十人，有危險及時施救，不讓他們無妄丟了性命。

馬蹄聲更近了，在寂靜的夜裡像擂鼓一樣響。沈薇目力極好，可以看見前方隱約的黑影，而緊握兵器的眾人則瞪大雙眼，精神亢奮，胸口的那顆心似乎都要跳出來一般。

在路上，他們已經演習了三次，這次真的遇上敵人，他們希望自己能夠多殺敵，不給公子丟臉。

眼看著如風一般的馬隊就要輾壓過來，就聽一隊二隊的領隊齊聲大吼。「一隊二隊射！」緊接著是三隊四隊、五隊六隊……箭羽如蝗蟲一般飛向馬隊。

來人沒有防備，被射了一個措手不及，人仰馬嘶，慘叫聲不絕。

「不好，有勁敵，快抄傢伙！」敵方有人大吼了一聲，紛紛勒住馬匹，有人趁亂點起火把，雖然立刻便被沈薇給射滅了，還是看見了沈薇這邊的車輛。「兄弟們上啊，是肥羊！」聲音裡帶著興奮。

沈薇吼道：「圍！」

眾人便如下山的猛虎般撲上去。沈薇這方本就占了人數優勢，二十人圍打十人自然輕鬆，而且還能相互配合，又有暗衛跟著掠陣，彌補了他們沒有經驗的弱點。

桃花早就按捺不住地衝出去，她和幾個沒派上任務的暗衛專門溜邊撿漏，看到有想要逃走的就上前給一棍。小姐說了，不能放走一人，免得走漏風聲。

暗衛們看到這麼個小丫頭如此簡單殘暴，嘴角抽搐。就是他們這些大男人也沒像桃花一樣拿殺人當殺雞，四小姐這是從哪兒找出來的怪丫頭？

這場戰役幾乎是單方面的屠殺，一時間，慘叫聲不絕。有機靈的就乘機把敵人的馬牽過來聚在一起。小姐交代了，這可都是戰利品。

一個時辰後戰鬥結束，抓了幾個活口，其餘的全都殲滅。

火把點起來了，照得黑夜跟白天一樣，錢豹帶人檢查戰場，沈薇和歐陽奈一起審問抓到的活口。這才得知一幫人全是二龍山上的土匪，二龍山就在離西疆邊城約一百里的地方，他們趁著大雍跟西涼開戰，想跟在後頭撿點便宜，本來他們是想打劫朝廷的押糧隊，沒想到陰差陽錯撞上沈薇這群人，也真夠倒楣的。

就這麼點人還想搶劫朝廷糧草？送死還差不多。沈薇猜得沒錯，二龍山大當家和二當家不和，大當家把二當家支出來，可不就是送死嘛？

「可知道西疆邊城的最新消息？」沈薇隨口問道。原沒指望能得到什麼有用的消息，沒想到還真有一個活口道：「情況不大好，沈侯爺至今昏迷不醒，西涼軍天天攻城，恐怕是守不住了，所以咱們二當家帶兄弟們出來，何嘗不是尋一條生路。」二龍山離邊城太近，城要是被西涼大軍攻破，二龍山也跑不掉。

「你怎麼知道沈侯爺至今未醒？」沈薇不動聲色地問道。

那活口便道：「大家都這麼說呀，自沈侯爺中箭後至今都沒露過面，還有人說沈侯爺死了呢。」

沈薇和歐陽奈對視一眼，均在對方的眼裡看到了凝重。侯爺久未露面，情況不妙。

「公子，這五人如何處置？」歐陽奈道。

那幾個活口一聽，立刻苦苦哀求，想要活命。沈薇不為所動，這可是手上有人命的土匪，要是放他們走，指不定還會有人被他們禍害，對這樣的惡徒，最好的辦法是送他們去死。

沈薇一示意，便有暗衛過來把活口拖下去處理。

戰場很快清理完畢，值錢的東西全扒下來，屍體全扔進山林裡，兵器馬匹全帶走。馬匹跑了一部分，死傷了一部分，最後仍收穫了三十多匹好馬。

錢豹把銀子、玉珮之類的玩意兒拿給沈薇看，她笑笑，大方地一揮手。「給大家分一分吧。」這點東西她還不看在眼裡，但對大家來說卻是難得的犒賞。

果然，大家發出了陣陣歡呼，連身上受的傷都不覺得疼了。雖然是完勝，但他們也因為種種原因輕傷了三十多人，重傷的倒是沒有。

趁著這股興奮勁，沈薇決定連夜趕路。這一回，她決定帶著一部分人先走，桃花、歐陽奈和小迪是必須帶著的，除此之外，她還帶走七個暗衛和三十個最強悍的沈家莊後生。

她棄了馬車，和大家一樣不分晝夜地騎馬，實在堅持不住了才歇息半個時辰，就這樣終於在三天後趕到西疆邊城。

又是黃昏，西天殘陽如血。

西涼大軍正在攻城，沈薇勒馬站在高坡上，放眼望去，目光所及全是黑壓壓的西涼兵，要到城門下就必須殺出一條血路。怎麼辦？是找個地方避避等西涼兵退了，還是現在就闖過去？

「公子，咱們衝吧！」沈虎頭看著滿地的西涼兵，眼底充滿了仇恨。

這一路，他們途經幾個小村莊，無一例外的是這些村莊全都寂靜無人，房屋倒塌，還有火燒過的痕跡，甚至有個村莊到處都是死人，有老人有孩童，還有不少青壯年，屍體都腐爛了，散發出陣陣惡臭。

「是呀，公子，咱們闖吧！」其他人紛紛附和。

沈薇轉身望去，看到一雙雙充血的眼睛和漲得通紅的臉，身體裡的血液一下子沸騰起來。是呀，大家都不怕，她還怕什麼？她的目光望向馬上橫著的萬人斬，心底升起異樣的感情。萬人斬寂寞已久，這一回就讓它飲夠西涼人的血吧！

「好！」她鄭重地點頭，隨即吩咐道：「呈方陣衝殺進去，不可分散，暗衛在兩翼，注意相互配合。咱們只是衝殺，不可做無謂犧牲。」

他們才區區四十人，衝進這幾萬西涼大軍中瞬間便被淹沒了，所以絕不可分散，合在一起倒還有一戰之力。

「是，屬下遵命。」眾人齊聲應道。

「那就跟我來吧！」沈薇提著萬人斬，一馬當先地衝進西涼大軍，桃花和歐陽奈一左一右護在她身邊，身後是暗衛和手持清一色長槍的沈家莊後生。

在戰場上還有什麼兵器能比得上兵器之王長槍呢？這支小型的長槍隊也訓練了兩年之

久，今日就是初試啼聲。

沈薇的萬人斬也改造過，加了一根長柄，端坐馬上不費吹灰之力就能斬殺，所到之處，刀鋒閃過必有人頭飛起，好多西涼兵還沒反應過來就稀裡糊塗地踏上了黃泉路。

桃花也大顯神威，一手縱馬，一手持著鐵棍橫掃一片，棍到之處，西涼兵無不紛紛倒地。

歐陽奈的長槍猶如出水蛟龍，上下翻飛，幾乎是一槍一個，挑得西涼兵哭爹喊娘。後面跟著的沈家莊後生被鮮血激得發狂，誰也不肯示弱，想著殺敵立功、升官進爵，想為侯爺、小姐爭一口氣，興奮得緊握長槍在西涼兵中衝殺起來。

西涼兵想不到身後還會有人，被殺個措手不及，等反應過來，沈薇已經帶人殺出一條血路，穩穩向前推進。

「不好啦，大雍的援兵到啦！」西涼兵大聲呼喊起來，如潮水一般向後退去。

第六十八章

沈薇殺得興起，身上濺滿鮮血，心情興奮著，一雙鳳眸卻格外沈靜。有多久沒有這麼痛快淋漓了？似乎自己一直憋著，尤其是回到京中後，小小的後院讓她時常覺得自己是隻困獸，她本是天上展翅翱翔的鷹，怎能適應家雀的生活？

「公子，您看。」護在沈薇身側的小迪突然出聲。

沈薇順著她手指的方向看去，離此處約三十丈的地方有一輛華麗的戰車，車上站著兩個人，從衣著看來身分應該不低。沈薇眼一瞇，大聲道：「弓箭！」小迪立刻摘下馬上的強弓遞到她手裡。

沈薇站在馬鐙上，徐徐拉開強弓，箭頭瞄準戰車上左邊的那個人。左為尊，左邊那個身分應該更高些。

此刻，外界似乎都安靜下來，她的手穩穩的，眼裡心裡只有前面那個人。餘暉給她鍍上一圈金光，她嘴角揚起一抹冷冷的笑，俊美得如一尊天神。

手輕輕一鬆，箭羽朝著目標疾馳而去。

戰車左邊的那人似乎感覺到了危險，一轉頭，正對上沈薇那雙冰冷又嗜血的眸子，不由愣然，眼看著箭頭已經來到跟前，再避已經來不及，他咬咬牙，硬是移動半個身子——噗！

箭頭避開要害，從他的後背射進去，他只覺得後背一疼，整個人朝前趴去，倒下的瞬間，腦海裡全是那個燦爛的笑容。

沈薇遺憾地把強弓遞給小迪。還以為能直接把那人射死，替祖父報一箭之仇，沒想到還是差了一點點。她收起臉上的笑容，拿起萬人斬繼續衝殺起來。

戰車上的人一倒，西涼兵頃刻大亂。「不好了，大王子中箭了，快逃呀！大雍的援軍到啦！」

「大王子被殺啦！趕緊逃命吧，妖怪，是妖怪來啦！」

桃花不過是個十來歲的丫頭，瘦瘦小小，端坐馬上，偏偏力大無窮，手段凶殘，臉上還帶著笑容，這哪裡是孩子，分明就是個妖怪呀！

西涼兵的心怯了，戰力自然就大大下降。

城頭上的大雍將領也發現了西涼軍的異狀，他們都不記得這是西涼大軍第幾次攻城了，只知道駐守西疆的八萬大軍已經死傷一半，連侯爺也還躺在床上，生死未卜，小糧倉裡的糧食早在兩天前就已經吃完，現在守在城頭上的士兵吃的都是城中老百姓湊的糧食。死的士兵一批批抬下去，又有新的士兵補上來，西涼兵如潮水一般吼叫著往上爬，似乎怎麼也殺不盡。

在城頭指揮的方大錘眼都紅了。真的要守不住了嗎？身後可是一城的百姓呀！哪怕死，他也要戰死在城頭上，絕不能後退一步。

「將軍，您看那裡！」身邊的親衛忽然指著底下的大軍吼道。

方大錘抬目望去，只見本來還奮勇向前衝的西涼大軍紛紛後退，茫茫大軍中，一支小隊正朝著城門的方向殺來。他們是何人？又聽到西涼兵喊「大王子中箭了」，誰射的？方大錘一時也愣了。

「將軍，莫不是援軍到了？」親衛驚喜地喊道。

方大錘也是臉上一喜，隨後立刻搖頭。「不可能，咱們派出求援的人昨天才出發，援軍不可能來這麼快，而且援軍也不可能只有這麼幾十個人。」

兩個人都想不明白是怎麼回事，乾脆不想，還是認真面對眼前的戰鬥吧。

「將軍，西涼大軍退了，咱們要不要……」一名副將匆匆趕來，做個追擊的動作。

不可否認這提議讓方大錘十分心動，這些日子以來，他們都是被動地挨打，方大錘早就憋了一股氣，現在是個好機會，要不要開城門追擊，反殺他們一把？

最終他還是搖頭了。「不行，說不準這是西涼軍的計謀，咱們可再禁不起損失了。」

「將軍，機不可失啊！」副將一臉焦急，不甘心放過這麼好的機會。

方大錘沈思片刻道：「你帶五百騎兵出城追擊，一發現情況不對立刻回來，其他人在城頭掠陣。」放過這麼好的機會，他也不捨。

沈重的城門徐徐打開，一支五百人的大雍騎兵立刻衝出去，朝著敗退的西涼大軍追殺而去，一時間喊殺聲震天。

「公子，咱們的軍隊反攻了！」沈虎頭興奮地喊。

沈薇眯著眼睛望去，見這支反攻的隊伍人數並不是太多，也就幾百人的樣子，她道了句：「保守了。」但心中也能理解，在情況不明的時候，謹慎方為上策。

「加把勁，多殺幾個西涼兵。」沈薇舉起萬人斬，帶頭打馬，回頭追殺起逃跑的西涼兵。

西涼兵一見這殺神回頭追過來，嚇得魂飛魄散，兵器都扔了，拿出吃奶的勁跑。

沈薇帶人衝殺了一陣，硬是留下不少西涼兵的屍體。

「行了，不用再追了。」已經追出去七、八里路，再追下去，難免西涼兵狗急跳牆。

沈薇一行打馬回城，正好和那支五百人的隊伍迎頭碰上，雙方都帶著幾分警戒地勒住馬。

「前面來者何人？」就聽對方有人喝問。

沈薇等人還沒來得及回答，就聽到對方又一道驚喜的聲音。「歐陽兄弟？歐陽奈！是你小子呀！」那個留著大鬍子的領頭人滿臉高興地望著歐陽奈。

歐陽奈也很高興，扯了扯嘴角，露出一個極淡的笑容。「王副將，是我。這是府裡的四公子，侯爺的親孫子。」歐陽奈指著沈薇介紹，又指著那個大鬍子道：「公子，這是副將王大川，作戰最是勇猛。」

沈薇在馬上朝王大川拱拱手，那王大川立刻鄭重地回禮。「見過四公子，四公子可真不愧是侯爺的親孫子。」他在城頭上可都看見了，這位年少的四公子揮舞著大刀，所到之處雞犬不留，不愧是將門虎子。

再看其他人，個個殺氣騰騰，好似從血池中出來一般……唉呀，怎麼還有個女孩？那女孩手裡握著根長長的鐵棍，臉上笑嘻嘻的，怪異極了。

王大川的態度更加恭敬了，四公子帶著這幾十人解了西涼大軍的圍困，光是這分膽量就令人敬佩了。

「走，回城。」王大川恭敬地請沈薇走在前面。

進了城，方大錘帶人迎過來，等他知道眼前這個立了大功的文弱少年是侯爺的親孫子，高興地拍著沈薇的肩膀大笑。「好！好！好！」侯爺後繼有人了啊！

「方將軍謬讚了，小子還差得遠呢。」沈薇謙虛說道：「敢問方將軍，我祖父傷勢如何了？」

一提起沈侯爺的傷，方大錘臉上的笑容就沒有了，嘆了一口氣，道：「侯爺醒倒是醒了，可那箭上有毒，沒有解藥，軍醫只能用銀針把毒封在胸部，現在侯爺還躺在床上，虛弱著呢。」

沈薇當下鬆了一口氣。人醒了就好，中毒也沒事，她身上帶了解百毒的藥丸，即便不能全解，也能解一部分吧，柳大夫也快到了。

只要祖父沒事，侯府就不會倒，她就還能安心地過她的富貴日子。

「小子著實掛念祖父，還請方將軍帶小子去見祖父吧。」沈薇請求道。

「這是應該的，四公子這邊請。」方大錘爽快道。他現在對四公子的印象可好啦，恨不得這就是自己兒子。

嘖嘖，長得可真是好看，細皮嫩肉，跟個姑娘似的，可他一點都不敢小瞧，這位四公子殺起人來那是一個剽悍，沒見連歐陽奈這傲小子都對他畢恭畢敬嗎？

一進侯府的前院，方大錘就大嗓門地喊起來。「侯爺，您看誰來啦！」

然後，沈薇就聽到她祖父的聲音。「你不在城頭督戰，跑我這兒來幹麼？是誰來了？」

「西涼兵大敗而去，屬下自然有空來看您呀！」方大錘大步邁進屋裡，滿面春風地笑道：「侯爺，您家的四公子來了。四公子厲害著呢，一箭就把西涼大王子給放倒，帶著幾十個人硬是在西涼大軍中殺出一條血路來，西涼兵一見連他們大王子都被射殺，立刻就潰不成軍了。」滔滔不絕地誇讚起沈薇來。

「祖父。」沈薇也進了屋子，就看見祖父靠在床頭，精神不怎麼好。

沈侯爺看到渾身是血的孫女不由一怔，隨即就笑了。「小四來啦？」下一句便問：「糧草呢？」

沈薇剛剛醞釀的一點感傷立刻沒了，抽了抽嘴角，道：「在後頭呢。我嫌他們走得慢，就帶著一小隊人快馬加鞭先走一步了。」停了一下，又故意說道：「幸虧我先來了，不然邊城這次危矣。祖父，聽說您中了毒，我帶了解毒藥丸，要不您吃一粒？」她拿出解毒藥丸，遞給邊上軍醫模樣的人。

方大錘一聽到糧草兩個字就忍不住了，插嘴問道：「敢問四公子帶了多少糧草來？」現在邊城最缺的就是糧草。

「三萬石，分兩隊走。」沈薇道，她見方大錘高興地直搓手，忍不住提醒道：「方將軍還是不要高興得太早，糧草至少還得四、五天才能到。」

方大錘還是很高興。「只要有就好。」有了盼頭，士氣才能不散。

軍醫拿著解毒藥丸在鼻子底下嗅了嗅，又用指甲蓋刮了些藥末放在嘴裡嚐了嚐，這才點頭，倒了清水服侍沈侯爺服下。

「四公子，解毒藥丸可還有？」軍醫有些不好意思地開口。

「幹麼？這藥丸可還管用？」沈薇一時摸不準軍師的意思。

「管用，管用。」提起藥效，軍醫便雙目發光。「老朽就想著若是四公子身上還有這種解毒藥丸，不妨給老朽一粒。老朽別的愛好沒有，就是癡迷於醫藥一途。」他的臉上帶著幾分不好意思。

原來是做研究，沈薇倒是很大方，直接給了他一小瓶。「要我說呀，軍醫也不用費那個勁了，這解毒藥丸是我家柳大夫自個兒配的，他就在後頭，過幾天就到，你直接問他就行。」

「當真？那可真是太好了！」軍醫激動地在屋裡直轉圈。

「四公子，您可來了。」龐先生未見其人先聞其聲。

沈薇嗤笑一聲。不知道的還以為龐先生多想念自己呢。「喲，這不是龐先生嗎？一段時日沒見，您怎麼就憔悴成這樣了？」沈薇張嘴就不饒人。說不準那讓她來邊城做牛做馬的餿主意就是他給祖父出的。

龐先生就當沒聽見沈薇的諷刺一般，大吐苦水。「可不是嗎？自從西涼那龜孫子叩邊，老朽就沒睡過一個安生覺，全城的政務都扔老朽一個人頭上，老朽苦啊！」

沈薇陪他打著太極。「誰讓龐先生能幹呢？能者多勞嘛！」

龐先生被噎了一下。他本來打定主意要讓這祖宗幫著分擔一些的，可這祖宗太滑頭，壓根兒就不接話。想想每天的案牘勞形，不行，豁出這張老臉也得把這活祖宗弄過去幫忙。

龐先生還要繼續再說，沈侯爺看不下去了，打斷他道：「行了老龐，小四一時半會兒也不走，你急什麼？趕緊帶她下去梳洗一下，一身的血腥味，熏人。」

沈薇狠狠瞪了祖父一眼。過河拆橋也不待這麼快的，跟她要糧草的時候怎麼不嫌她熏人？這會兒知道糧草有著落就嫌棄她了，也太現實了吧！

不過這身衣裳穿著確實不大舒服，還是先梳洗去吧。

洗了個熱水澡，頓時神清氣爽多了，便見祖父身邊的老親兵沈安從匆匆過來。「四公子，可是要用晚飯？」

沈薇還真餓了，便道：「安從伯，擺到祖父房裡吧，我去陪祖父說說話。」

晚飯很簡陋，一碟炒白菜，一碟羅蔔乾，還有一碟葷菜，可惜全是又乾又澀的肉渣子，一碗野菜葉子湯，外加一碗白米飯，自然也不是什麼好米。

沈薇邊吃邊挑刺。「祖父啊，您好歹還是個侯爺，西疆邊城最高的官，您就給孫女吃這玩意兒？」

沈侯爺氣得吹鬍子瞪眼。「嫌孬妳就別吃，妳當邊城跟京城一樣？妳祖父我連白米飯都不能天天吃上，妳還嫌棄！」這飯食可是邊城侯府的最高規格了，這死丫頭還有臉嫌棄。

沈薇眼一翻。「祖父您打了一輩子的仗，您的高瞻遠矚呢？運籌帷幄呢？不是我說您，狡兔還知道三窟，您掌著西疆邊城八萬大軍，糧倉被西涼死士燒了還能說是出其不意，可您怎麼就沒多建幾個暗倉？瞧瞧現在多慘，堂堂侯爺連白米飯都吃不起，說出去丟人啊！要不是有我這麼能幹的孫女，指望朝廷那點糧草，哼，您呀，就等著以身殉職吧！」還不忘誇自己。「孫女我可是拚了老命給您送糧草，三萬石，您自個兒算算得多少銀子？我這可都是為您盡孝呢，您這邊城侯府還有啥金銀寶貝可別忘了分給我一點，不然我沒嫁妝，嫁到晉王府不好看，您臉上也沒光不是？還有，這回我可是出了大力，您可得說話算數，玨哥兒的前程您可得上上心。我爹您也知道，我指望不上，可就指著玨哥兒替我撐腰了。」

沈侯爺嗤笑一聲。「少貧嘴了，說吧，妳想要什麼？」

沈薇眼睛一斜，怪叫道：「祖父您可是小看孫女我了，我能要什麼？您放心好了，忠武侯府世子爺是大伯父，將來是大堂哥，我一點都不眼饞。玨哥兒若是再大上兩歲，我要把他拎到邊城見見血，男孩子就得摔著打著才能成長，可惜玨哥兒現在太小了。」她一臉遺憾。

沈侯爺面上動容。是呀，養兒如羊不如養兒如狼，難得的是小四小小年紀就明白這個道理。

想了想，沈薇又道：「祖父可真心狠，我一個女孩子家家的，您非讓我上戰場，刀槍無眼，您就不怕毀了我這花容月貌的小臉？到時徐大公子找您退貨怎辦？您現在也一把年紀了，要錢財也沒啥用處，您那些金銀珠寶記得多分點給孫女啊！」討起賞來一點都不手軟。

沈侯爺聽了前半段還真有些內疚，滿府的兒孫卻得孫女這個姑娘家上戰場，待聽了後半段，他的內疚頓時消失得一乾二淨。別家養的閨女都是視金錢如糞土，他家這個，成天就想著從他這裡扒銀子。

「不是說不嫁的嗎？徐大公子就那麼好？」沈侯爺打趣道。

「賜婚還能拒絕嗎？徐大公子好不好倒不知道，但他長得好看呀，至少對著他，我還有過下去的慾望。」沈薇晃著小腿，無所謂地說。「祖父，糧草還得四、五天才能到，您有何打算？」

小迪洗了一碟子野果子送過來，沈薇拿了一個，咬得喀喀響。

沈侯爺的眉頭頓時皺得緊緊的。邊城無糧，他也不能憑空變出來不是？「妳是不是有什麼辦法？」

第六十九章

沈薇啃個不停。「國庫空虛，皇帝最愛幹的就是抄家，找個大貪官一抄，頓時國庫就充盈了一半。至於軍中缺糧，知道怎麼辦不？」她神秘地豎起手指。

沈侯爺沒好氣地瞪她。「快說，怪模怪樣的做什麼？」

「剿匪呀！找個土匪窩山賊窩馬賊窩掀了，糧食有了，金銀也有了。這叫做以戰養戰。指望著朝廷撥的那點糧草？呵，死都不知道怎麼死的。祖父，知道朝廷撥下多少糧草？一萬石！我都給您弄了三萬石，那麼大的朝廷才給一萬石，就這一萬石聽說還不知道是怎麼東拼西湊的，也就您簡在帝心，他們不敢多動手腳，要不然再扯扯皮，等糧草撥下來邊城都被攻破了。所以說，還是得自己想法子。」沈薇邊吃邊說。

「所以妳在沈家莊時就愛捅土匪窩？」沈侯爺接話道。

「當然。」沈薇得意極了。「剿土匪既為民除害，還能積聚財富，何樂而不為？任何時候靠自己才最實在，我若指望府裡，墳頭的草都老高了。」想起往事，她不由忿忿起來。

「那妳一定是有了對策吧？」沈侯爺不動聲色地問。

「當然！」她隨口應道，隨即反應過來，不由狠狠瞪了祖父一眼。既然口風都漏了，那就全說了吧。

「您沒看見暗衛都不在嗎？全被我放出去摸情況了。」沈薇狠狠咬了一大口野果子，洩憤般地使勁嚼著。「離這兒一百里遠的地方有座二龍山，上頭有一大窩土匪，我準備帶人去剿了。」她說出自己的打算。

自在路上滅了那一支土匪，她就打上了二龍山的主意。這一回來西疆，她可謂是損失慘重，不說銀子如流水一般花出去，還親自帶人押送，鏢局鋪子都因為缺少人手，處於半歇業，少掙多少銀子。為了把這損失補回來，她決定多捅幾個土匪窩。

現在祖父知道了她的打算，小金庫的計劃自然就泡湯了，想想還真是心疼加肉疼。

「祖父，這可是孫女我準備攢私房錢的，現在全奉獻給您了，您可得──」

「知道，知道，回頭金銀珠寶多分些給妳是吧？」沈薇還沒說完，沈侯爺就已經不耐煩地接過話了。「放心，妳祖父我還有些私房，少不了妳的。」

沈薇真是欲哭無淚，後悔得能搧自己兩巴掌。明明能悶聲發大財的，現在啥都沒有了，不過聽到祖父承諾會分給她銀子，才算有點安慰。

沈薇就這樣失了一大筆錢財，後面的談話就不大提起精神了。沈侯爺是好氣又好笑，闔府就這麼一個有能耐的丫頭，還是個錢精！

「錢財就那麼重要？」沈侯爺忍不住問。

「那當然了。」沈薇理直氣壯。「銀子不是萬能的，但沒有銀子是萬萬不能。這世道，做啥都得銀子開路，沒有銀子，孫女我上哪兒變出來三萬石糧草？」

沈侯爺被堵得說不出話來。

沈薇看著祖父那吃癟的樣子，眼珠子一轉，道：「祖父啊，等打完了這場仗，您就請旨回京吧，操勞一輩子也該享享清福了。」都一把年紀了還打打殺殺的，也怪心疼的。

沈侯爺有幾分意外。「為何？」他征戰了一輩子，也想回京享天倫之樂，怎奈後輩不爭氣。他看著孫女，可遺憾了。「妳若是個小子，祖父這一攤也能交出去了，可妳偏偏是個丫頭，祖父也是沒有辦法呀！」

聖上為何看重忠武侯府，還不是因為他手握西疆八萬大軍？

沈薇卻不以為然。「不是還有大堂哥嗎？對了，聽說您中箭昏迷，大伯父去找聖上求情，想來西疆探望，最終聖上開恩，撥了五百御林軍陪著大堂哥一起來，同行的還有我表哥。祖父也不能為後輩操心一輩子不是？要我說就是因為您太能幹，我爹跟大伯父他們才那麼軟弱，您若是早早撒手，逼得他們不得不上進，說不準現在都能獨當一面了。您也說孫女我有能耐，可我這能耐就是逼出來的，沒親娘，爹靠不住，還有個弟弟要照顧，我不強勢點都活不下去。」

感嘆了一番，她繼續道：「趁著大堂哥來邊城，您好生教教他，把他留在這兒歷練。這西疆都是您的心腹，還能不照看大堂哥？大堂哥都十八的人了，既然大伯父頂不上，那就得他來，別說什麼不行，把他往西涼軍中一扔，他就行了。祖父您得狠下心才行啊！」

沈侯爺若有所思，沈薇見狀便站起身，打了個呵欠準備走人。「祖父好生想想，孫女我

就告退了。唉唷，我的小腰呀，怎麼這麼疼呢？安從伯，我的房間在哪兒？我都睏了。」她誇張地捶著腰，一副慵懶無比的潑皮樣子

二龍山上的議事廳卻亮如白晝，一群土匪正在推杯換盞，氣氛異常歡暢。

坐在首位上的是二龍山的大當家，四十餘歲，虎背熊腰，長相凶狠，此刻他一手摟著個漂亮女人，一手端著酒碗。「喝，兄弟們喝！痛快！這一票咱們可是掙了不少銀子，哈哈，喝！」他大笑著一仰脖子，一碗酒就被他咕嚕咕嚕灌下了肚。

大廳裡立刻響起了叫好聲。

「不愧是咱們大哥，酒量就是好，豪爽！」右下方的四當家豎起大拇指稱讚。

「就是，咱們大哥是誰？那可是英武蓋世第一人！方圓百里哪個不知咱們大哥的威名？也只有李昌盛那個傻子才不自量力地想跟大哥打擂臺，也不看看咱們同不同意？」這個拍馬屁的是三當家。

大當家眼睛一閃，抬手道：「欸，老三可不許這樣說，老二也是咱們兄弟，兄弟之間要和氣。老二是有些執拗了，我當大哥的還能跟他一般見識？也不知他現在在外頭如何了？」一副擔憂不已的樣子。

「咱大哥就是寬宏大量，俺老張服你！來，大哥，弟弟敬您一碗。」這是七當家，留著把絡腮鬍子。

其他人也紛紛起身敬酒，大當家哈哈大笑，來者不拒。除去了心腹大患，他自然是心情大好。

二龍山的大當家與二當家向來不和，原因呢？二當家李昌盛不是本土的，他是帶人來投靠，自恃武功比大當家好，自然不把大當家放在眼裡。

這一回，大當家把二當家支出去查探朝廷押運糧草消息，實則就是打著滅口的主意。盯梢的來報，二當家一行全都死光了，大當家立刻清除山上二當家的人手，所以才有了今晚的慶功宴。

他鄭霸天的山頭怎能容許不聽話的人蹦躂？敢不聽話，弄死他！

一群人喝得醉醺醺，大當家起身想回房睡覺，摟著那姑娘對三當家道：「西邊的客人可都好好招待了？」

三當家的點頭。「放心吧，大哥，是我親自安排的。」頓了一下，又有些猶豫地道：「大哥，那可是西涼人，咱們是大雍人，收留他們是不是……」未說的話是何意，彼此十分清楚。

大當家卻擺擺手。「誰管他什麼西涼人大雍人，誰給我銀子那就是自己人。」說罷，大笑地摟著姑娘朝門外走去。

殊不知今晚的對話全都落入前來打探的暗衛耳中。沈薇聽了回報也是吃驚，難怪找不到那夥燒糧倉的西涼死士，都藏在二龍山上呢。

通敵叛國！該殺！她握緊拳頭，眼底閃過殺意。

知道二龍山上藏著西涼死士，她立刻改變了原來的計劃。

「趕緊給我挑八百人，趁著西涼吃了敗仗，小四給您弄糧草去。」

當時方大錘也在場，一聽這話頓時激動了。「四公子，俺老方給你挑人去，你看俺老方怎麼樣？算我一個？」幾萬張嘴等著吃飯，他都快愁死了。

沈薇一笑，神秘兮兮地道：「方將軍可不能去，你呀，得留在城中接應咱們，免得咱們辛辛苦苦弄來糧草，卻被城外的西涼軍劫去。」

「好，四公子讓俺老方幹啥俺就幹啥。」現在只要給他糧草，沈薇說啥他都答應。

這八百人的隊伍也不是隨隨便便湊湊就行的，要選勇武剽悍聽命令的，最終，領隊的差事落到王大川的頭上，他高興地拍著胸脯跟沈薇保證一定聽令行事。

當晚戌時，沈薇就帶著這支隊伍悄悄出了城門。馬蹄上包著布，馬嘴裡銜著木棍，近千人的隊伍在暗夜裡疾馳悄無聲響。

暗衛早就在二龍山下等著，沈薇帶人一到，暗一就過來彙報情況。「公子，山下及山腰所有的明哨暗哨均被清理乾淨。」

沈薇點了下頭，招過歐陽奈和王大川，道：「山上的土匪就交給你們了，記住一定不能放跑一個。暗七，你帶幾人配合他們的行動。」

「四公子就放心吧，您也要小心些。」王大川激動地說道。

留下幾個看馬的人，一行人就兵分兩路上了二龍山。

他們的大策略是這樣：歐陽奈和王大川帶著八百士兵和沈家莊後生負責清剿土匪，沈薇、桃花、小迪和另外七個暗衛去收拾西涼死士。

據查，西涼死士有七人，他們這邊十個，應該可以輕易把人全部拿下。

二龍山山道險峻，還設有不少陷阱，若是不熟悉情況，難以到達山頂，但因為有早就把路探清的暗衛在，沈薇等人輕鬆地登上了二龍山。

「公子，西涼死士就住在那個小院。」小迪指著東南角的一個小院，悄悄地對沈薇道。

沈薇點點頭，也輕聲吩咐。「走，我們過去，動作要輕。」若是驚動了他們，這大半夜的隨便往山裡哪個地方一躲，怎麼找？

幾人神色鄭重地點點頭，放輕腳步，悄悄地摸了過去。

黑夜裡，房門緊閉著，小迪伸手朝其中的四個房間點了點，沈薇一揮手，便有四個暗衛朝房間的後窗摸去。沈薇心裡暗數，然後對其他人一點頭，大家便極有默契地各對牢一個房間而去。

沈薇和桃花去的是最右邊的那間，猛地踹開門便直奔床前而去，萬人斬和鐵棍齊齊揮出，卻只聽到一聲慘叫。沈薇心道不好，另一個人呢？

她一轉身，就見一個黑影直奔後背而來，沈薇側身躲過，順勢就是一腳。黑影避過，虛晃一招，也不戀戰，居然直奔後窗而去。

真是笨得可以，自個兒投了羅網。

果然，片刻後，後窗響起一聲慘叫。「公子，逮著了。」是暗一的聲音。

沈薇覺得真沒意思，身體都還沒活動開呢！

桃花也不高興地噘著嘴巴。「公子，壞人呢？」不是帶她出來打壞人的嗎？她就砸了一棍子，怎麼就沒了？不行，她得多砸幾棍子。桃花舉起鐵棍朝床上猛砸而去，只聽得一聲聲鐵棍入肉的聲音，卻沒有絲毫聲響，估計早就死透了。

太殘暴了，真是太殘暴了！沈薇嘴角抽搐著退到院子，認真地思考一個問題：養了個太殘暴的丫頭怎麼辦？

其他人也退到院裡，逮了四個活口，全都五花大綁，嘴裡塞著布巾。

「發信號。」沈薇吩咐道。

話音剛落，一朵赤紅色的煙花沖天而起，隨後二龍山上響起了喊殺聲。

「公子！公子！」桃花扯著沈薇的袖子焦急喊著。

沈薇哪裡不明白她的意思？真沒見過這麼酷愛打打殺殺的丫頭，這是跟誰學的？

「行吧，暗一留兩個人看著俘虜，其他人都跟我過去幫忙。」沈薇一說完，桃花便樂得笑了。

八百個訓練有素的正規士兵對上良莠不齊的土匪，結果可想而知。沈薇一行趕到的時候，就見火光裡，土匪四處慘叫著逃竄。

桃花不用人吩咐就竄了上去，掄起鐵棍加入戰圈，她本就力大無窮，鐵棍又使得得心應手，凡是被她鐵棍掃到的，輕者倒地受傷，重者當場就沒了性命。

「公子、公子，全逮住了。」王大川興奮地過來彙報。「公子，咱們什麼時候運糧草？」他殷切地看著沈薇。

沈薇大手一揮。「去吧！」

王大川樂呵呵地帶著人去土匪窩搜刮物資了。等眾人看到滿庫房的糧食和金銀珠寶，眼睛都瞪直了。他娘的，老子們拚死拚活地打仗，連口飽飯都吃不上，爾等土匪卻坐享榮華富貴，還窩藏西涼死士，真是該殺！

第七十章

議事廳門前的場地上點起了無數火把，亮如白晝。二龍山所有被俘的土匪都被綁著跪在地上，那大當家還不死心地喊道：「閣下是哪條道上的朋友？只要能饒鄭某一條性命，這二龍山鄭某願意拱手相讓！」

沈薇背著手站在場中央，火光的映襯下，她的身形更顯纖細，唯獨一雙眼睛亮得驚人。

「鄭大當家倒也算是個人物，若是以前，饒你一條性命也不是不行，可現在卻不行了。好教你知道，我姓沈，駐守西疆邊城的沈侯爺便是我的祖父，大當家的知道我祖父是怎麼受傷的吧？我平生最恨叛徒，尤其是通敵叛國的叛徒，你窩藏西涼死士，你說我能容你活著嗎？」沈薇漫不經心地說。

場地上便響起了七嘴八舌的求饒聲。「沈公子，這事是大當家吩咐的，我等只是聽命行事啊！不關我們的事，沈公子饒命啊！」

「是呀、是呀，我等只是小嘍囉，根本就不知道山上還藏著西涼死士，沈公子可要明察！」

沈薇只是站著，一句話也不說，面上還帶著淡笑，似乎在看笑話。

「都他媽的給我閉嘴！」鄭霸天知道自己今天是無法活命了，反倒豁了出去。他齜牙咧嘴，凶相畢露，狠狠盯著沈薇道：「姓沈的，要殺要剮由你，老子要是皺一下眉頭就不姓鄭，十八年後老子又是一條好漢！」

沈家莊的後生們聽他一口一個老子，早就氣得火冒三丈，若不是礙著沈薇沒發話，早就上前一刀了結他了。

沈薇一點也不生氣，反倒勾起嘴角笑笑，看向鄭霸天的目光無比柔和。「不怕死？不怕死是件好事情，不過你也別急，頭一個還輪不到你，在一旁耐心等著。」

沈薇下巴一抬，暗一幾人便提溜著四個西涼死士過來了，往場中央一摔。「我偶翻閒書，看到一種刑罰，很感興趣，遺憾的是一直沒機會試驗一番。今兒巧了，就拿你們這幾個西涼人試試刀吧。

「這種刑罰叫千刀萬剮，就是在你身上割一千刀，把你身上的肉一刀一刀地割下來，一千刀，一刀不多，一刀也不少。那滋味肯定很美妙，」沈薇的聲音還帶著笑意，好似在說一件多麼美好的事情。「嗯，我還做了一點改進，我覺得邊下刀邊潑鹽水效果會更好。鄭大當家，你覺得呢？」她看向鄭霸天，親切地詢問。

鄭霸天瞳孔一縮，只覺得渾身涼颼颼的。這還是人嗎？這個看似文弱的公子哪裡是人？這是妖魔！

可他還梗著脖子強硬道：「要殺就殺，廢話個什麼？」

其他土匪早就嚇得面如土色，瑟瑟發抖。割一刀就很疼了，還要清醒著被割上一千刀，誰能受得了？

別說這些土匪，就是沈薇帶來的人也頭皮發麻。

沈薇絲毫不介意，輕笑一聲道：「暗一，你的手最穩，帶幾個人行刑吧，記住了，一千刀喔，不許多也不許少。」

暗一的額頭頓時黑了。割肉什麼的很噁心，可主子都發話了，他能說不嗎？

暗一點了三個同樣被趕鴨子上架的暗衛一同行刑，沈薇還特意把西涼死士嘴裡的布巾拿掉。

隨著一塊塊肉落地，慘叫聲響徹整座二龍山。

有那膽小的嚇得昏死過去，就是膽大的也恨不得立刻就眼瞎耳聾，沈家莊的後生們也是看得心驚膽戰。

沈薇如一株翠竹般傲然挺立，面色沒變一下，眉頭也沒皺一下，目光緩緩掃過沈家莊的後生，他們立刻挺直脊梁。四小姐一個姑娘家都不怕，他們這些大男人怕什麼？

她滿意地笑了，而沈家莊後生們面色也愈加坦然。不就是殺個人嗎？有什麼好怕的？

「沈公子饒命，饒命啊！小的知錯，小子知錯了，只要能饒小的一命，小的願意做牛做馬！」鄭霸天終於崩潰了，如一條癩皮狗趴在地上痛哭流涕地哀求。

沈薇不理會他，抬頭看了看天，很遺憾地對暗一道：「時間不早了，公子我還得趕回去吃早飯，就到這兒吧，咱們改天有機會再試，給他們一個痛快吧。」

話音一落，四把尖刀齊齊插入西涼死士的心臟，生怕沈薇改變主意似的。暗衛也有壓力好嗎？

沈薇這才把頭轉向鄭霸天。「喔，想活著？這就對了，好死不如賴活著，活著才能看到那麼美麗的景色，死了可就一了百了了。既然想活著，那就得聽話，聽話懂嗎？就是本公子讓你做什麼你就得做什麼。」

「懂，懂，小的懂，小的聽話，聽公子的話。」鄭霸天點頭如搗蒜，只要能活著，讓他做什麼都行。

沈薇滿意地勾起嘴角。「成，那就都帶回去吧。」

二龍山上的土匪哪個不是惡貫滿盈？殺了他們反倒便宜他們了，她早就打算好，把他們整一整全弄到死士營去，到戰場上還能殺幾個西涼兵，廢物利用多環保。

天剛亮，沈薇滿載而歸。

方大錘焦急地在城頭上等了一夜，遠遠望見長長的車隊，立刻打開城門帶人迎接。

「四公子，這是弄回來了？」方大錘望著車隊，臉上的笑容怎麼也止不住。

沈薇一拱手，道：「幸不辱使命。」誰能想到二龍山這個土匪窩居然藏了一萬多石的糧食，可算是解了燃眉之急。

性子急的王大川立刻嚷嚷道：「將軍，咱這回可是發大財了！一萬石，一萬石糧食呀！

還有不少金銀珠寶、馬匹、綢緞、藥材什麼的，這些狗娘養的土匪都過上地主老爺的日子了！」他說著說著就氣憤起來。「要是早知道，俺早就帶人去剿匪了，還是咱們四公子聰明啊！」

他對沈四公子是徹底地心服口服了，小小年紀，既有謀略又有手段，心腸還硬，那千刀萬剮的刑罰，他這個看慣死人的人都覺得不自在，四公子卻是面不改色心不跳。

方大錘聽了王大川的話，嘴巴咧得更寬。「真是多虧了四公子，四公子辛苦啦，趕緊回城歇著去，早飯都準備好了。」

車隊進了城門，不過一個時辰，所有人都知道有糧草了，還知道後續還會有四萬石的糧草送來，終於不用再餓肚子了，一時間，士氣空前高漲。

沈薇休息過後就準備帶著桃花出去看看邊城，還沒抬步呢，就聽說大堂哥沈謙到了。

沈謙跟沈薇一打照面，驚得眼珠子差點沒掉下來。「薇妹……嗯，小四來啦！」之前就聽說府裡的四公子也在，他正納悶著呢，沒想到這個四公子原來是四妹。

「大哥，你終於來啦。」沈薇高興地打招呼。她是真的高興，大哥來了，她身上的擔子就能卸下來，終於可以不用殫精竭慮了。

「表哥也來啦，路上還好走吧？」沈薇繼續高興地跟表哥阮恒打招呼，不過看到兩人身上的狼狽，倒也能猜出三分，不由在心裡默默同情他們。

阮恒看到表妹也是很吃驚，但比沈謙好多了。之前就聽迎他們入城的副將誇讚四公子多麼霸氣，心底便隱約有了猜測。

「那大哥和表哥趕緊去梳洗歇著吧，我去祖父那裡轉轉。」沈薇揮著小手，愉快地跟沈謙、阮恒告別。

「祖父，我來啦，您身體好點沒？」

沈侯爺正靠在床頭看著什麼，床邊的小几上放著些書冊。

沈薇很熟稔地湊過去，一把抽掉祖父手裡的書冊，看也沒看就放到一邊。「您的傷還沒好呢，操這麼多心幹麼？一把年紀了逞什麼強，您手底下養著的那群人是吃閒飯的？」

沈薇順手拉了把椅子坐在沈侯爺對面，又伸手從桌上拿了個果子咬起來，就像在自個兒房裡一樣自在。

沈侯爺看著這個越來越潑皮樣的小孫女，嘴角忍不住抽了抽。「祖父我還沒成廢人。」可不是養了一群吃閒飯的嗎？方大錘等人領兵打仗還成，要他們理政務，就跟張飛拿繡花針似的，無從下手。

沈薇撇撇嘴道：「大哥不是來了嗎？您正好多教教他。安從伯，去看看大哥梳洗好了嗎？祖父這裡事多著呢，來邊城可不是讓他享福的。對了，把我表哥也一塊兒叫來。」

見沈安從面露遲疑，沈薇翻了翻眼，繼續道：「玉不琢不成器知道不？年輕人就得多操練摔打，去吧，去吧。」

沈安從不由朝自個兒主子望去，見主子點頭，這才退了出去。

沈侯爺不由笑罵。「龐先生不是早就找了妳？妳就不能勤快點？」這個孫女是有能耐，可就是太懶，沒好處不幹，不三催四請也不幹，滑頭得很。

沈薇嗤笑一聲。「本來就不是我的事，我再勤快有什麼用？能給我加官進爵不？既然不能，我操那麼多心做什麼？戰爭那是男人的事，我一個姑娘家頂多摻和混水摸幾條魚，還真把自己當盤菜了？我還沒那麼狂妄。現在有了沈老大，我這個小四自然大樹底下好乘涼嘍。祖父，您有事可千萬別叫我。」

沈侯爺啞口無言，指著沈薇話都說不出來了。這死丫頭怎麼這麼會氣人呢？

「妳不是還想著祖父私庫裡的金銀財寶嗎？」只得主動拋下誘餌。

沈薇果然有了精神。「祖父捨得給我啦？」隨即又很後知後覺地想到昨晚可是也弄回來不少錢財，不會趁著她補覺時都進了祖父的腰包吧？

沈薇看著沈侯爺的目光頓時警醒起來。「祖父您可別忽悠我，見者有份，昨晚我可是出了大力，您可不能全塞自己腰包裡，怎麼也得給孫女留點肉湯喝吧？」

「少不了妳的。祖父的私房銀子可以分妳一半，包括昨晚運回來的金銀也給妳一半，但妳得再幫祖父一個忙。」

沈薇的眼睛頓時亮了。「什麼忙？」心中飛快地合計著，一半的私房銀子可是不少，希望這個忙不要太難。不過再難她也會答應的，誰會跟銀子過不去呀？

「藥材，大量的藥材。」糧草的問題是解決了，可打仗難免會受傷，沒有藥材，尤其是止血的藥材，怎麼行呢？

「好，成交！」沈薇的眼睛亮晶晶的，一口就答應下來，生怕祖父反悔似的。

沈侯爺有些意外，沒料到孫女這麼好說話，還以為得磨破嘴皮子。「這麼爽快？妳就不問問我需要多大的量？邊城可是有幾萬的兵丁呢。」

沈薇的手一揮，十分豪氣地道：「您想要多少，孫女就能給您弄多少來。」

哈哈，多虧她有先見之明，收糧食的時候順帶把藥材也一起收購了。

「好讓祖父知道，最多三、四天，三萬石糧草就能到，順帶著捎來的就有藥材。」沈薇壓低聲音，神秘兮兮地道：「若是不夠也好辦，我直接讓歐陽奈再帶人去沈家莊押運，要糧草有糧草，要藥材有藥材。我把郭旭留在沈家莊，防的就是這一招，怎麼樣？孫女聰明吧？」

沈侯爺抬起的手指了指沈薇，又放下。讓他說什麼好呢？真想把這個礙眼的孫女一腳踢出去。

沈薇眼頭靈活。「唉呀祖父，大哥和表哥來了，孫女就告辭了，不打擾您傳道授業解惑了。」一溜煙地跑掉了。

邊城到處都是戰火留下的痕跡，大街上沒多少人，即便有也是行色匆匆，兩旁的店鋪也大多關上門。

沈薇帶著桃花、歐陽奈在街上走著，不斷遇到士兵對她行禮，言語之中帶著尊敬。大家都知道這是侯爺家的四公子，給他們運來了糧食，讓戰火蔓延的邊城得到苟延殘喘的機會。

「百姓怎麼沒有內遷？」沈薇有些詫異地問歐陽奈。據她了解，每有戰爭，邊城的百姓都會拖家帶口朝中原奔逃。

歐陽奈道：「能往哪裡遷？幾代人都生活在邊城，他們早就習慣了戰爭，這裡再不好也是家園，別處就真的好嗎？地主欺壓，土匪橫行，還不如留在邊城守著家園。」

沈薇的心一下子沈重起來。自古以來，戰爭帶給百姓的永遠是無法磨滅的痛苦和血淚，這一刻，她極想為西疆邊城的百姓做些什麼。

「這是……」她指著一個大院子問。大門上的牌匾斷了一半，剩下的那一半也斑駁著，看不清上頭是什麼字。幾個孩子在門口跑著，大的八、九歲的樣子，小的不過兩、三歲，身上的衣裳破破爛爛，臉上也髒兮兮的。

「遺孤。」歐陽奈聲音十分蕭瑟。他曾經也是其中一員，但運氣好，被侯爺挑了回去。

沈薇回到侯府後，把自己關在屋裡挑燈夜戰。她從龐先生那兒要來邊城的各類資料，一本本地翻閱，然後提起筆在紙上極快地寫著，一直忙到雞叫，才打著呵欠躺到床上。

第二天，一則一則命令從沈薇這兒發了出去，沈家莊的後生們一臉鄭重地騎馬出了邊城，執行小姐交予的任務。

第七十一章

曲海的商隊和張雄的鏢局前後抵達邊城，長得看不到頭的車隊進入城門，邊城的軍民都跑來圍觀，像過年一樣高興。

有糧食、有藥材，命就能活下來，還有什麼比這更值得高興的？

張雄和錢豹只歇息一晚，第二天又領著人出城。小姐說了，邊城什麼都缺，天氣漸漸冷了，總不能讓邊城的軍民死於寒冷、飢餓和疾病吧，有能力就多做一點，不用怕花銀子，銀子花完了再掙就是，可人命沒了，就永遠沒了。

曲海和柳世權被沈薇留下來。曲海年紀大了，又沒有武藝傍身，來回往返邊城與沈家莊之間難免身體吃不消。他是做大掌櫃的，於庶務上極為精通，沈薇把他留在身邊幫忙。

柳世權也沒有閒著，跟著軍醫去給傷兵瞧傷。

沈侯爺聽了歐陽奈的回稟，面上動容，長長嘆了一口氣，卻一句話都沒說。

怎麼就不是個小子呢？小四要是個小子，他就是力排眾議也要把忠武侯府交到她手上。這個孩子狠起來不擇手段，卻有一顆慈悲心，忠武侯府若在她手上，定能更上一個臺階。

怎麼就不是個小子呢……沈侯爺扼腕。

謙哥兒也不錯，謙遜上進肯幹，偏偏缺了那麼一股身為上位者的霸氣。慢慢教著吧，他至少還有二十年好活，總能將謙哥兒手把手教出來。他雖不能領忠武侯府再上一個臺階，守成總可以吧！沈侯爺這樣安慰自己。

此時的沈薇則帶著人馬出去打獵了。不只是打獵，也是一次訓練，訓練他們的生存能力。她希望他們盡可能地活著回去。

她一直有股深深的擔憂。朝廷的糧草怎麼還沒到邊城？算算日子，即使他們不像自己這般日夜兼程，也該到了呀，難不成路上出了什麼事？

押運糧草的是武烈將軍，是好友章可馨的父親，她的擔憂不免又多了幾分。這幾日出城巡邊其實也是打著接應的主意，奈何每次都失望而歸。

這一日，沈薇照例帶人出城。連日的風吹日曬，她黑了，也瘦了，整個人卻如一把出鞘的劍，銳利而深邃。

西疆的天空高而遠，秋風蕭瑟，吹在身上帶著涼意。沈薇縱馬狂奔，左右跟著的依舊是桃花和歐陽奈。

「公子，前方兩里地有一支西涼軍隊，人數約百人。」前頭探路的暗衛來報。

沈薇蹙起眉頭。前兩回都是在西涼境內遇到西涼士兵，現在還沒到西涼的地界呀，西涼兵跑到這裡來幹什麼？還出動了百人……她覺得事有蹊蹺，但到底有什麼蹊蹺，一時也想不明白。

「公子，咱們打吧！」

「對，打他娘的，讓西涼兵有來無回！」

「就是、就是，不打白不打，打了再說，西涼兵的馬可都是好的。」

身後跟著的人七嘴八舌地說起來，個個殺氣騰騰，一副立刻就衝上去的架勢。

沈薇一想，對呀，管他西涼兵有什麼蹊蹺，先滅了他們再說。

她帶出來的人將近兩百，狹路相逢勇者勝，何況他們在人數上占優勢。

可是隨著戰鬥持續，沈薇發現生性剽悍的西涼兵防守較多，好似在拖著他們一般……

她心中湧起一種奇妙的感覺，砍了一個西涼兵，把萬人斬一豎，喊道：「一至十小隊跟我走，其餘人留下殲滅敵人。快！」

戰場上立刻起了變化，一至十小隊且戰且退，迅速朝沈薇身邊聚攏，剩下的人立刻補上，繼續和西涼兵纏鬥。

西涼兵一見沈薇分兵兩路，大急，想要過來阻攔，卻被剩下的人死死攔住，只好眼睜睜看著沈薇帶人而去。

沈薇揚鞭打馬，心急如焚，只有一個念頭：希望只是虛驚一場……

說起來，武烈將軍也真是倒楣，帶著這支三百人的押運糧草隊伍一出了京城地界就沒太平過，一路上大大小小的土匪山賊就遇到了五、六起，平均兩、三天就能遇到一回。雖說在他的指揮下沒有什麼損失，可耽誤事呀！都出發多少天了還沒到西疆邊城，貽誤了戰機可是大罪。

武烈將軍甚至懷疑朝中是不是出了叛徒，不然這些土匪山賊怎麼這麼清楚他們的行走路線？失了糧草事小，可若那位大公子有個三長兩短，自己可就只能去跟聖上請罪了。

路程才走了一半，武烈將軍覺得心力交瘁，比打一場惡仗還揪心。還是徐佑看不過去了，派江黑過來跟他商議改變行軍路線，之後的路程才平順起來，更讓他堅信朝中有人洩漏消息。但是誰呢？是衝著他來，還是衝著西疆來？他的心不住地往下沈，只希望快點抵達西疆邊城，卸了這趟差事。

可是，在離西疆邊城只有五、六十里的一個山坡，他們又遭遇敵人的伏擊。

黑壓壓的一片西涼兵，看著足有上千人，章浩然的心都涼了，一邊吩咐人保護徐大公子，一邊把自己的戰刀抽出來。

三百人對上一千人，還是精銳的一千人，哪有什麼勝算？章浩然越戰越心驚。這些西涼兵也不動糧草，只是圍著他們屠殺，看樣子是打著全殲的主意。

看著身邊袍澤一個個倒下，章浩然的眼睛都殺紅了。不行，不能都死在這裡！大公子呢？一定要把他送出去，哪怕自己戰死了也得護著他逃出去，只要大公子安然無恙，他留在帝都的一家大小才能無恙——

「大公子，走，快走！」章浩然的戰刀架住兩個西涼兵的武器，大聲朝徐佑吼道。

徐佑這邊也不輕鬆，他就帶了江白和江黑兄弟倆，雖然這兄弟倆的武藝高強，可雙拳難敵四手，他倆再厲害也架不住西涼兵多呀！

他身上的內傷還沒好透，也不能用內力，戰力頓時弱了一大半，在江白江黑的保護下也漸漸相形見絀。

章浩然的怒吼，徐佑自然聽到了，可他真沒臉做出拋下眾人自己逃生的事情，連江白江黑的勸說都被他喝斥了。他雙手緊握長劍，沈著地砍殺一個又一個圍上來的西涼兵，心底有一股力量支撐著自己：他得活著，小丫頭還在京城等著他回去娶她呢！撐住，撐到他的親衛到來就好了……

倒下的人越來越多，站著的人身上都受了或多或少的傷，徐佑也不知道自己殺了多少西涼兵，他已麻木，手中的長劍卻仍舞動著，刺向敵人，耳邊是武烈將軍的怒吼。「大公子，走吧，趕緊走吧！」

徐佑就跟沒聽到一樣。他不能走，他的驕傲不允許自己逃走。

沈薇縱馬疾馳，老遠就聽到了喊殺聲，心中頓時一凜。糟糕，西涼真的派人來劫糧草了！

「全速前進，前方有西涼兵！」沈薇飛快下達命令，雙手一抖韁繩，更快地朝前衝去。

章浩然自然聽到了前方疾馳而來的馬蹄聲，可他不敢抱持希望。若是西涼的援軍呢？見慣了大風大浪的章浩然沒想到自己會在陰溝裡翻船。

哪怕是死，老子也要多殺幾個西涼兵！一時間，章浩然心中豪情萬丈，哈哈大笑，大喝一聲。「來吧，西涼的小崽子們，讓你們見識見識老子的厲害！兄弟們殺啊！殺一個夠本，殺兩個賺一個，不能便宜了西涼的小崽子們！」

這番話正落到疾馳而來的沈薇等人耳中。「武烈將軍撐住！救援來啦！」

章浩然頓時大喜。「兄弟們聽到了嗎？咱們的援軍到啦，殺呀！」帶著僅剩的幾十人又和西涼兵戰到一起。

沈薇帶來了一百人，再加上她帶著桃花和歐陽奈衝在前頭，倒也大大緩解了章浩然等人的壓力。

她的萬人斬快得只能看到刀影，刀影一閃，西涼兵都還沒來得及發出慘叫，頭顱已經落地。

桃花護在沈薇的左邊，手中鐵棍揮出，西涼兵就倒下一片。歐陽奈護在沈薇右邊，他長槍連刺，所到之處，西涼兵的胸前全都開出血花，異常妖豔。

更不用提身後跟著的剽悍隨從了，這一百壯漢瞅著西涼兵就跟瞅著獵物似的，眼底冒著綠瑩瑩的光。不過半盞茶的工夫，沈薇就已經殺入戰場中央，所過之處血肉橫飛。

章浩然不由得看呆了。他望著這群好似從天而降的援軍，那領頭的少年公子一身功夫詭異莫測，好像從地獄走來的勾魂使者。

天啊！這是哪家的後生？平時他覺得自己的三個兒子已經不錯了，現在跟這公子一比，自己的兒子立刻被比到塵埃裡去了。

此時，戰場上的情勢立刻倒轉過來，西涼兵成片成片地倒下，還站著的西涼兵嚇破了膽，紛紛轉頭逃跑。

沈薇也不追趕。她篤定他們是逃不掉的，後頭還留著近百人呢。

沈薇走向章浩然，剛要抱拳寒暄，耳邊就傳來一聲驚呼。「這不是沈四——唔、唔！」似乎被誰捂住了嘴巴。

沈薇抬目望去，頓時目瞪口呆。那個沈著臉的俊美公子不正是徐佑嗎？他怎麼也來了？

「嗨，徐大公子，好久不見啊！」沈薇的愣怔只是一瞬，立刻便揚起笑臉跟徐佑打招呼。

「沈小四！」徐佑看著這個頭髮上沾著枯草，笑得一臉無賴模樣的少年，覺得牙都疼了。這死丫頭怎麼跑到西疆來了？瞧瞧那張小臉曬的，那殺人的麻利勁，肯定就沒安生過。

「是呀，好久不見。」他陰鬱著臉，一字一頓地說道。真要被這丫頭睜眼說瞎話的能力氣死了，還好久不見？有多久？距離他們最後一次見面還沒有一個月呢！

沈薇也想到了此節，訕笑著道：「大公子還好嗎？」她眼睛把徐佑上下瞅了瞅，立刻想抽自己一個嘴巴。只要不瞎都能看出來徐佑此時不大好，束髮的玉簪都鬆了，能好嗎？

正當她再想說點什麼補救一下時，就聽武烈將軍開口了。「這位公子和大公子相熟？」

「唉呀，章伯伯，您就別寒酸我了，什麼公子，您叫我小四就行了，我祖父就是忠武侯。」沈薇揚著小臉，笑得燦爛。「您呀，千萬別跟我客氣，家中四妹和令千金是好友，您跟我客氣，四妹可是會生我氣的。」

「原來是沈侯爺的愛孫呀！果然是好人才！」章浩然恍然大悟。當初妻子還和自己商議，上門給大兒子求娶忠武侯府的四小姐來著，誰知陰差陽錯沒有成，後來聖上給四小姐和徐大公子賜婚，妻子還感嘆好久。難怪他與大公子相熟，這是大公子的未來妻兄呀。嗯，看這位四公子的年歲倒是跟馨姊兒差不多，就不知他是否訂親了，若是沒有，倒是門好親事。章浩然看著沈薇，越看越覺得喜歡。

那目光熾熱得連一向厚臉皮的沈薇都覺得不好意思了。她摸了摸下巴，道：「章伯伯，咱們還是趕緊回城吧。」這裡到邊城也有好幾十里，別再發生什麼變故才好。

章浩然也是這個意思，迅速地清理了戰場，一行人押著糧草繼續朝邊城而去。

「四公子，我們公子請您過去一趟。」這時，江白過來傳話，一雙眼睛盯在沈薇的刀上。刀身古樸，寒光四射，剛才四小姐殺人時他可都看見了，這是一把絕世好刀。江白用了好大的勁才控制自己不伸手去摸一把。

沈薇很不想過去，可眾目睽睽之下又不好拒絕，只好不情願地去了。

「大公子叫小四過來有何差遣？」沈薇假惺惺地道。

「上車。」車裡傳來徐佑平淡的聲音。

這人搞什麼鬼？男女授受不親不知道嗎？「不用了吧？有事大公子吩咐就是。」她一點都不想上車。

「上來。」徐佑再一次說道。

眾人都盯著，沈薇也不好跟他爭吵，只好硬著頭皮上了馬車。一進去就對上徐佑那雙沈靜無波的眼眸，像是能把她看穿似的。

沈薇不自在地咳了一聲，狀似隨意地撇開視線，垂著眸子不語。

從徐佑的方向看過去，正好能看到沈薇露出的一截脖頸，白皙得跟夏日裡的白蓮一般，不同於臉上、手上的膚色。

難得她有這麼乖巧的時候，徐佑不動聲色地翹了翹唇角。

沈薇卻覺得渾身不自在，沒來由地覺得心虛，底氣不足。她在心裡不滿地腹誹：有毛病啊？喊自己過來卻又不說話，找碴是吧？自己剛才救了他，這是對待救命恩人的態度嗎？

剛要炸毛，就聽見徐佑陰惻惻的聲音響起。「沈小四是吧？」

沈薇立刻軟了下來。「你不是知道的嗎？我在府裡排行居四。」她小聲嘟囔著。

「妳怎麼跑到邊城來了？」徐佑的聲音又響了起來。

沈薇老實地回答。「給我祖父送糧草來著。」

「你們家沒人了？」徐佑繼續道。

「有啊，我們家人多著呢。」她隨口答道，等看到徐佑臉色的譏誚才反應過來，不由摸了摸鼻子道：「這不是我比較能幹麼！」她倒是沒說假話，闔府的哥兒加在一起都頂不上她一個，這是她祖父親口說的。

徐佑臉色怪異地瞄了她一眼，意味深長地道了一句。「是挺能幹的。」

他、他是什麼意思？沈薇的臉不可控制地熱了起來。

徐佑看著沈薇微紅的側臉，一抹笑意自眸子滑過，不由又勾了勾唇角，放柔聲音道：「累了吧？靠著馬車休息一會兒。」

沈薇此刻是真的累了，聽徐佑的話靠在馬車裡睡起來，不一會兒便發出均勻的鼾聲。

睡著的她看不到徐佑一臉柔和地注視著自己，那眼底的溫柔能滴出水來。他伸出手，輕輕地碰觸沈薇的臉頰，那觸感就如摸著最上等的絲綢，美妙的感覺讓他忍不住伸手又摸了一下。許是重了，沈薇的秀眉蹙了一下。

徐佑驚得縮手如電，見她只是動了一下，並沒有要醒過來的樣子，才放下心來，臉上也微微發燙。自己這是著了什麼魔？對這個小了自己很多的丫頭何時產生了如此濃厚的興趣？

他拿過一旁的毯子輕輕蓋在沈薇身上，然後也閉目養神，可眼前總是出現小丫頭那張美麗的笑臉。徐佑索性睜開眼睛，盯著沈薇的睡顏看了一路。

沈薇這一覺睡得可沈了，直到入了邊城、從馬車上下來，她還迷迷糊糊的，直到對上她祖父那雙精明如電的眼，她才一個激靈醒轉過來。

啊！啊！啊！她居然當著徐大公子的面睡得天昏地暗，她冰清玉潔的形象全毀了！她沒臉見人了……

第七十二章

京城。

一隻淺灰色鴿子飛到一處小院，落到廊下站著的中年文士的胳膊上，中年文士取下鴿子腿上的小竹管，匆忙出了門。

中年文士穿過幾條街巷，來到另一處宅院的角門前，左右瞧瞧，見無人注意才抬手叩門。片刻後，角門被拉開一條縫隙，中年文士閃身進去。

「主子，西疆有消息了。」中年文士畢恭畢敬地遞上小竹管。

那主子接過去，倒出裡頭的密信，展開來看了看，隨手又遞給中年文士。

「居然讓他們逃過一劫，運氣可真好！」中年文士的話語裡滿是遺憾。

那主子卻不在意。「罷了，本就是一步閒棋。」他只是使人把消息漏了出去，本就沒指望那些土匪山賊能成事。不過西涼的行動倒在他的意料之外，還好邊城的援軍到了，不然晉王府的那位大公子出了事，聖上震怒不說，還會橫生許多枝節。

沈平淵那老小子不愧是隻老狐狸，都傷得躺在床上不能動了，還把西疆守得固若金湯——

沈薇懊惱地把自己關在屋子裡，誰也不想見。至於武烈將軍卻對著沈侯爺沒口地誇讚沈薇，話裡話外都在打探沈薇年方幾何，可有婚配，還透露出自家有個閨女正待字閨中，那意圖別說沈侯爺和徐佑這樣的人精，就是傻傻的桃花都意識到這個笑聲震天的伯伯在打沈薇的主意。

好不容易送走了章浩然，屋裡只餘沈侯爺和徐佑兩個人。

沈侯爺審視著即使坐在那裡依然身姿挺拔的年輕人，眼底閃過讚賞。別的不說，就這份不動聲色倒是跟四丫頭相配。

「見過小四了？」沈侯爺率先開口，語氣中不乏試探。在他看來，他的孫女千好萬好，可他千好萬好的孫女卻不符合常人的標準，雖然有皇上賜婚，但誰知道晉王府的這位大公子的態度是不是和常人一樣？若是他嫌棄小四怎麼辦？

徐佑一眼看穿了沈侯爺的心思，放下手中的茶杯，嘴角勾了勾，道：「她很好。」這可是自己活了二十二年唯一合心意的姑娘。

沈侯爺臉皮厚，被個小輩看穿心思，臉色不變，他斜睨了徐佑一眼，挑起刺來。「聽說你身體不好？」

「侯爺放心，小子再活個五、六十年不成問題。」徐佑輕飄飄地道。自從決定要娶那個小丫頭，他便積極地配合李豐泰的治療。

那小丫頭的脾氣可是被他摸透了，她是個沒心沒肺的，說不準他前腳進了棺材，後腳她就包袱款款地投奔新生活；所以得有個子嗣，怎麼也得絆住她的腳步。令他欣慰的是，李豐泰說了，只要他好生配合，不再糟蹋自個兒身體，子嗣還是很有希望的。不過最好還是自己能活得久一點，把小丫頭鎖在身邊。

沈侯爺被這麼一堵，看徐佑更不順眼了。會不會聊天呀？此刻在沈侯爺的心裡，徐佑就是隻想要叼走心愛小孫女的狼崽子。

沈侯爺頓時沒了聊天的興致。趕緊走吧，不要在這兒礙老夫的眼了，多能幹的孫女啊，虧死了，賠死了！

他一心疼，晚飯都少吃了半碗，想來想去，又把孫女叫來了。

「小四呀，要不咱退婚吧？」沈侯爺長吁短嘆了半天，忽然說出這句話。

沈薇一驚，看著祖父小心翼翼地道：「怎麼了，祖父？」她不在的時候，姓徐的跟祖父說了什麼？

沈侯爺看著孫女，欲言又止。

沈薇更奇怪了。「祖父，聖上賜婚還能退嗎？」

沈侯爺見她並沒有非徐大公子不嫁的樣子，心裡好受了一些。不過賜婚還真是件難辦的事。他想了想，道：「若是咱們這回能守住西疆，大敗西涼，憑這份功勞，再加上祖父這張老臉，聖上總要給幾分面子吧？」

沈薇蹙著眉頭想了一遍，一抬眼，正瞧見祖父眼底一閃而過的狡黠，頓時怒了。「好呀祖父，您哄著我玩是吧？」

還退婚呢，聖旨是那麼好收回的嗎？聖上的臉是那麼好打的嗎？即便祖父憑著老臉和戰功成功退婚，可聖上心裡能舒坦？那她這個當事人就甭想嫁出去了，要麼在家當一輩子老姑娘，要麼青燈古佛嫁給佛祖。她雖然對嫁人不感興趣，但可不想被迫不嫁人呀！

還有忠武侯府，自此以後必被聖上忌憚，她苦心培養的弟弟也別想出人頭地了。

「說吧，說吧，徐大公子是怎麼招惹您了？或者您老對他哪裡不滿意？」沈薇沒好氣地道。

不怪她如此想，徐佑有時還挺氣人的。但氣歸氣，徐佑還是挺拿得出手的呀，她祖父是嫌棄哪門子？

沈侯爺被孫女一言挑破心思，反倒更加理直氣壯。「他身體不好！」

「他身體不好？」沈薇怪叫一聲。「您從哪兒看出他身體不好的？」那廝一身內家功夫練得出神入化，連氣息都能收斂得跟常人一樣。

「不是都說他身體不好，一年有大半在山上養病嗎？」沈侯爺依舊理直氣壯。

沈薇翻了個白眼，道：「不也有人說我身子骨弱得只能回鄉下祖宅調養嗎？祖父，謠言止於智者。」

沈侯爺繼續瞪眼。「無風不起浪，事出總有因，妳還小，可別被他給騙了。」

看著祖父那忿忿的樣子，沈薇總算明白他是抽哪門子風了。「祖父您就放心吧，孫女精著呢，受不了騙。」

沈侯爺看孫女的樣子，頓時氣不打一處來。看吧，再能幹的姑娘家也過不了情情愛愛這一關，這還沒嫁呢，她就幫著人家說話了。

「唉，女生外向啊！」沈侯爺指著沈薇，嘆氣。

沈薇立刻伸手把祖父的手指扳下去，怒道：「外向個屁！我要是外向，早就在京城享福了，哪還會跑西疆來受這罪？您呀，趕緊洗洗睡了吧，想太多不利養傷。徐大公子那兒您就甭操心了，不就是沒給您說好聽話嗎？行了行了，回頭我說他去，讓他給您斟茶賠禮總行了吧。」

真是的，大敵當前，一個個還要找事！

張雄和錢豹陸續回來了，除了糧食，還運來不少棉花和粗布，以及乾菜、食鹽等等邊城缺少的東西。

為何是棉花和粗布而不是棉衣呢？因為棉衣的價格高，買棉花和粗布則要合算得多。反正邊城有那麼多無事可做的婦人，還愁棉衣做不好？這些婦人還能領些工錢補貼家用，一舉兩得，多好！

手裡攥著東西，沈薇底氣足了，許多想做的事情都能安排了。

她先是在離侯府不遠的地方找了個大宅子，開始招工，要會做針線活的婦人和姑娘家給將士們做軍衣和戰靴，每人每日十文工錢，中午包一頓飯。

消息一傳出來，邊城的百姓爭相報名，別說給工錢，還有一頓飯，就是什麼都不給她們也願意做，畢竟將士們守衛的是自己的家園。

軍衣全都用黑色或青色粗布，中間絮著棉花，每件軍衣的棉花用量都是事先秤好的，務必保證軍衣厚實保暖。

戰靴全用上防水的皮子，皮子用量之大，對別人來說可能很為難，但對沈薇來說，她抄了那麼多山賊土匪馬賊窩，又帶人打了那麼多獵物，別的沒有，就是毛皮多得用不完。

為了趕工，沈薇把製衣製鞋的工序分成許多道，一人只負責一道工序，速度就大大地提高。

至於中午的那頓飯雖沒有白麵饅頭，但雜糧麵餅卻是能吃飽的，菜也是葷菜，豆芽或乾菜燉肉，能打到什麼獵物就吃什麼肉，還有湯喝。

這些在沈薇眼裡簡陋的飯食，在做工的婦人眼裡已經是難得的好飯食，這場戰爭還不知道打到什麼時候，家裡即便有點存糧也每天算著吃，肉是許久都沒沾過了，即便手裡有錢也買不到啊！

因此沈薇偶爾來巡視的時候，就看到好多婦人都捨不得吃飽，把雜糧麵餅和肉片省下來，帶回家給孩子或是老人吃。她看得鼻子發酸，回去後和曲海商量了一下，每五天便給做工的婦人和姑娘們發點福利，東西也不多，每人二斤雜糧麵，一斤生肉。

而侯府的人覺得四公子來了之後，他們不僅身上穿得暖暖的，還每天都能吃肉。最近天冷了，府裡的大廚房全天都備著濃濃的羊肉湯，把麵餅掰碎往湯裡一泡，美美吃上一大碗，那享受賽過神仙。

邊城外有西涼軍虎視眈眈，哪裡來的羊肉湯喝？沈薇手下有兩支商隊，既能經商又能打仗，隔上十天半個月就往邊城送一趟東西，什麼菜乾、乾蘑菇菌子啦，吃的用的啥都有，上一趟還送來一百多隻活羊。

四公子說啦，羊不能都吃完，得養著，讓母羊多生羊羔，這樣他們以後就不愁沒羊肉吃了。

養羊的差事被在廚房打雜的老張哥搶去了，大家可羨慕他了，不過四公子說了，他那兒還有活計呢，他最近正想著要種青菜。

「祖父嚐嚐，就這盤炒青菜在京城沒二兩銀子都吃不著，孫女我孝敬您的。」沈薇端著一盤炒青菜，笑嘻嘻地給祖父邀功。這可是她種出來的第一批青菜呢。

「妳哪來這麼多花樣？連這都搗鼓出來了。」沈侯爺接過筷子嚐了起來。

沈薇眼一眨，開口道：「這不是在沈家莊被逼出來的嗎？大冬天的，家徒四壁，不得自己種菜嗎？那時連燒暖炕的柴禾都不夠，只能用棉被蓋著給青菜保暖，想想真是苦啊！」她訴起苦來那是一個不嫌嘴軟。

沈侯爺頓時覺得嘴裡的青菜難以下嚥了。小四啥都好，就是心眼太小，太愛記仇，就這麼點破事她都說了八百遍。

「我不是給妳一萬兩銀子嗎？」沈侯爺道。

沈薇嘴巴一撇。「祖父，富養閨女窮養兒，您到京城打聽打聽，誰家的閨女不是金尊玉貴般養著的？您給的那一萬兩銀子夠幹啥？要不是孫女我勤快又能幹，早就餓死凍死在沈家莊了，您到哪兒找我這樣的孝順孫女去？您就等著後悔吧。」

您不樂意聽，我偏要一遍又一遍地提，是您兒子虧待了我，子債父償，就相當於您對不起我。

沈侯爺頓時頭大。「行了，行了，知道了，私房銀子分妳一半，把心放到肚子裡吧，少不了妳的。」他趕緊抬手止住孫女的嘮叨。這丫頭，一點都不肯吃虧，嗯，這性子像自己。

「暖房種青菜真的可行？」他瞅著面前的這盤青菜問道。

「自然可行，您不都親眼看到了嗎？」沈薇道：「孫女覺得將士們還是得吃些青菜。只是光指望咱們侯府種的這點青菜是供應不了全軍，但還有邊城的百姓呢，咱們發種子，讓老百姓幫著咱們種，咱們再拿銀子收過來不就行了？」

「妳不是說這東西不好種嗎？」不可否認，沈侯爺有些心動，卻有些遲疑。

沈薇嘴一撇。「不會，咱們就教唄！這玩意兒說好種也好種，說不好種也不好種，只要保暖和水分掌握好了就能種。咱們又不要求它品相好，能吃就行。」

「那行，就按妳說的辦吧。」沈侯爺一錘定音。「妳手底下還有沒有人用？需不需要祖父給妳派一個？」他在腦子裡想著誰適合負責這件事。

沈薇搖頭。「我手底下就一個曲海合適，可他手頭上還有別的事情要忙。」頓了一下，她提議道：「孫女覺得方將軍家的程嬸子適合做這事。」

程嬸子是方大錘將軍的夫人，是個直爽開朗的婦人，也不嫌棄邊城條件艱苦，一直跟著方大錘住在這裡，兩人育有三個兒子，小兒子今年十三。

她頭一回見沈薇就爽直地道：「喊什麼夫人，我娘家姓程，你喊我一聲程嬸子得了。」

沈薇對她的印象不錯，方大錘也是個三品官，她心甘情願陪著夫婿在邊城吃苦，還把日子過得有滋有味，人又開朗愛笑，就差不到哪裡去。「咱們府裡有現成的熟手，把他們派出去教，程嬸子總領這事。」

「她呀，倒也行。」沈侯爺對屬下的家眷也是有些印象的。「妳的眼倒是利，方大錘的夫人是個爽利人。」

沈薇眼睛一閃，忽然道：「祖父啊，人家都一家一院的，您老怎麼就沒弄個紅顏知己、解語花啊什麼的？一個人住這偌大的侯府，多冷清啊？」她真的很好奇，許多駐守邊關的大將身邊不都跟著姨娘和庶出兒女嗎？

沈侯爺聞言，一口茶差點沒噴出來，指著滿心好奇的孫女，氣不得、怒不得。這丫頭，膽子真大，什麼話都敢說。

「祖父，孫女是真的好奇呀！」沈薇的眼睛亮晶晶的。

沈侯爺笑罵。「妳祖父我是鄉下人出身，沒那些花花腸子。」

她才不相信，嘴角一扯，鄙夷地道：「鄉下老農多收了三斗糧食還想買個妾呢，這是男人的劣根性好不？你看我爹跟大伯父、二伯父，不都有兩、三個姨娘？尤其是二伯父，後院都快住不下了，虧得二伯母有手段，不然您的孫子孫女可不止這些。」

沈侯爺真恨不得拿棍子把這丫頭打出去。他能說自己就是因為老二才不敢納妾嗎？老大和老三雖然資質普通，但到底也沒歪到哪兒去，老大勤奮，老三在讀書上有天分，唯獨老二是個不成器的，文不成武不就，還貪花好色，他是真怕再生出幾個這樣的庶子，自己再大的能耐也照看不過來呀！

「祖父，莫不是你怕再生出二伯父那樣的敗家子吧？」沈薇眼珠一轉，說道。

沈侯爺被孫女說中了心思，不由老臉一紅。沈薇見狀，就知道自己猜對了，不由哈哈大笑起來。居然是這個原因，真是笑死她了。

沈侯爺惱羞成怒。「妳不說話沒人當妳是啞巴。妳還有點姑娘家的樣子嗎？還不快滾出去做事？」順手就把手中的筷子扔出去。

沈薇邊躲邊往外跑去。「祖父、祖父，您老休要動怒，小四幫您做事去了哈！」

真是笑死了，怎麼忽然發現祖父這老頭這麼可愛呢？

第七十三章

西涼。

中箭大敗而歸的大王子李元鵬的傷也好得差不多了。「打聽不出來那人是誰嗎？」他問身邊漢人打扮的軍師。

軍師搖頭。「這些年從沒聽說過西疆邊城有這麼一號人物。」年少卻一身殺氣，射向大王子的那一箭又狠又準……他和西疆邊城也算是打過多年交道了，從未見過或聽說過有這樣一位少年。「要不，老朽派人潛入——」

話沒說完就被大王子止住了。「不用，早晚會碰上的。」他嘴角噙著一抹淡笑。

軍師一時也摸不準大王子的心思。按理說，大王子不該恨死那個射冷箭的少年嗎？怎麼看起來心情倒挺好？

軍師身為一個漢人，自詡閱人無數，卻從未看透過這位西涼國的大王子，也因為看好這位大王子，他才心甘情願留下來輔佐。

李元鵬並不恨放出冷箭的那人，還挺欣賞。西涼本就崇拜強者，戰場上更是只有你死我活，自己中了箭，那是技不如人，沒什麼好埋怨的。想起那個長得比女人還漂亮的少年，李元鵬心中感嘆，中原到底人傑地靈，才能孕育出這般人物。

「二王子那邊……」軍師遲疑了一下，道。

李元鵬嗤笑一聲。「哼，他倒是會討巧賣乖。放心，他就是蹦得再高，也動不了我。」

趁著他受傷和兵敗想奪了他的軍權？別說他一個小小的二王子，就是父王也得掂量掂量，他這些年在軍中的經營也不是白忙的。

西涼國主有七個兒子，其中比較成氣候的便是大王子、二王子和四王子。二王子的生母是王后，外家也是權臣，在西涼勢力極大；四王子的生母得國主寵愛，外家的勢力也不弱。

相形之下，大王子的出身就不大能拿出手，他是宮女所出，是西涼國主還是王子時，因酒醉幸了一個宮女所生。所以大王子幼年時過得相當淒慘，萬幸他心志堅定，十二歲就自求去了軍中，一步步穩紮穩打，用十年的時間終於在軍中站穩腳跟，素有鐵血王子之稱。

二王子和四王子在朝中勢力大，但在軍中卻有弱點，所以他倆對大王子手中的軍權虎視眈眈。這回大王子兵敗，二王子沒少在國主跟前上眼藥，就想奪了他大哥的軍權。

四王子倒是挺老實，沒有跟著落井下石，但李元鵬才不相信，只覺得四弟有更大的圖謀。

「父王那裡，就說我的傷還沒好。這次兵敗，本王子愧對父王的栽培，本王子要在府中閉門思過。」他交代道。

既然老二要爭，那就讓他爭去，也讓父王看看，西涼大軍不是誰都能指揮得動的！

張雄和錢豹來回了幾趟之後，沈薇就不大擔心邊城的安危了。有了充足的戰備物資，據城而守，西涼人軍一時半會兒攻不進來，邊城現在有資本跟西涼慢慢磨了。

可西涼大軍不行，西涼叩邊本就是為了搶奪糧食，現在都入冬了，邊城久攻不下，那麼龐大的西涼軍隊吃什麼？

所以這場戰爭，西涼比大雍要心急得多。

最近，沈薇又給祖父出了個主意，讓她大哥跟表哥帶人出城打游擊，打得過就打，打不過就跑，一來歷練了人，二來又能消耗西涼兵。

「妳怎麼不去？」不可否認這個主意讓沈侯爺眼睛一亮，隨即又想到不知這丫頭在打什麼鬼主意，不放心地問了一句。

沈薇的眼神可不屑了，指著自個兒的鼻子道：「我還需要歷練嗎？我這都是為了大哥好，不多殺幾個西涼兵，不多見見血，等大戰真的來臨您能放心？」到時還不得她跟著操心？

表哥是她外祖家的獨苗，她能眼睜睜地看著他死在戰場上嗎？而大堂哥更是死不起，他們這一輩也就大堂哥還能瞧，在她弟弟還沒長成之前，總得有個人撐著，還是趁大戰沒來之前把這兩人扔出去練一練，反正有暗衛跟著也出不了事。

至於她，哼，大冬天的這麼冷，她才不要出去找罪受呢。貓冬，貓冬，貓在屋裡才對。她天不怕地不怕，可怕冷啊，尤其是西疆的冬天，風吹在臉上跟刀割似的疼，那冷意好似能鑽到骨縫裡。

沈薇把自己裹成了一顆球還是覺得冷，恨不得能時時縮在炕上。

徐佑過來看她縮頭縮腦的樣子就覺得好笑。西疆的冬天是很冷，但也沒冷成這樣吧？

沈薇看到他過來卻是一臉不高興。「你來幹麼？」她現在是一點都不歡迎他，實在是丟臉啊！

想起自己在徐佑跟前的窘事，沈薇就恨不得挖個坑把自己埋了，太丟人了！

都怪徐佑，她恨得咬牙切齒，哪會給他好臉色瞧？她恨不得他永遠不要出現才好。

那事說起來還真夠丟臉的，沈薇雖然已經及笄了，也不知是這具身體小時候虧損得太厲害還是怎麼的，一直沒來過癸水。除了顧嬤嬤念叨過兩回，沈薇是沒當一回事，在她看來，沒那玩意兒還好呢，省了多少麻煩。

可誰想到她的初潮來得那麼突然洶湧，那麼不是時候。當時她正在研究地形圖，只覺得小腹一疼，下身有什麼東西洶湧而出，疼痛猝不及防，讓她一下子就趴在桌上，暗道糟糕。

徐佑見狀，自然嚇了一大跳。「小四，怎麼了？」握住沈薇的肩就要查看。

沈薇知道自己這是來癸水了，可沒想到來癸水這麼疼，估計和這具身體的健康狀況有關吧。

「沒、沒事！」她忍著疼說。她是個姑娘家，怎麼好意思跟男人說癸水的事？

徐佑一點都不相信。看她小臉白的，頭上都冒了汗珠，再看她趴在桌上直不起腰，肯定很疼！

「江白，快去請大夫。」徐佑張嘴就吩咐道：「是不是上次受的傷還沒有好？妳快告訴我，說話呀！」就要把沈薇抱起來。

「你，別碰我！」沈薇掙扎著不讓徐佑抱她，看他焦急的樣子，只得忍著疼說道：「我真的沒事，一會兒就好。」其實她是想說不用叫大夫，可江白動作太快，她還沒來得及開口他就衝了出去。

都疼成這樣了還沒事？「哪裡疼？我看看。」

沈薇費力拍開徐佑的手，羞怒隨之而起。這人怎麼聽不懂人話呢？都說沒事了，看什麼看，本小姐再是穿著男裝也是個姑娘家！沈薇真想把這個跟著添亂的男人踢一邊去，倒是給我端杯熱茶呀，真是沒眼色！

「走開，讓你走開，你聽到了嗎？」她生氣了。

徐佑還當她是被疼鬧的，更加心疼了。「乖，給我看看，大夫一會兒就到了，再忍一下吧。」

給他看看？沈薇的嘴角抽了一下，想到一會兒大夫來了還是會丟臉，不由得牙一咬，猛吸一口氣。「你真想知道？過來，我告訴你。」她對著徐佑勾了勾手指頭。

徐佑直愣愣地點頭，就見沈薇靠近自己，直視著他的眼睛道：「我來癸水了，知道癸水不？就是女人每個月都會來的那玩意兒。」

就見徐佑先是愣然，然後如玉的臉暗紅起來。他不自在地別過頭去，輕咳了一下。

「那、那需要什麼？」

醫書上有提到女子的癸水，徐佑自然也知道，想起自己剛才的傻樣子，臉色又熱了三分。不過隨後他又高興起來，來過癸水就顯示女子長大成人，可以大婚洞房了。

「給我一杯熱茶，再給我找個老嬤嬤，然後——」沈薇說了一句就頓住了，她還真沒經歷過，真不知道該怎麼辦。「先換了衣裳，等大夫來了看他怎麼說吧。」

一番收拾之後，又喝了大夫交代的紅糖薑湯，沈薇覺得舒服多了。大夫說了，她的身體幼時虧損太重，體內虛寒，得好生調養，不然每月都要受罪。

於是沈薇暫時成了娃娃，被老嬤嬤按在床上不得起來，老嬤嬤還感嘆著。「侯爺也真是的，好好的姑娘家怎能當小子使？」這老嬤嬤在邊城伺候沈侯爺多年了，很能說上話的。

沈薇自覺在徐佑跟前丟了臉，說啥也不願意見他。徐佑的臉上也有幾分抹不開，就順了她的意，想著等小丫頭不彆扭了再過來。

可一連好幾天，小丫頭都不願意見自己，他也急了。

「哼！」沈薇把臉轉向一邊，擺明了不待見。

徐佑笑笑，把手中的信封往她跟前的案上一放。「妳不是想知道西涼的消息嗎？全在這兒了。」

沈薇立刻轉頭，狐疑地看著徐佑。這廝怎麼曉得她想知道西涼的消息？又看了看案上的信封，很心動。

徐佑下巴輕點。「看吧。」本來只是隨便查查，現在倒是可以拿來討小丫頭的歡心。

沈薇迫不及待地拿起信封，從中抽出幾張紙。她看得很快，一盞茶的工夫就全看完了，然後瞧徐佑的眼神就怪異起來。「看不出你還挺有能耐的。」

她一直知道徐佑有能耐，絕不是表面上看起來的病弱公子，但沒想到徐佑把西涼國內情況摸得那麼清楚，連幾位王子的明爭暗鬥都瞭若指掌。這個未來夫婿不簡單啊！

「我不一直都挺有能耐的嗎？」徐佑意味深長地道。

沈薇的眼睛一閃，眼底露出戲謔。「是喔？」那眼神瞅得徐佑都有些發慌，好在沈薇一會兒就轉移了話題。「這麼說，西疆很快就會有一場大戰了？」

徐佑點頭。「可以這麼說，西涼二王子對軍權可覬覦很久了，現在如願以償，只怕他會急著立軍功。」

「愚蠢。」沈薇撇嘴說道：「他肯定會賠了夫人又折兵。」

徐佑揚眉。「喔？為何？」眼底滿是興味。

還考她？沈薇不屑地道：「他當軍功是那麼好立的？當大王子是個死人？」

「喔，小四對大王子倒是刮目相看。大王子才吃了敗仗，現在還在府裡閉門思過呢，而西涼國主也是默許的。」徐佑道。

「一個在軍中經營十年的人會坐以待斃？軍權握在誰的手裡，誰才是老大。大王子在軍中的權力是他一刀一槍拚出來的，二王子還太嫩了，掌不了軍權。」沈薇分析道：「所以接下來的這場戰爭，我們不用太緊張，倒是這個大王子需要我們多加注意了。

「能不能把那個大王子給——」沈薇比了一個喀嚓的動作。只要解決了這個大王子，大雍這邊就算勝利了一半，剩下的什麼二王子、四王子之流，她根本就沒看在眼裡。

徐佑搖頭。「大王子的府邸防備森嚴，而且此人武藝高強又機敏，一般人根本近不了他身邊。」

「可惜了。」沈薇十分遺憾。「這事我得跟祖父說說，雖然二王子挺沒用的，但咱們還是要做好準備。」

徐佑的眼裡閃過讚賞。聰明的女人很多，可這麼有頭腦和眼光的，獨獨小丫頭一人，短短時間就把西涼分析得八九不離十，怎能不令他喜歡？

他呀，就喜歡她的聰明靈活和韌勁，能護得住自己，要是像他娘那樣……想起那個生他的女人他就嘆氣，他皇祖父為他親娘鋪路鋪得那麼順，她都還能讓自己憋屈而死，讓他這個做兒子的說什麼好呢？

他娘死後還不是便宜了那對狗男女？皇祖父震怒又如何？能把自個兒的親兒子掐死？若是小丫頭，一定不會憋死自己、便宜別人。依這丫頭的性子，估計得讓他父王去死一死。

這時，沈薇忽然想到自己跟徐佑既然快成為一家人了，總得打聽打聽他有多少私房銀子吧？能不能弄到自己手裡啊？

「私房銀子？不多，亦不少。」徐佑淡定地道。他手中從不缺少銀子，除了聖上的賞賜，就是親娘的嫁妝就夠揮霍兩輩子的了。

「總得有個數吧？」沈薇不滿地道。哼，平時往我跟前湊得那麼親，現在一提銀子就打起官腔，男人啊，不可信！

她心思全寫在臉上，徐佑嚇壞了，自己正努力贏得芳心，可不能讓這小丫頭有了成見。

「具體數目我哪裡知道？妳放心吧，能養活得了妳，夠咱倆這輩子揮霍的。」徐佑連忙道。

沈薇冷笑一聲。「呿，姊有的是銀子。」不願意就拉倒，姊還不願意伺候你呢。

她說翻臉就翻臉，那睥睨天下的神情讓立在一旁的江白都看愣了。娘啊，四小姐這脾氣可真夠大的呀！讓他更愣的還是公子的反應。

徐佑一把抓住沈薇的胳膊，嘆氣道：「脾氣怎麼這麼急，我這不也沒說什麼嗎？妳不就是想知道我有多少私房銀子？等回了京我就讓人把帳冊都給妳送來。」

沈薇斜睨著徐佑，坐下來。「你當我稀罕？換個人我還懶得問呢。」

「是是是，都是我的錯，等咱們成了親，我的私房銀子全都是妳的。」徐佑認錯態度很好。

「不要。」沈薇還拿喬了。

「要吧，我心甘情願給的。」徐佑柔聲道。

「真的？」她高高在上地睨著徐佑。

徐佑連連點頭，沈薇這才露出笑。「這還差不多。」男人手裡攥著私房銀子幹什麼？養外室、喝花酒？讓人不放心，還是攥在自個兒手裡比較安全。

徐佑鬆了口氣，看著小丫頭那笑嘻嘻的模樣，真是哭笑不得，只好直嘆氣。「妳說妳怎麼就那麼喜歡銀子呢？」

沈薇倒是理直氣壯。「你一個大男人要私房銀子做什麼？你這張臉太會招蜂引蝶了，手裡還握著大把銀子，我哪能放心？」

徐佑更是哭笑不得了。招蜂引蝶？當他是花呢！不過小丫頭著緊他，他還是很高興的。

「我跟你說啊，不許納妾，你要是弄亂七八糟的女人回來給我添堵，信不信我毀了你這張如花似玉的臉？」沈薇說著，瞇起眼睛。

徐佑真是愛死她這個小模樣了，握住沈薇的手，答應得可爽快了。「不納妾，絕不納妾。」有這麼個有意思的丫頭陪著，傻子才納妾呢！

江白都要跪了。公子欸，您的節操呢？還沒見過這樣上趕著硬塞銀子的。他苦著臉，都能預見公子今後的悲慘生活了……

第七十四章

西疆的大戰終於來臨。

塵土飛揚，戰馬嘶鳴，旌旗招展，西涼軍來勢洶洶，號稱十萬大軍，勢要把邊城攻下。

沈薇站在城頭，只見他們如黑雲一般朝邊城滾滾而來，即便徐佑安慰她西涼大軍頂多七萬人，她的心還是不由得沈了下去。

只要有戰爭，就會死人，哪怕之前做了無數準備，仍是免不了。現在還站在她身邊的人，可能這場戰爭之後便不在了……

沈侯爺也上了城頭，他雙目如電，望著轟轟而來的西涼大軍，心中一片沈靜。之前就得了消息，此次西涼大軍攻城不是大王子李元鵬做主帥，本以為有詐，現在看到西涼大軍的隊形，倒是能確定了七分，但向來謹慎，仍是不敢掉以輕心。

西涼大軍近了，在馬上就要進入射程時，反倒停了下來，架起投石機準備轟城。

西涼的投石機將將架好，大雍的投石機已經發射出去，投出去的可不是大石頭，而是一個個火球。這是沈薇帶人琢磨出來的新玩意兒，大石頭裹上破布爛棉花什麼的，再澆上火油。

冬季天乾物燥，火球落入西涼大軍中，頓時火燒一片，沒被砸死的也被火燒死。西涼大軍頓時慌作一團，拚命滅火，慘叫聲不時傳來。

「快，多給西涼狗餵幾顆火球，讓他們瞧瞧咱們的厲害！」王大川的大嗓門喊道。

城頭上的火球一個個朝西涼大軍拋去，更多的西涼兵身上著火。「退、退，快退！」西涼將領一見情況不好立刻發出命令。

大雍的城頭發出震天的歡呼聲。「西涼狗退嘍！西涼狗害怕嘍！」

這可把西涼大軍中的二王子給氣壞了。「不許退！衝過去，給我衝過去！」他們人多，就不信衝不過去！

西涼將軍心中不願，卻又無法違抗二王子的命令，只好指揮大軍繼續往前衝。

大雍的火球到底有限，阻攔了西涼大軍一陣子，還是有不少西涼兵衝過封鎖，抬著雲梯朝城下而來。

弓箭手終於派上用場，密集如雨的箭羽朝西涼兵飛去，每人射五枝箭，射完立刻換人。一輪之後，城下的西涼兵又死傷了一批。

此時，西涼的投石機已經架好，也有部分西涼兵摸到了城門，城頭上的大雍軍也開始出現死傷，一場殘酷的戰爭正式拉開帷幕。

石頭重重地砸在城頭上，守城的大雍軍立刻躲進屏障，雲梯上的西涼兵乘機迅速攀爬，有那些快的都要爬上城頭了。

大雍軍一見不好，立刻閃出屏障撲到城頭，朝著雲梯上的西涼兵砍去。西涼兵慘叫著跌了下去，而這名大雍士兵卻也被飛來的重石砸個正著，倒在城頭上。

「李小六！李小六！」同伴們大聲痛呼，憤怒地撲向城頭，和雲梯上的西涼兵展開搏鬥。

沈薇一瞧不好，那幾架投石機實在太礙事，得想個法子把西涼的投石機給廢了。

她眯起眼睛觀察了一會兒，果斷地吩咐。「拿張強弓來。」要是有弩就好了，用弓箭，她沒有必中的把握。

沈薇展臂拉弓，三箭齊發，朝著操作投石機的西涼兵而去。

中了！她心中鬆了一口氣，手上動作不停，又是三箭出去，另一架投石機上的西涼兵也中箭而亡。不過半炷香的工夫，五架西涼投石機便停下來，沈薇這才放下手中的弓，抹了一把額頭上的汗。

但這也沒有為大雍軍贏得多少時間，新的西涼兵立刻補到投石機上，對著城頭展開了新一輪的轟打。

看著城頭上的大雍軍一個個慘叫倒地，沈薇又抬起手來，卻被邊上的徐佑攔住了。「妳歇歇，我來。」

徐佑的箭法同樣精湛，甚至比沈薇的速度更快，但對方人數太多，一個死了，另一個立刻補上來。還是得把投石機給廢了才是上策。

「桃花，走！」沈薇抓過萬人斬，準備躍下城頭。

徐佑拉住她的胳膊。「我帶妳。」他的手攬上沈薇的腰，足下一點便躍下數丈高的城樓，那瀟灑飄逸的風姿猶如神仙下凡。

沈薇在空中揮刀斬斷了無數箭羽，兩人平安地落在西涼大軍之中。

江黑、江白帶著桃花，也跟著從城頭飛躍而下，五人會合一處便展開了屠殺，而沈薇也放出進攻的信號。

這五人均是一等一的高手，西涼小兵怎是對手？他們背靠背、慢慢地移動，一步一步朝著投石機靠近，所到之處全是西涼兵的死屍。

「小黑、小白上去！」沈薇一刀砍飛一個西涼兵。

江黑和江白立刻提刀上了投石機，用力一砍，投石機的長柄便斷成兩截，算是徹底地廢了。

「幹得好！」沈薇讚道，又和徐佑、桃花一起掩護兩人陸續廢了另外幾架投石機。

沈薇這才長吁了一口氣，揮著萬人斬專心殺敵。她的萬人斬飲足鮮血，刀身鋥亮，在陽光下閃著寒光。它長鳴著，似乎渴望更多鮮血來展露風華。

此刻，沈薇就是刀，刀就是沈薇。

桃花的招式永遠都那麼簡單，配上她的力大無窮卻是萬分有效，鐵棍掄一圈，倒下的西涼兵都能堆成一座小山了。

徐佑沒有用上長劍，而是選擇更適合戰場的霸王槍。他長身玉立，一把長槍舞得虎虎生風，西涼兵沾上就喪命。

江黑、江白兄弟倆相互配合，殺起人來跟砍菜瓜似的，說是黑白無常也不為過。

沈薇越殺越是興起，心中那股睥睨天下的豪情油然而生。「徐大公子，咱們來比一比，看今兒誰殺的人多，以後都聽誰的！」

「當真？」徐佑眼前一亮。真是個十分誘人的主意啊！

「自然當真！」沈薇嫣然一笑，血色之中是那麼動人和美麗。

桃花高興地大喊：「公子，桃花幫妳！」肯定是自家小姐贏啦，徐大公子那麼弱，怎麼可能比小姐殺的人多呢？

江黑和江白則狠狠抽了嘴角。拿殺人當樂趣，真沒見過這麼奇葩的兩口子。

有了這個提議，沈薇和徐佑更起勁了，西涼兵可就慘了，死在兩人之手的沒有一千也有八百了，還不包括受傷的。

「痛快，真是痛快啊！」沈薇抹了一把臉，在城頭上看到同袍死去的鬱悶總算發洩出來了。

「公子，我們來啦！」沈薇正高興呢，就聽到喊她的聲音傳來，她扭頭一看，是歐陽奈、張雄和錢豹帶著人殺過來會合了。

早在大戰開始，歐陽奈等人就潛了出去，每人領著一百人埋伏在不同的地方，等到沈薇的信號一發，他們便從西涼軍的後方殺入。

他們的策略是以陣代殺，盡可能地保護自己，多消耗敵軍。

「可還順利？」沈薇問道。

回答的是錢豹爽快的笑聲。「娘的，這些西涼崽子可真不禁打，跟紙糊似的，老子都還沒盡興就殺過來了。太弱了，沒吃飯啊！」

沈薇一聽到吃飯兩個字，頓時又有了新主意，萬人斬一揮，大聲道：「走，跟著我殺出去！」

幾支人馬會合，跟著她殺氣騰騰地朝外殺去，西涼兵連抵抗的膽量都沒有了，紛紛讓路。

「走，公子帶你們去抄他們的營地！全體，跑步前進！」沈薇一揮手，一群漢子如風一般向前跑去。

正如沈薇預料的那樣，西涼大軍的營地上只留了五百人。以往大王子李元鵬出戰，營地上至少要留五千人，可這一回是二王子領兵，他求勝心切，認為營地安全，沒必要留那麼多人，只留了區區五百人，這不就便宜了她？一群如狼似虎的漢子撲上營地，幾乎沒費什麼勁，就把留守的五百西涼兵了結了。

「公子，這裡有糧草！」不知是誰喊了一聲。

沈薇過去一瞧，氈房裡堆得整整齊齊的可不就是糧草？唉呀，意外之喜啊！

「搬走。」她決定全都笑納了。「抄小路，先入山林。」

糧草都運走了，還留著營地幹什麼？燒了！沈薇拿著火把點燃了最大的氈房，瞬間，西涼大軍的營地便成了一片火海。她看著熊熊大火，心中異常痛快。

「公子，這裡有個女人！」又有人興奮地喊道。

一個穿著華麗的漂亮女人被推搡著帶到沈薇跟前，她瑟瑟發抖，眼底全是恐懼，哆哆嗦嗦地喊著什麼，沈薇沒聽懂。

徐佑倒是聽懂了，對著沈薇比了個「二」。原來這女人是二王子的，嘖嘖嘖，真是大開眼界了。

沈薇原本想看能不能瞅個機會把二王子收拾了，現在她改變了主意，二王子還是留著給大王子添堵吧。

「帶回去。」沈薇當機立斷，帶著人手從小路撤了，還不忘派歐陽奈帶著一隊人穿著西涼兵的衣裳衝回戰場。

戰場之上，沈薇這幫殺神走了之後，西涼大軍總算喘過了一口氣。

就在此時，卻聽到有人大喊：「不好啦！大營被燒了，糧草全被大雍軍給燒了！」是歐陽奈帶人邊喊邊在西涼大軍中亂闖。

有那不信的，回頭一望，是真的呀，濃煙都竄上了天空，頓時六神無主起來。

二王子也看到了濃煙，又是吃驚又是害怕。都攻了兩個時辰還沒有一點進展，若再被人燒了營地，回去怎麼跟父王交代？

沈侯爺站在城頭也看到了濃煙，再加上戰場上的呼喊，心知這定是那個滿是心眼的孫女的手筆，臉上不由露出笑容，對親衛中的神箭手道：「射帥旗。」

二王子本就恐懼，現在見自家的帥旗都倒下了，更是嚇得面無人色。「走！快走！」生怕晚了，下一箭就射到自己身上，還是先保命吧。

帥旗倒了，統帥的車駕退了，這些西涼小兵還拚什麼命？趕緊掉頭逃了。

西涼兵如潮水般頹敗而去，邊城卻士氣大振。「開城門，追擊！」沈侯爺一聲令下，幾隊人馬便奔出城門，其中便有沈謙和阮恒。

沈薇領著人從山林中鑽出，正好趕上潰敗的西涼大軍，又是一陣廝殺。

大雍軍大勝，城頭上的將士們揮舞著兵器歡呼，這一戰比以往哪次大戰的死傷都少，尤其看著四公子押運著糧草凱旋歸來，每個人的臉上都帶著深深的笑容。

「侯爺，您家的大公子和四公子都是好樣的！」一同觀戰的武烈將軍章浩然真心實意地誇讚。尤其是四公子，後生可畏啊！

沈侯爺的笑容都快咧到耳邊了，嘴上還謙虛著。「小子還年輕，還需要磨練。」當然，需要磨練的是他的大孫子，至於小孫女，她不去磨練別人就好了。

他站在城頭上可都看得清清楚楚，小四這丫頭天生就是屬於戰場的，刀起人頭落，殺人那個俐落勁連他這個老將都自愧弗如。何況她還能根據形勢隨時定下戰略，膽子之大，目光之精，怎麼就不是個孫子呢？

這一戰，邊城跟過年似的熱鬧，他們打勝了，把西涼大軍打得落荒而逃，好多百姓都把過年才懸掛的大紅燈籠找出來掛在大門上，人人臉上洋溢著笑容，連孩子都多了幾分活泛勁。

「祖父，小四厲害不？沒給您老丟臉吧？」沈薇蹦到祖父跟前。

沈侯爺拉過她的胳膊，上上下下瞅了一遍，沒發現她受傷，才道：「不錯，不錯，是咱們沈家的種。」

沈侯爺檢查傷勢的行為取悅了沈薇。她嘴角上翹，看吧，看吧，祖父現在對她可上心啦！

「妳呀，膽子可真大！」沈侯爺瞪了孫女一眼。雖然知道孫女的本事，但剛才仍是擔足了心。

沈薇理直氣壯地道：「做什麼事都畏畏縮縮的，還有什麼意思？您瞧，我不就成功了嗎？」她眼珠一轉，又道：「祖父，我趁亂砍了西涼那個二王子一刀，又把他放走了。」怎麼也得讓他嘗嘗疼的滋味吧！

沈侯爺更驚訝了。「妳沒把他給逮回來？這可是大功一件啊！」不大像這丫頭會做的事。

沈薇哼了聲，道：「就那麼個慫包，逮他還不容易？孫女覺得他回去對咱們還是有好處，那麼愚蠢的攪屎棍還是留給大王子和西涼國主享受吧。對了，我還逮回來個女人，是二王子的侍妾。」

沈侯爺看著孫女漫不經心的樣子，不知道說什麼好。大孫子要是有這心智和反應，他還愁什麼？

沈薇話鋒一轉，道：「祖父，我弄回來的糧食和銀兩別都入庫了，拿出一半來獎賞、撫恤吧。那些戰死的大雍軍，怎麼也得讓他們家人的日子能過下去。」

沈侯爺點點頭，心裡何嘗好過？鎮守西疆幾十年了，這都是他的兵啊！

「行了，小四下去歇著吧。祖父心裡有數，不會虧待了他們。」他拍拍孫女的腦袋說道。

第七十五章

沈薇走後，沈侯爺才看向大孫子沈謙。「小四的話都聽見了？你雖然不錯，但比小四差得遠了。不要覺得小四是個姑娘家就輕視她，你是我忠武侯府的嫡長孫，萬不可有那些狹隘的心思。遇事不明白的，多跟小四商量，那不丟人；你若是跟別人一樣，覺得小四是牝雞司晨什麼的，趁早給我滾回京城去！」沈侯爺的面色異常嚴肅。

「祖父放心，小四如此能幹，孫兒作為大哥，除了心中愧疚，亦感臉上有光。祖父放心，孫兒會好生照顧小四的，絕不會生出齷齪心思。」沈謙鄭重地回答。

對於四妹比自己有能耐，得祖父看中，他除了臉上有些掛不住，倒真沒有其他想法。四妹比他強，總比其他兄弟比他強要好吧，四妹再能耐也是個姑娘家，祖父能做的無非是多給些嫁妝，整個侯府將來都是他的，他是那眼皮子淺的嗎？

自來邊城，四妹做的事情他全看在眼裡，說白了，四妹做這些還是為了侯府，他有什麼資格心懷嫉恨？

至於五弟珏哥兒，他更不擔心，一是珏哥兒還小，等他長大有出息，自己已經經營出一番勢力了，自然不怕初出茅廬的小子；二是祖父早已明確跟他說過，忠武侯府的繼承人是他，四妹和珏哥兒不會跟他爭，他也相信四妹的胸懷和人品。第三則是他也很盼望珏哥兒有出息，一個家族的興盛從來就不是靠一人便能支撐起來，珏哥兒有出息，亦是他的助力。

沈侯爺看大孫子臉上的表情不像作偽，便點點頭，拍著他的肩道：「你明白就好。咱們沈家沒有那些個陳規陋俗，姑娘家也是咱們老沈家的血脈，我沈平淵最喜歡有出息的後輩，無論男女。」大孫子雖平庸了些，值得欣慰的是胸襟還是有的。

但江黑和江白可鬱悶了，原因無他，武烈將軍總是喜歡找他們說話，可無論說什麼，話題一定能拐到四公子身上，明裡暗裡打探四公子有什麼愛好，喜歡什麼樣的姑娘，那司馬昭之心誰不知道？

江黑的嘴巴比較緊，江白卻忍不住了，看著武烈將軍，無比鄙夷地道：「我的大將軍，您老正當壯年，怎麼眼神那麼不好使？那哪是什麼四公子，那是個如假包換的姑娘家！不然我們公子能死乞白賴地往她跟前湊？他們是這個！」江白伸出左右手的大拇指比了比。

武烈將軍章浩然哪會相信，指著江白沒好氣地道：「你這個臭小子，就會哄我！」四公子怎麼可能是個姑娘家，哪有姑娘家這麼有能耐的？

江白嘴一撇。「小子我哪敢騙您啊？您不信可以問問沈侯爺和沈大公子。」

章浩然見江白不像是說謊。「你真的沒騙我？」他目光投向面無表情的江黑，江黑鄭重地點頭。

四公子居然是個姑娘家！這怎麼可能！武烈將軍想了又想，還是無法相信，這就像男人能生孩子一樣離奇。

他不死心，繃著臉去找沈侯爺求證，正好沈謙也在。

「侯爺，聽說四公子是個姑娘家？」章浩然看著爺孫倆，感情可複雜了。

「是啊。」沈侯爺爽快地承認了，他也沒想瞞著，只是沒人識破罷了。「小四是我那老三家的閨女，她弟弟還小，目前三房就由她先撐著。」

沈謙也道：「小四便是我那在祖宅調養身體的四妹，單名一個薇字。」

章浩然眼睛都直了，腦子裡只有一個聲音：他的乖乖女婿沒了！

隨後而來的是鋪天蓋地的後悔，夫人曾提議要把這位沈四小姐說給自家大兒子，被侯府婉拒後，他怎麼就沒堅持呢？應該一天三趟上門表示誠意的，若是四小姐成了自家的大兒媳，他作夢都能笑出來。

可惜啊！章浩然悔得腸子都青了，難怪晉王府的大公子要寸步不離地跟著四小姐了，還以為他來邊城是撈功勞，沒想到人家是為了未婚妻！

於是雍宣帝便看到了同樣內容的兩份密報，一份是出自武烈將軍章浩然，在密報中，他著重細述忠武侯府四公子的種種功勞，武藝高強、奮勇殺敵、忠君愛國等等，讚美之詞溢滿紙上。接著筆鋒一轉，道出原來這位四公子居然是位紅妝，讚嘆聖上目光如炬，早早把這麼出色的女子許配給徐大公子，什麼佳偶天成、天作之合的，又是讚了一通，最後心悅誠服地請求聖上褒獎這麼為國為家的奇女子。

另一份密報則是徐佑自個兒上的。小丫頭可是他未來媳婦，他怎麼著也得為他媳婦撈點好處吧？不能加官進爵，怎麼也得給個縣主的名頭吧？

雍宣帝眉開眼笑，把西疆大捷的戰報也看了一遍，臉上全是輕鬆。「這個阿佑！」沈平淵這老狐狸倒是命好，這邊被西涼死士燒了糧草，那邊人家孫女就給送過去了，把親娘的嫁妝銀子全花光也不心疼，京中閨秀哪個能做到這般？嗯，是個識大體的！何況這是自己的姪媳，是自家人。

雍宣帝倒是不怎麼擔心西疆，他現在心情大好，就琢磨著怎麼給西疆送點東西。沈平淵也不容易，一把年紀了還在外頭拚命，要不把他調回京中跟家人團聚？還有沈小四，賞點什麼好呢？

「聖上，二皇子來了。」大太監輕聲說了一句。

「宣。」雍宣帝揚聲說道。

二皇子龍行虎步地走進來。「給父皇請安。父皇今兒心情很好，是不是有什麼喜事呀？」

二皇子便是淑妃所出，外家是秦相府，秦相爺得雍宣帝器重，淑妃十分得寵，因此二皇子自幼便是受寵的。

「才來消息，西疆大捷。喏，你也看看吧。」雍宣帝對這個兒子倒是和顏悅色。

大太監忙把案桌上的捷報雙手遞給二皇子。二皇子在戶部歷練，西疆的情況他也是知道一些。

看罷，他崇拜地望向雍宣帝。「兒子恭喜父皇，想來不用多久西涼便會退兵了吧？沈侯爺不愧是寶刀未老。」

雍宣帝笑，也讚了一句。「沈平淵是不錯。」

二皇子見雍宣帝似乎不怎麼想繼續談論這事，便識趣地閉嘴，改說起自己在戶部歷練的心得，又請教了幾個小問題，才依依不捨地告退。

出了御書房，拐上往辰月宮的小徑，二皇子慢慢收起嘴角的笑。西疆，沈平淵，忠武侯府……他在心中默唸著。

二王子丟盔棄甲逃了回去，西涼上下大為震驚。此次大敗和上一回不同，雖然都是敗，但上回並沒有損失多少，可是這一回光是兵馬就折了兩萬，還失了糧草等物資。

二王子戰敗又傷了腿，也覺得面子掛不住，加上為了拿到軍權，他跟父王拍著胸脯許下軍令狀，一想到父王冰冷又失望的目光，又想到虎視眈眈的大哥和四弟，他便坐臥不寧。

不能如此認輸！為了推卸責任，二王子大肆宣揚大雍軍如何神勇厲害，都跟那天兵天將下凡一樣，難怪上回大哥都遭了暗算，現在他可是領教了，還假模假樣地跑大王子的府邸探望一番。

若不是二王子外家勢力太大，西涼國主要生啃了這個兒子的心思都有了。怎麼就生了這麼個愚蠢的兒子呢？還是從王后肚子裡爬出來的嫡子，江山交到他手裡，自己能放心？

「大王子，這可是您的好機會啊！」軍師臉上帶著喜色。

李元鵬不急不躁。「再等等。」他不急，相信父王此時比他還要著急吧？那就讓他急去，自個兒還要養傷，閉門思過呢。

邊城更冷了，有經驗的老人都說這是要下大雪的徵兆，下一場大戰也就不遠了，整個邊城都異常忙碌起來。

西涼大王子如願以償拿回了軍權。在西涼國主的三催四請下，他終於痊癒了，領著大軍揮師東下。

李元鵬可比他二弟高明多了，兩方交戰了三天，西涼一改以往的猛攻猛打，而是每天攻那麼兩、三個時辰，其餘的時候都是圍而不攻，頗有耐心的樣子。

「西涼這是要把咱們困死。」方大錘很不習慣西涼的新戰略，還沒打出點興頭，西涼大軍就撤了，他覺得十分憋屈。

「屬下覺得也是。」王大川出言附和。「西涼狗可真是陰險狡猾，要打就痛痛快快地打一場，這麼撩撥一下就跑，算什麼英雄好漢？」他是個道地的武夫，最喜歡的便是酣暢淋漓地拚一場。

「謙哥兒怎麼看？」沈侯爺問起大孫子。

沈謙肅著一張臉，站起身，謙虛說道：「孫兒也贊同兩位將軍的看法，西涼軍圍城切斷了我們與外面的聯絡，等城內糧草耗盡，他們再攻城就事半功倍了。」

幾人聽了均覺得有理，紛紛點頭。

沈侯爺依然面無表情，又將目光轉向沈薇。「小四覺得呢？」

沈薇想了想，道：「我覺得西涼那個大王子圖謀的不僅僅是這麼簡單。堂堂一國王子，手底能沒幾個探子？他會不知道咱們邊城不缺糧草？他知道，還圍而不攻，我覺得他是在打一場消耗戰，畢竟咱們邊城的兵力可比不上西涼。」

這樣每天都消耗一部分大雍軍，時間一長還得了？等大雍軍死傷得差不多了，他再大舉攻城，自然就能輕而易舉地攻下。

聽沈薇這麼一分析，幾人的臉色就有些變了。「他娘的，這個西涼大王子真不是個好鳥。」一方大錘重重地捶了一下桌子，看向上首的沈侯爺道：「侯爺，咱們該怎麼辦？咱們邊城可只有四萬大雍軍，想求援都出不去啊！」

沈侯爺沒有回答，目光依然看向沈薇。「小四可有應對的法子？」

沈薇皺皺眉。祖父也真是的，明明自己胸有成竹還非要問她？沒看見她剛才那番分析，祖父連臉色都沒變一下，他老人家打了一輩子的仗會沒有良策？她可不信。

可又不能拂了祖父的面子，沈薇只好不情願地道：「那咱們就打防禦戰，以保存實力為前提，多用些小手段跟西涼耗。眼見著就要大雪了，咱們不缺糧草，西涼大軍還能不缺嗎？」

見大家不解地望著自己，沈薇摸摸鼻子，羞赧地笑了一下，不好意思地說：「所謂小手段，就是在城牆上潑水使之結冰，給西涼兵增加攀牆的難度，或者把弓箭改成火箭，再或者從城頭往下潑滾燙的油，也可以找柳大夫配點聞著就倒的迷藥。咱們的兵器可不多，能省點就省點。」

沈薇一說完，幾個人看她的目光可複雜了。這哪裡是小手段，是大殺招好不好？雖然不怎麼地道，但琢磨琢磨還真的挺好使。

「四公子就是聰明。」王大川豪爽地拍著沈薇的肩膀稱讚。

於是第四天，西涼大軍再攻城，就發現大雍邊城改變策略了。先是城頭的大雍軍全都躲著射箭，射過來的全是火箭，射不死人卻能把衣裳點著，一個火人便蔓延了一大片，還沒到城下就燒死了不少人。

好不容易衝到城下，又發現雲梯根本靠不住，仔細一瞧，城牆上結了一層冰，滑得很。底下一群人費了好大的勁才扶住雲梯，爬到一半，卻被兜頭潑了一鍋熱油，燙得西涼兵哀號著摔下去。

不知犧牲了多少人的命終於攀爬到城頭，人家以逸待勞，早就舉著大刀等著呢！有了這些小手段的幫忙，大雍軍沒人傷亡就守住了西涼大軍的攻城，倒是西涼大軍留了許多屍體在城樓下。

「贏嘍！贏嘍！」望著撤退而去的西涼大軍，大雍軍發出陣陣歡呼。

沈謙和阮恒興沖沖地找到沈薇。「小四，妳還有什麼小手段？」

對著兩雙亮晶晶的眼眸，沈薇不客氣地翻了個白眼。「你們不會自己想？沒了，沒有了，我能想到的都告訴你們了。」

沈謙和阮恒對視了一下，放低身段，哄道：「小四，咱不是沒妳腦子轉得快嗎？快幫咱們想想吧，好妹妹，為兄求妳了。」只要能打勝仗，面子算個屁啊！

「指望我一人能想幾個辦法？咱們邊城軍民加起來也上十萬吧？三個臭皮匠勝過諸葛亮，你們得學會發動大家去想，保家衛國，人人有責呀！」沈薇沒好氣地道，也算是指了條明路。

「對呀，我怎麼就沒想到呢？」沈謙頓時眼睛就亮了。

「走走走，咱們趕緊去。」阮恒激動地拉著沈謙就要往外走，還不忘回頭感謝沈薇。

「謝謝小四啦！等回了京城，表哥給妳打首飾戴。」

沈薇又翻了個白眼，好像她多缺首飾似的。

第七十六章

遠在京城的蘇遠之正和一個小廝說話。這個小廝穿著普通的下人衣裳，長著一張尋常的臉，正是那種最不起眼的。

「你是說最近有人去鏢局打探消息？」蘇遠之的眉微微蹙著。

那小廝恭敬地道：「是的，先生。姚師傅讓小的來跟您說，最近鏢局附近常有可疑的人出沒，還有人試圖跟鏢局的夥計打探張師傅和錢師傅都去了哪裡？還打探咱們東家是哪個。」

蘇遠之的眉頭皺得更緊了。這些日子陸續有夥計來報，說小姐名下的好幾間鋪子附近都出現可疑的人，如今連鏢局都如此，這是招了哪個的眼？

「跟姚師傅說，該幹麼就幹麼，不要露出聲色。再找兩個眼生的摸摸這些人的底細。」

蘇遠之沈思片刻吩咐道。

小廝走後，他背著手立在窗前。既然鋪子和鏢局附近都出現了可疑的人，那定是知道了這些都是同一個人的產業，是對這個人好奇，還是查到了小姐頭上？小姐當初可是用了另一個身分……到底是誰呢？是不是和上次刺殺小姐的人有關？

這些問題在蘇遠之心裡翻著，卻沒有答案。

接下來兩天，西涼大軍沒有攻城，但大雍邊城的防備不僅沒有鬆懈，反而更加強了。方大錘、沈謙等人輪班帶人巡視，知道西涼大軍再次攻城時只會異常凶猛。

第七天，西涼大軍又開始攻城了。

大雍軍射出火箭，西涼大軍已有了應對之策，他們用盾牌遮擋，同時兩個西涼兵抬著土筐就把火滅了。

大雍軍一見火箭失去作用，立刻換上正常的箭頭，但西涼大軍人手一個盾牌，除非是神箭手，否則很難傷到西涼兵。

西涼兵衝到城牆下，也不急著架雲梯攀爬，而是先放火燒牆，等城牆上的冰融化了再上雲梯。

雲梯上的西涼兵全副武裝，身穿防火的鎧甲、頭戴帽盔，於是滾油也沒效了。

城頭上的大雍軍一瞧不好，全都摀住口鼻，弓箭手拿過準備好的藥包一一射了出去。

藥包在空中就散了，裡頭的粉末隨風四處飄灑，聞到的西涼兵還沒明白怎麼回事，腿一軟便倒在地上。

一個、兩個、八個、十個、百個——嘩啦啦的，西涼兵躺倒一大片。

還站著的西涼兵嚇壞了，舉著刀也不敢往前衝了，恐慌不已地喊：「妖法，妖法，大雍軍會妖法！」

戰車上的西涼大王子一瞧，士氣都散了還怎麼打？趕緊鳴金收兵。

西涼這般收兵，大雍卻打開城門，出了一支面具兵，也不追趕，專門給地上的西涼兵補刀。之前倒地的西涼兵只是昏迷，可還沒死呢，趁著藥效還在，趕緊都殺了。

就這樣你來我往，大雍軍沒吃著虧，西涼大軍也沒占到便宜。西涼大王子一瞧之前的拖字訣沒用了，立刻改變戰略。

第六次的攻城已經持續了兩天一夜，城下的西涼兵不知死了多少，城頭上也被鮮血染紅，死傷的大雍軍被迅速抬下。

邊城的百姓也自發地行動起來，幫著照顧傷兵，給大雍軍燒水做飯——每個人都做著力所能及的事情。

午夜，天上沒有一顆星子，伸手幾乎不見五指。

沈薇和徐佑帶著一支千人的隊伍悄悄出發，沒有戰馬，全靠步行。他們翻山林越絕壁，繞過西涼大軍，悄悄地摸進西涼境內，朝西涼京都而去。

打到第五天，守城的大雍軍都麻木了，趁著替換的時間草草扒上幾口飯，靠著牆打個盹，每個人都狼狽極了。

「祖父，您就讓孫兒帶人出城吧，這樣下去死傷太重了。」沈謙紅著眼睛請戰，看著一個個從城頭抬下去的士兵，心在滴血。

「是啊，侯爺，您就讓我們去吧。」阮恒也握緊拳頭。

王大川也跟著嚷嚷。「侯爺，讓俺老王去，看俺老王不宰了這些狗崽子！」他狠狠地吐了一口唾沫。

沈侯爺好幾天沒睡一覺了，到底年歲大了，兩頰深深陷了進去，整個人顯得十分蒼老。他的目光在幾人臉上滑過，沈聲道：「你們三人各領五百人出去，無論成功與否都不可戀戰，把他們都帶回來。這是軍令。」

覆巢之下焉有完卵，邊城若是破了，他們所有人都別想活著，還不如現在放他們出去衝殺，好歹也緩解一下壓力。

「且慢！」忽聽有人喊道。

是張雄和錢豹。沈薇沒有帶走這兩人。「侯爺且慢，先讓我們兄弟倆打這頭陣吧！」見沈大公子似要反對，張雄忙道：「侯爺，這是四公子吩咐的，讓我們兄弟帶著死士營打頭陣。」

沈侯爺看著兩人身後一個個凶神惡煞般的死士，才猛地想起還有這些人，他孫女弄回來不少土匪馬賊，這些悍匪可比大雍軍還要厲害。

「好，那就有勞兩位了。」沈侯爺和顏悅色地道。

「不敢。」張雄和錢豹可不敢托大。「幾位當家的，該你們表現的時候到了！我們四公子說了，只要作戰勇猛，殺的西涼兵多，活下來的，四公子都放你們自由；立功重大的，還有機會入大雍軍。若是有誰膽怯後退，哼，不用四公子出手，老錢就先結果了你。走，出發！」

沈薇的名頭果然好用，所有人想起那個年輕公子的手段，打從心底一顫；又聽說只要殺的西涼兵多便可以得到自由，還能當兵，眼前不由出現了希望。

他們都是心狠手辣之輩，哪裡會怕西涼兵？一時間人人精神抖擻，戰意高揚。

城門徐徐打開，西涼兵剛撲過來，就被從裡面出來的張雄等人擊殺殆盡，一行人邊殺邊往外衝。

悍匪到底是悍匪，心狠，手更狠，他們在西涼大軍中左衝右殺，每個人一想到自由，全如發狂的野獸。

近千人的死士作用還是很大，不過半個時辰，地上便躺了許多西涼兵。

張雄和錢豹一看城上的壓力減輕不少，立刻見好就收，帶著死士營邊戰便退。小姐說了，死士也要愛惜著用，最好能多用幾次。

且戰且退，等退回城內，一點數，死士營有受傷的，但居然一個人都沒少，難怪主子要留著他們，還去附近縣城的死牢裡把死囚都弄了過來。

至於沈薇，帶著人疾行了半夜加一個白天，終於摸到了西涼京都。有了暗衛提供情報，倒是省了沈薇很多工夫。

她想了想，還是聽徐佑的建議，先把二王子弄到手裡再圖謀王宮。王宮還有一萬駐軍，憑她帶的一千人只能智取。

沈薇把上次俘虜的二王子侍妾也帶來了。這個美人可能真的很得寵，沈薇扮作丫鬟，扶著她大搖大擺地進了二王子府，門上有人想攔，被那美人一巴掌搧一邊去。「我不過幾天不在，你們這些下賤東西就敢造反？看我不告訴二王子，把你們全都丟出去餵狗！」

下人們哪還敢攔她。也是沈薇運氣好，二王子吃了敗仗又丟了女人，哪裡有臉聲張，於是府裡上下都不知道這美人是被大雍俘虜了。

有這美人帶路，沈薇自然輕易地拿下二王子。看著二王子驚慌失措的樣子，沈薇勾了勾嘴角。「喲，腿傷還沒好？尊貴的二王子殿下，你可不如你的哥哥能幹。」

二王子一聽，臉色頓時難看。「你是何人？居然敢闖本王子的府邸，就不怕我——」

狠話還沒放完，就被沈薇一手捏住下巴。「現在你在我手裡，我有什麼好怕的？二王子殿下，你一定很不喜歡你哥哥吧，恰巧我也很不喜歡，不如咱們來談個生意怎樣？」

二王子是蠢，但也沒蠢得不可救藥，他眼底閃爍，卻不說話。

沈薇心中了然，一笑道：「二王子殿下，你說若是這回你大哥凱旋而歸，西涼還有你的位置嗎？西涼國主現在對你不比從前了吧？」

二王子的臉色更難看了。想到父王的訓斥，大哥和弟弟們譏誚的眼神，不由磨了磨牙，目光艱澀地看向沈薇。「你想要怎樣？」

沈薇又笑。就知道二王子會答應。「也沒什麼，就是需要二王子陪我去王宮走一趟。當作交換條件，我自然有法子讓大王子回不來。」

這條件無疑十分誘人，至少二王子就沒受住誘惑。「好，我答應你！」他咬牙說道。

沈薇和徐佑幾人扮成侍衛，跟著二王子堂而皇之地入了西涼王宮。有二王子在，西涼國主很快便落入沈薇的手中。

他不敢置信地看著自己的二兒子。「輝兒──」

二王子也懵了。不是說只進王宮走一趟嗎？這才醒悟自己被騙了。「你們──」

沈薇趕忙拍了他一下，搶過話頭。「蠢貨！」這麼好用的蠢貨還得留著，可不能讓西涼國主起了殺心。

這回二王子倒是難得機靈，怒吼著就要撲過來。「你們放開我父王，你們不是說不會傷害我父王的嗎？你們不講信用，本王子跟你們拚了！」

就憑他那幾招，一條腿還傷著，便被歐陽奈一腳踹出老遠，撞到牆上，頭一歪，暈過去了，也不知是真暈還是裝暈。

西涼國主瞳孔一縮。「輝兒！」回頭喝道：「你們把他怎麼了？」到底是自己疼了二十年的兒子，還是有幾分感情。

沈薇無所謂地聳聳肩。「不聽話，給點教訓唄。不過還請國主放心，二王子只是暈過去了，沒什麼大礙。」

「你們是何方人士？居然敢闖王宮挾持本王，不要命了嗎？」西涼國主倒是鎮定。

沈薇和徐佑對看一眼，都快笑了。這國主還真蠢，刀劍都架到脖子上了還虛張聲勢。

西涼國主見沈薇等人不為所動，眼底黯了黯，換了種態度，和顏悅色地道：「幾位壯士有何需求？只要小王能夠相助的，但請直言。」

呵，倒是識時務。沈薇扯了扯嘴角。「還真有國主能幫忙的呢，請國主跟我們走一趟去作個客吧，順便瞧瞧你那大兒子造的孽。」

「你們是大雍人？」西涼國主頓時心中一凜，眼底閃過不明的光芒。

沈薇打了個響指。「不錯，所以我勸國主還是配合點的好，免得傷了尊體。」

見他眉眼閃爍著朝外看，沈薇嗤笑一聲，道：「國主還在等你的護衛隊嗎？實在抱歉，他們好像來不了。」

像是為了證明這句話，外頭響起喊殺聲和刀劍撞擊聲，還有能把人耳朵震聾的爆炸聲。

「這、這是什麼聲音？」這是什麼神兵利器？西涼國主驚疑不定，只覺得整個宮殿都在抖。

沈薇漫不經心地道：「不過是加強版的煙花，今兒是個好日子，慶祝慶祝。」

能把平地炸出一人深大坑的東西是煙花？四小姐就是會哄人。

一硝二磺三木炭，這不就是製作煙花的配方嗎？只是改改比例被她拿來製作火藥，聽著聲音挺大，威力卻仍不行，當然只算是加強版的煙花，勉強拿來用用。

外頭扔著簡易手榴彈的沈虎頭等人都要目瞪口呆了。小姐給的新武器殺傷力未免太大了點吧？衝上來的十幾個護衛頓時屍體橫飛，連房屋都塌了。

西涼軍隊更是嚇得魂飛魄散，那個黑黑、圓圓的東西是啥？這麼厲害，膽子都嚇沒了，自然沒了戰意。

一輪轟過之後，不僅西涼護衛倒一地，連宮殿樓宇都塌了不少。沈薇趁亂帶人把西涼王宮洗劫了一番，把西涼的重要大臣也都掠走了，趁著夜色捆一捆扔到馬上帶走。這些養尊處優的大臣們何時受過這種罪？還沒跑出半里地就被顛得七葷八素。

西涼大王子在戰場上，緊緊盯著前方的大雍城牆，臉上慢慢浮上得色。

太好了，大雍軍已經是強弩之末，再攻一天估計就能破城，沈平淵到底是老了！

想著繁花似錦的中原，柔軟絲滑的綢緞，金銀玉器，充足的糧食，精緻的瓷器，還有漂亮白皙的女人——都是他的，都是他的了！

更讓他得意的是自己終於戰勝了沈平淵，天知道這個老狐狸曾給年幼的他帶來怎樣的恐懼？十年的時間裡，他慢慢強大，而他的對手日漸衰老，終會死在自己手上，還有什麼比這更讓人痛快的？

這一回，他一定要立下不世功勞，父王的王位除了自己，還有哪個有膽子爭搶？他一定會帶領西涼走上強盛之路，千百年後，西涼的史書上都會記載自己的功勛，他的名字將永世流芳！

想到這些，西涼大王子臉上的笑容就更大了。

第七十七章

當沈薇把西涼國主、王子和西涼諸臣押上城頭的時候，不僅大雍軍傻了眼，西涼大王子也傻了眼。

父王不是好好地待在王宮裡？怎麼就被大雍俘虜來了？不期然的，他就想到了那雙清冷的眼睛。

方大錘可高興啦，看沈薇的目光比親兒子還親。「四公子啊，俺老方這輩子除了侯爺沒服過誰，現在又多了一個你。可真有你的，居然把西涼都給連窩端了。」

又衝著城下大聲喊道：「西涼小兒，你爹和兄弟可都在咱們手裡，趕緊倒旗降了吧，否則別怪俺老方心狠手辣！哈哈！」他仰天長笑，連日來的鬱氣盡數發了出來。「睜大你們的狗眼瞧瞧，你們的國主在此呢！全都退後，不然別怪俺老方給你們的國主大人放點血！」

底下的小兵哪曾見過國主，不過見城頭上刀斧加身的那人穿著西涼王服，頭上戴的也是他們熟悉的王冠，其他被押著的人也都穿著西涼衣裳，心裡便信了五分。只是大王子沒有發出撤退的命令，他們也不敢擅自後退，一個個張大嘴巴愣在原地，不知如何是好。

小兵們不識國主，大王子會不認得自個兒的父王兄弟嗎？還有那一排垂著頭的西涼重臣，有幾個平日趾高氣揚，現在卻狼狽地成了人家的階下囚，跟鵪鶉似的。

大王子的臉色難看極了。這些人都幹什麼吃的？本王子在外頭拚死拚活地賣命，眼見勝利在望，老巢卻被人給端了，連一國之主都被人給俘虜！不指望那些傢伙幫忙，好歹別扯後腿啊！真不甘心。

西涼大王子恨得牙癢。功虧一簣，功虧一簣啊！

「大王子，這未嘗不是您的一次機會。」身旁的軍師小聲提醒道：「量小非君子，無毒不丈夫，成大事者不拘小節。」

大王子的眼底閃過一抹幽光，緊抿著嘴，鷹般的眼睛盯在城頭上，身側的拳頭握得緊緊的。

在城頭上，他的老對手，那個鬢髮花白的老者正背手挺立，雙眸平和。他的身側立著一個少年，兩人有著一樣的眼眸。那雙清冷、不帶絲毫感情的眸子讓大王子忍不住瞳孔一縮。是他，那個差點一箭要了他命的少年！原來他是沈平淵的後輩。李元鵬幾乎要吐血，好不容易熬到沈平淵年老，可他的後輩又成了自己的夢魘！

方大錘見西涼大王子沒有下令退兵，看向西涼國主的目光便不懷好意，調侃道：「國主大人啊，你的大兒子似乎不怎麼在意你的安危呢，這在我們大雍可是大不孝，你上輩子是做了多少缺德事才修來這個逆子？」

西涼國主心中也是十分複雜。堂堂一國之主卻成了階下囚，還被人拿來威脅自己的兒子，王者的尊嚴讓他恨不得當下死了才好。

「鵬兒，父王——」他眼底晦澀，想喊些什麼，可一張嘴，喉嚨像被堵住似的，不知道要說什麼才好。他竭力想要挺起胸膛，可脖子上架著的大刀卻讓他不得不彎下腰。他想告訴兒子不用顧忌，繼續攻城，可無限接近死亡的時候，卻又膽怯了。

死了就一了百了，他的國家，他的大臣，他的權勢，他的財富，他的美人——全都沒有了。

不，他不要死，他要活，他要活著享受這一切！

「父王！」大王子見父王被如此折辱，目眥盡裂，眼珠子都紅了，怒吼道：「退兵！降了，本王子降了，沈平淵你個老匹夫快讓人放開我父王，不許傷他一根手指頭！」

回應他的是沈薇踹了西涼國主一腳。她冷冽的聲音響在遼闊的戰場上。「李元鵬，你嘴巴給本公子放乾淨點，再對我祖父不敬，本公子就把他們全殺了！我能射中你一箭，便能射中你十箭百箭！」

「大王子，三思啊！」漢人軍師還要再勸。

大王子抬手止住了他。「你不用再說了，本王子心意已決，父王和弟弟、大臣們重要，退兵！」

他是可以不管父王的性命繼續攻城，可幾萬的西涼兵都看著呢，他還能指揮得動軍隊嗎？就算凱旋而歸，西涼的百姓如何看待自己？他是有野心，是想成為西涼國主，可他從沒想過做一個不得人心的暴君。

軍師沒有再勸，心中卻是無比惋惜。歷來為君者，哪個不是踏著累累白骨登上寶座？大王子的心還是不夠狠啊！

大雍和西涼的戰爭終於結束。

對於和談，沈薇沒啥興趣。沒談好條件之前，西涼國主和諸位王子、大臣們自然不能還給他們，全都軟禁在侯府裡，派了重兵看守，雖沒有自由，但也沒怎麼苛待。

這麼大的事情，沈侯爺也不敢自專，寫了明暗兩份奏摺，快馬加鞭送入京城呈給雍宣帝親閱。

雍宣帝高興得直拍御案。「不愧是忠武侯！」那眉飛色舞的高興勁讓大太監張全暗暗吃驚。自聖上登基以來，可從未見過他這般高興。

「張全，你知道嗎？西疆不僅大勝，還俘虜了西涼國主和一眾王子大臣。沈平淵可真給朕長臉，一門英豪啊！」雍宣帝的笑容怎麼也止不住。真是高興啊！自他登基以來，不是這兒鬧災，就是那兒匪患，弄得他是焦頭爛額，國庫還長年空虛。

如今西疆終於傳來好消息，此次戰爭之後，西疆至少能太平十年。沈平淵真是好樣的，難怪父皇臨去前囑咐自己要重用沈平淵。

「老奴恭喜聖上，看來聖上這回是真的要好好封賞忠武侯一番。」大太監張全笑咪咪地湊趣。

雍宣帝朗聲大笑。「那是自然。」沈平淵立下如此戰功，豈能不封賞？這不是寒了將士的心嗎？想到他暗摺上的內容，雍宣帝的眼神閃了閃。

沈四小姐……是叫沈薇吧？沒想到她和阿佑帶著區區千人就掀了西涼王宮，把西涼國主一干人都給逮回來，奇女子也！這樣的女子就該入皇家，阿佑倒是個有福氣的。

之前還覺得這沈四的身分有些低，現在倒是可以給她抬抬身分，要不給她封個縣主？是不是太低了？要不就郡主吧！有了這個身分，嫁給阿佑也好看。

沈四都封賞了，自然不能落下阿佑。阿佑這小子並沒有辜負自己的期望，明裡暗裡幫著做了不少事情；父皇臨去前獨獨放心不卜他，一再叮囑自己要好生照應他，他既然不要晉王府，那就給他封個郡王爵吧，另外開府，省得住在家裡不自在。

其實他是想給徐佑封個親王爵的，畢竟自己待他跟親兒子也沒差多少了。可想了想還是作罷，主要是他那個糊塗弟弟不是個省心的，別到時被晉王妃挑撥幾句，再去給阿佑添堵，還是先封個郡王吧。阿佑有能耐，定能自己把親王爵掙到手。

朝堂之上，人人都知道西疆大勝，忠武侯府的沈侯爺又立下不朽戰功，看向世子沈弘文和沈弘軒的目光便充滿羨慕。

忠武侯府上下沈浸在喜悅之中，下人說話的嗓門都不自覺高了三分。

雍宣帝就派誰去和談這一問題和大臣們商議了一番，商量來商量去，總是定不下人選。

最後雍宣帝大手一揮，派永定侯去西疆。

不需要把西涼國主押解入京，西疆的事就在西疆解決，和談的事就由沈平淵、徐佑和永定侯三人主持。

「……什麼？西涼大王子要糧食？而且你們居然還準備答應？」沈薇自椅子上一躍而起，像看傻子似的看著祖父和徐佑。

沒搞錯吧？身為戰敗國還敢理直氣壯地要這要那？而戰勝的一方還準備大手一揮，答應要求，人傻錢多？那給她呀！沈薇都要氣死了。

許是她的意思太明顯，沈侯爺和徐美男都臉上訕訕的。

「四公子，咱們大雍朝是泱泱大國、禮儀之邦，西涼不過是個彈丸小國，此時咱們大雍要展示咱們的氣度，不和他們一般見識，以德服人，以理服人。」前來西疆宣旨的永定侯笑呵呵地跟沈薇說。

沈薇看著永定侯，見他不像是開玩笑，再瞅瞅祖父和徐佑兩人，見他們雖然沒說什麼，但臉上現出贊同的神色。

這下她更生氣了，合著自己拚死拚活地打這一場就是為了給西涼送糧食？死那麼多人都白死了？她那麼多銀子都白花了？人家都跟你兵戎相見了，你還以德服人以理服人，開打的時候，你的德和禮怎麼就沒把人給服了？

「不給，一粒糧食都不給！給我警告那個李元鵬，戰敗就要有戰敗的樣子，給我老實點，再敢提這提那地要求，我先把他給廢了！」沈薇咬牙切齒地說道，越想越覺得這個主意可行，弄死這個作妖陰險的大王子，扶持二王子上位，她就不信二王子敢跟她要這要那？

「小四妳去哪兒？」沈侯爺見孫女虎著臉往外走，忙喚住她。

「我去弄死那個不要臉的。」沈薇的聲音陰惻惻的。有她在，西涼想要糧食，門兒都沒有！

「胡鬧！」沈侯爺立刻使人把她攔住。「這不正在和談嗎？妳這孩子怎這麼心急？」一言不合就要動刀子，還當著未婚夫的面，還有點姑娘家的樣子嗎？沈侯爺發愁。

他生怕未來孫婿多想，佯裝生氣地訓斥道：「就妳有能耐是吧？小小年紀脾氣這麼急，安生坐著去。」

沈薇噘著嘴又坐回來。永定侯見狀眼珠子一轉，笑得更像個彌勒佛了。「四公子愛恨分明，真令本侯欽佩，只是四公子到底年紀小，看不透也屬正常，沈侯爺就不要訓斥他了。」這可是沈平淵的愛孫，自他進了西疆邊城便如雷貫耳，在聖上跟前都掛過名號，這個面子得給。

「西涼對大雍開戰不就是因為牛羊大批死掉，百姓食不果腹嗎？咱們大雍地大物博，幫上一把也是應該，西涼得了糧食，日子能過下去了，自然就不會想著東下了。」永定侯解釋道。

沈薇對這番說詞嗤之以鼻。「侯爺就能保證西涼得了糧食，永不東下來犯我朝？說不準他們前腳得了糧食回去，後腳就領著大軍繼續東下攻打邊城。」

永定侯正色道：「那不能，國書都簽了的。」

國書？那玩意兒就是一張廢紙，頂什麼用？「以前不也簽過互不來犯的國書？西涼哪年不擾邊，可見那東西根本沒用。」沈薇據理力爭。「西涼就是那餵不熟的白眼狼，等他們拿了咱們的糧食，恢復了元氣，還是會掉頭來打咱們的，所以咱們絕不能做那等蠢事。」

頓了頓，她又道：「就好比強盜把你的家人都殺了，眼見打不過你就跪地求饒，你不報仇斬草除根，還給他銀子助他度過難關。他養好了傷，會不會反過頭來把你也殺了？以德報怨，何以報直？你寬宥幫助強盜，有沒有想過那些枉死的家人？反正我是做不到。」

見幾人若有所思的樣子，她繼續說道：「西涼要糧就給糧？憑什麼？不是該咱們對他們提條件的嗎？西涼的戰馬和皮子都是很好的，怎麼不想著弄點回來？我看西涼王宮也修得富麗堂皇，可見金銀不缺，讓他們拿銀子贖人，西涼國主怎麼也值個三、五萬兩吧？王子少算些，二萬兩好了，那些大臣再給他們打個折，每人交一萬兩領走。這樣一來，咱們總能落得三、四十萬兩銀子，聖上能不歡喜？

「西疆打仗，朝廷東拼西湊才送了一萬石來，西涼大王子倒好，一張嘴就是五萬石，他怎麼不上天呢?!要糧食也不是不行，讓他們拿銀子買，不然拿戰馬皮子藥材來換。不乘機削弱西涼的國力，等著養虎為患嗎？」辛辛苦苦打了勝仗還給人家糧食，這到底是勝是敗？

永定侯動開了心思。聖上正為國庫空虛心煩，要是真能弄銀子回去，聖上還不龍心大悅？雖說他不是和談的主人選，但聖上既然派他跑這一趟，功勞是肯定跑不掉的。

沈侯爺也是差不多的想法。他看了面無表情的徐大公子一眼，微不可見地點了一下頭。徐佑也覺得小丫頭說得極有道理，白花花的銀子誰不喜歡？何況他皇伯父窮得都要咬人了。

「我贊同四公子的意見，糧食不能給，只能買或者換。還有，西涼作為戰敗國，是不是要賠償咱們損失？也得讓他們知道挑起戰端是要付出代價的，疼了才能記住教訓，才會長記性。」也得讓西涼知道大雍可不是好糊弄的，一認輸求饒就能弄回大把的好處？想得美！不得不說，徐大公子也是很狡猾的。

永定侯和沈侯爺都不住點頭。

第七十八章

再次和談時，以大王子為首的西涼和談團氣得臉色鐵青。為什麼他們敢年年犯邊？還不是摸清了大雍皇帝的心態？能打就打，打不過就認輸唄，到時哭哭窮，說幾句好話，大雍為了展示大國氣度，總會大方地給他們送來上好的糧食和白花花的銀子，他們得到的比損失的還多，傻子才會不打。

只是這回大雍怎麼不犯傻了？大王子暗自算了一下，要是真按大雍的要求，得賠出幾十萬兩銀子和數量可觀的戰馬、皮子等，絕對不能答應。

可大雍這邊卻寸步不讓。不答應？行啊，那咱們就接著打，打到你西涼答應為止，而且你大王子不答應，不是還有國主大人在嗎？只要國主大人答應就行了。

雙方就這樣打起了拉鋸戰，反正是在自己的地盤上，有的是耐心陪他們耗，沈侯爺還一邊調兵遣將，嚴陣以待，準備隨時開戰。

可西涼數萬大軍還駐紮在邊境，一天談不好就一天不能回去，數九寒天的，可遭罪啦！而且父王還在人家手裡，若是遲遲沒有決議，等回了西涼，父王難免不會心起嫌隙。

最終胳膊還是沒能擰過大腿，西涼大王子接受大雍的條件，大雍這邊也放西涼國主出來簽訂國書，一場歷時五個月的戰爭總算結束了。

西涼人離開的那天，全邊城的百姓都出來了。看著西涼大軍絕塵而去，看著灰濛濛的天空，長長吁出一口氣。終於把瘟神送走了，以後就能安生過日子了。可想到在戰火中失去的親人，心情又沈重起來。

眼瞅著就要過年，若現在啟程回京，那就得在路上過年了，不如就在西疆把年過了，等年後再回京。

人可以年後再回京，可奏摺卻不行。和談一塵埃落定，好幾道奏摺就從西疆邊城發往京中。

雍宣帝這回更高興了，大半夜的也沒有一絲睡意，把幾份奏摺翻來覆去地看著。尤其是永定侯的奏摺，大肆讚揚了沈四公子，說能從西涼弄回來這麼多的金銀和東西都是四公子的主意，還感嘆後生可畏，此子定能成為朝廷的棟梁之才。

雍宣帝也十分感嘆。這個沈四真是說到他心頭上了，作為一國之君，雖說富有天下，可空虛的國庫卻讓他常常力不從心。他最恨的就是那些邊陲小國，三不五時地挑釁，輸了就會裝可憐哭窮，從自己這兒弄去糧食金銀。

說實話，他是一點也不想給，可架不住朝中那群大臣啊，尤其禮部的那幾個老頭，成天在他耳邊念叨，什麼大國氣度，什麼以德服人。

全都是狗屁，他只知道國庫越來越空，這個皇帝做得憋屈啊，但打江山靠的是武將，治理江山需要的卻是這些文臣，他總不能把這些人全殺了吧？

如今沈四說出了他的心聲，他怎能不高興？滿朝大臣還不如一個姑娘家有見識，這讓人說什麼好呢？

這樣的好姑娘必須賞賜，可自己已經決定封她當郡主了，那可是開國以來第一位沒有皇家血緣的郡主。要不把她爹沈弘軒的官職再提一提？聽說她還有個同胞弟弟，雖然年齡小了點，不過倒是可以賞個虛職。

雍宣帝龍心大悅，對沈平淵遞上來的請功名單，大筆一揮，全都同意了。對於年後回京的請求也十分體恤，不僅吩咐不用著急，還暗示了回京後定有重賞。

遠在西疆的沈薇，這個年也過得很歡樂。古代的年從臘月二十就開始熱鬧了，大年三十的晚上，沈薇、徐佑、沈侯爺、武烈將軍、永定侯等人一起圍著吃年夜飯。之前沈薇命人種的青菜就派上用場，很多菜色都是她鼓搗出來的，光是餃子就做出好幾種餡，有葷有素，就連在飲食上素來挑剔的徐佑都吃了一大盤，更別提永定侯等人，邊吃邊讚，說是在京中也沒吃過這麼好吃的餃子。

吃過飯，沈薇去看了一遍自己的手下們。廳堂裡擺了好幾十桌，大家喝酒吃肉划拳，每個人的臉上都洋溢著喜慶。

她簡單地說了幾句，又陪大家喝了一杯酒。大家知道主子的真實身分，自然沒人起鬨灌酒。

出了廳堂，桃花正在外頭等她，懷裡抱著煙花，眼巴巴地望著她。「公子，現在可以去放煙花了吧？」

沈薇心中便覺溫暖，摸著桃花的頭，爽快地答應了。「走，咱們去放煙花。」

古代的煙花自然比不上現代那樣絢爛奪目，饒是這樣，桃花依然十分開心，拍手笑著，笑容乾淨而美好。

沈薇也笑著，抬頭仰望著在半空炸開的煙花，想起在遙遠的另一個時空之下，媽媽還好嗎？是不是也如她一般思念著自己？

徐佑出來時，正看到她含笑地仰望夜空，那絕世獨立，像是要飛走一般的模樣讓他心中不由一緊，快步走過去握住她的肩，心才安定下來。

「夜晚冷，也不知道多穿一件。」他把一件披風披在沈薇身上。

沈薇一抬頭，暖意驅散了心中的寒冷，波瀾不興的心湖蕩起了漣漪。

她想，也許這個男人能陪自己過一輩子。

兩個人並肩站在一起，那樣般配。出來醒酒的曲海和柳大夫看著他們親密地說話，眼裡露出了笑意。

今晚是個團圓的日子，出來這麼久，還真有些想家了。

過了初五，他們就該啟程回京。沈薇、徐佑、武烈將軍和永定侯自然是要回去的，沈侯爺這次也要回去，不過沈謙和阮恒卻留了下來。

年前，沈侯爺就上了摺子，稱年紀大了想回京養老，大孫子已經長大成人了，可以替聖上分憂了。

於是君臣二人有了默契，沈謙和阮恒身上本就有戰功，一個六品官職是跑不了的，加上沈侯爺退了，沈謙的官職估計還會往上升；至於阮恒，就是看在表妹的面子上也不會虧待他，何況朝廷還虧欠阮大將軍府。

雖然正式官文還沒有下來，但大家心裡都有數，沈謙和阮恒就留在西疆等官文，在西疆好生磨礪一番，有了資本才好回京一展抱負。

沈薇出門時帶了四百多人，在古代出行可不像現代這麼簡單，光是收拾東西就忙了兩天。來時，她就帶了兩身換洗衣裳，回程時，光是她個人物品就占了兩輛車，再加上西涼送過來的金銀物資，沈侯爺攢了半輩子的私房，邊城軍民送的東西，林林總總加在一起，嘿，車隊都長得排到天邊去了。

帶著這麼多金銀和貴重東西，安全自然是重中之重，除了沈薇和徐佑的人手，沈侯爺還從軍中提了五百精兵護送。這陣容已經夠強大，沈薇覺得應該沒有不長眼的敢劫道了，可誰知偏偏遇上了不長眼的。

因為押送這麼多東西，車隊走得緩慢，這日黃昏，車隊剛剛駐紮下來，還沒來得及打火造飯，便被不知從哪裡射來的箭羽襲擊個正著。

駐紮地十分空曠，除了不遠處有條河，連一棵掩體的樹都沒有，眾人不免有些手忙腳亂。

「快，躲到車後去，以車為掩體，還擊！」沈薇大喊了一聲，扯著曲海和柳大夫躲到車子後面，抄起一張弓就射了出去。只聽到箭頭沒入肉裡的悶聲，前面荒草叢裡動了一下。

沈薇立刻大聲叫道：「對著草叢裡射！」

有了掩體，又找到目標，壓力頓時少了許多。可沈薇依然不敢掉以輕心，西疆大捷誰不知道？一路上，他們是亮明了身分，沿途也有不少官員過來拜見，怎麼到了這兒，卻有人明目張膽地對他們出手，就不怕聖上怪罪嗎？

沈侯爺和永定侯也看出了不對勁，兩人對視一眼，臉上十分凝重。「沈侯爺，若是我沒看錯的話，這應該是軍中的箭矢。」永定侯拿著一枝箭仔細端詳著，雖然箭矢上做了掩飾，但永定侯到底是帶過兵的人，一眼便瞧出這是軍中使用的箭矢。

連永定侯都能看出來，別提長年待在軍中的沈侯爺了。能調動軍中的人，這背後的勢力……沈侯爺和永定侯心中有了不好的預感。是誰有這麼大的膽子？這麼明晃晃地摘聖上的桃子，值得深思。

沈薇也發現了不對勁。她雖不認識什麼軍中的箭矢，但襲擊他們的這群人未免太訓練有素了吧？給她的印象很熟悉，好似來自——軍中。

這念頭一在腦中出現，沈薇的神情一變，不期然就想起武烈將軍和徐佑一路遇到的劫匪，這兩者恐怕有關係。

「四公子，我們公子讓您小心，對面那些人應該來自軍中。」江黑摸過來鄭重地對沈薇道。

心中的猜測得到了證實，沈薇神色陰沈地看了看前面不知埋伏了多少人的草叢。「我知道，你快回去保護你們公子吧。」

來自軍中，還那麼明目張膽地設伏，肯定就是不怕查的；即便查，也不會查到什麼，那只有一種解釋，是私兵。但誰有那麼大的能耐？

眼下還是先想想怎麼對敵吧！對方潛伏在草叢中，只用箭攻，箭矢還挺密集，估計約有近三百人，但誰知道這是不是全部的人手？

沈薇這邊躲在車後還擊，倒也沒多大傷亡。但隨著天色漸漸暗下去，誰知道對方還有沒有援兵？他們這樣按兵不動是在等援兵還是在等夜晚？無論是哪一種都對己方不利，趕了一天的路，大家此時人疲馬憊，怎能比得上以逸待勞的敵方？

不能拖下去，必須主動出擊才行，還要派人出去求救。

「公子，咱們要是還有手雷就好了。」桃花小聲地嘟囔著。

沈薇頓時眼睛一亮。手雷還留了一顆，畢竟是第一次弄這東西，她留了一顆作紀念，不過這一顆還捨不得用，先上火箭吧。不是躲在草叢裡不出來嗎？那我就把你們逼出來，我就不信荒草都燒光了還藏得住？

「全體聽令，用火箭！」沈薇一聲令下，帶頭把熊熊燃燒的火箭射了出去。

只聽「轟」的一聲，乾透了的荒草著了火，瞬間蔓延了一大片，草叢中的人身上都著了火，紛紛暴露出來。

「快，射他們！」趁著敵人慌亂想滅掉身上的火之際，大家紛紛瞄準目標，每人射出三箭後，立刻抓著兵器衝上前去。

草叢中潛伏的人果然不止三百，後面的人一見前面著火，不等火箭射過來就自個兒跳了出來，一邊幫同伴滅火，一邊朝沈薇這邊對射。

荒草全都燒著了，綿延了數十丈，火勢很大，沈薇卻放下心來。

好了，對方的優勢沒了，短兵相接，咱們算公平。

「祖父，您老人家掠陣，小四為您立功去啦！」沈薇喊了一聲就提著萬人斬殺了出去，還不忘對桃花教育道：「桃花，一會兒瞅準機會多弄死幾個，這些人太討厭了。」

桃花咧了咧嘴，算是回應。可不是討厭嗎？連頓飯都不讓人吃，她摸了一把癟癟的小肚子，決定還是把他們全弄死算了。

才手忙腳亂滅了身上火的玄衣人，一瞧對面竄出個瘦弱少年和半大孩子，一人舉著大刀，一人握著長鐵棍，嘴角不由抽了抽。這是沒人了，連這樣的弱小都派出來送死？雖然之前吃了個小虧，但一見這兩人，玄衣人頓時輕慢起來。

他們可是來自軍中的精英，自參戰以來，就從沒失敗過，雖然對方也是來自軍中，但己方提前設伏又以逸待勞，人數也相當，還能輸了？

可下一刻，他們就再也傲不起來，那兩個沒放在眼裡的弱小之輩，一眨眼工夫就連傷了

七、八人。兩人的配合可有默契了，一個砸，一個砍，淨往要害上招呼，一絲花俏都沒有。被挑中的不是被砸飛就是被砍成兩半，這哪是什麼弱小？分明是兩尊殺神！

「公子，這些人太好殺了！」桃花興奮地大喊。她的棍子剛掃過去，對面的人就倒了，比西涼兵好對付多了。

沈薇聽了桃花的話，真想給她跪了。這些玄衣人比西涼兵的武力高了可不止一級，桃花之所以覺得好對付，還不是因為她的幫忙？有她護航，桃花可不就覺得如打地鼠般輕鬆？

同樣想跪的還有這些玄衣人。他們是精兵中的精兵好不好？到這小殺神的嘴裡怎麼就跟廢物似的……

第七十九章

天色已經完全暗了，在火光的映照下，看得異常清晰，沈薇卻突然有種不安。她怎麼覺得這些玄衣人好似在拖延時間？兩邊都是來自軍中，實力不可能如此懸殊，只有一種解釋，他們沒有盡全力，又打了什麼主意？

「桃花，撤！」沈薇當機立斷撤了回來，手裡拽著死活不願走的桃花。

「祖父，我覺得不大對勁，這些玄衣人似乎在等什麼。」沈薇說出心中的懷疑。

「確定？」沈侯爺忙問，邊上的永定侯也緊張地看過來。

沈薇蹙著眉，指著正在廝殺的小戰場道：「祖父，您不覺得雙方實力相去懸殊嗎？您看他們多是防守，主動攻擊的並不多。」設伏卻又不盡全力，這是什麼意思？

「妳懷疑他們是故意拖延，想等咱們體力耗盡？」永定侯搶先出聲。

沈薇點點頭，道：「我更懷疑他們有援兵，這些人只是探路石。」

話音一落，沈侯爺和永定侯齊齊變了臉色。「糟糕，他們真的有援兵！」已經隱約聽到馬蹄的聲音了。

沈薇更是一顆心不住地往下沈。若來的真是玄衣人的同夥，那之前他們派出去求援的人出得去嗎？

「小四，把人全頂上去，一定要在他們的援兵到來之前把這夥人全部殺光。」沈侯爺一邊吩咐，一邊拽出了自己的兵器，那是一把刀身長而寬的刀。永定侯也拔出了隨身帶著的劍。

之前怕中了敵方的計謀，還留了部分人手守在車旁，如今到了生死存亡的關頭，誰還顧得上在意那些死物？若是他們能贏，東西自然就能保住；若是不敵，人都死了，誰還管東西落在誰手裡？

五百精兵加上沈薇的四百好手全都衝了上去，每一個人都赤紅著眼，能用一招制敵的就絕不用兩招，大家心中明白：現在多殺死對方一個人，自己活命的機會就多了一分。

馬蹄聲漸漸近了，好似踏在每個人的心上，只聽聲音就知道數量不少。

沈薇沒有再和桃花配合，如一道影子般詭異地左衝右殺。她殺敵只用一刀，地上血流成河，萬人斬卻愈加寒光閃爍，在火光的映照下如它的主人一樣神秘莫測，透著一股令人窒息的死亡氣息。

沈薇整個人便是一把刀，一把鋒利無比、收割性命的刀！

「小心，是弩！」被江黑、江白兄弟護在身後的徐佑忽然大吼一聲，隨著話音而來的是弓弩破空的聲音。

「快趴下！」沈薇厲聲喊道。

弩，是弓箭的改良，射程更遠，殺傷力更強。在這個時代，弩這種兵器尚未普及，只有軍中才有，而且並非所有士兵都有機會撈觸到弩，能使用弩的都是些特意挑出來訓練的精兵悍卒。

沈薇的人向來訓練有素，一聲令下，齊齊臥倒，五百精兵雖慢了些，倒也還算迅速。只有那玄衣人，自覺是己方援軍，十分高興，有的甚至朝弓弩射來的方向張望。

可惜箭頭不辨敵我。

沈薇也證實了心中的想法，這些玄衣人果然是探路石，死了就死了，他們一點都不覺得可惜。是誰這麼大的手筆？

「祖父，怎麼辦？」沈薇小聲詢問趴在邊上的祖父。手持勁弩的來人全都穿著灰色衣裳，在火光裡，身形跳躍，如一隻隻灰鴿。只看走路姿勢就知道這些人比玄衣人又厲害許多。

灰衣人頃刻便在眼前，總不能一直趴在地上任人宰割吧？可他們手中的勁弩又逼得沈薇等人無法起身，她不由後悔，怎麼就沒想著先把火滅了呢？

怎樣才能誘使這些灰衣人近身作戰？自己帶人匍匐過去的可能有多大？沈薇心裡飛快地合計著。

沈侯爺緊盯著前方，心中掀起了驚濤駭浪。那是弩，那是軍中最強的弩！他的眼底無比心痛，他沈平淵馳騁疆場一輩子，沒有死在西涼人的手中，難道要死在自己人的手中嗎？

不，絕不！

沈侯爺摸了一下左臂，一手的血，他的左臂被玄衣人刺了一劍。他抿抿唇，眼底是臨淵峙嶽的寒芒。

只聽他嘴裡急促地發出幾聲長短不一的調子，沈薇就見車後不知從哪裡冒出了一群人，手持弓箭朝對面的灰衣人射去。

嘿嘿，她就說嘛，祖父是老狐狸了，怎麼可能不留後手？

她抓住時機朝身後打了一個手勢，帶頭匍匐向前。只要衝到灰衣人跟前，他們的弩就失去了作用。

一交手，沈薇方知剛才那只是開場，真正的惡鬥現在才開始。這些灰衣人似乎經過特殊訓練，不僅個人強悍，相互間的配合也十分有默契，她頭一回遇到這麼難對付的敵人，戰得非常辛苦，不斷有人倒下。

「虎頭！」忽然，一個悲憤的喊聲響起。

沈薇扭頭一看，只見沈虎頭的身體正被一把長劍貫穿。「虎頭！」她悲愴地喊，身如旋風，一刀就劈了過去。

那人沒想到沈薇來得這樣快，只覺得胸前一疼，便無意識。沈薇把他一腳踢開，接住了沈虎頭倒下的身體。

沈虎頭想要笑一下，卻覺得困難，他張了張嘴，沒能發出任何聲音，手便垂了下去。沈薇卻看清了，他想說的是「姑姑」。

她只覺得有一隻手在自己心裡使勁攪著，生疼生疼的。

他們沒有死在西疆的戰場上，卻死在回京城的路上。還有一小半的路程就到京城了，他們卻身死異鄉……她把他們帶出來，卻沒能把他們安全地帶回去。

沈薇仰天一笑，悲愴而凄涼，直至笑得滿臉淚水。

「公子！」有灰衣人想乘機了結沈薇的性命，被一直暗中保護她的暗一截了下來。

沈薇無視暗一擔憂的眼神，冷冰冰地直視著偷襲自己的灰衣人，一字一頓地道：「該死，你們全都該死！」

也沒看清她是怎樣出手的，這個灰衣人就倒在地上，甚至張開的嘴巴都沒來得及合上。

沈薇被激怒了，她使出所有的手段，只要能殺死對方，也不在乎自己會不會受傷。她只攻不守，心裡只有一個念頭——她要擋路的人死，她要傷她同伴的人死！只有鮮血才能澆滅她心中的恨！

這種不要命的打法，饒是見慣生死的灰衣人也心驚膽寒。

一直注意著沈薇的徐佑擔心極了。這個傻丫頭，怎麼就不拿自己的身體當一回事？他對著江黑等人吩咐了幾句，江黑便看了弟弟一眼，沒有遲疑地殺過去和暗一左右護在沈薇身旁。

其他的親衛則護在沈侯爺和桃花等人的身旁。一個沈虎頭就讓小丫頭傷心成這樣，徐佑不敢想像若是沈侯爺和桃花出了事，小丫頭會瘋狂成什麼樣子。這個看似冷漠的丫頭，其實最是護短和心軟的……

他的心生生地就疼了。

永和縣縣令葉仲敏看到闖入縣衙，從馬上滾下來的血人手中的權杖時，簡直嚇得魂飛魄散。

這一枚如朕親臨的權杖，哪是他一個小小縣令能見到的？

再一聽說回京的忠武侯和永定侯一行遇襲，同行的還有晉王府嫡出大公子，整個人都不知如何是好了。

西疆大勝，忠武侯入京受封，這事誰不知道啊？怎麼就有人有膽子打忠武侯的主意呢？這不是打聖上的臉嗎？

慘了，慘了，他怎麼這麼倒楣，怎麼就在自己的地界上遇襲呢？若是這一行人有個好歹，聖上還不得摘了他的腦袋？

還是屬下拽了拽他的胳膊，他才如夢初醒。「點兵，趕緊點兵過去支援！」

葉仲敏是個手無縛雞之力的文官，仍是顫巍巍地騎到馬上跟著前來求援的人往出事地點飛奔，心中祈禱著，可千萬不能有事啊！即便有事，但願聖上看在他迅速出兵的分上饒過一命。

遠遠就看見了火光中廝殺的人影，葉仲敏頓時精神大振。太好了，大公子沒出事，腦袋保住了！

「忠武侯、大公子堅持住，下官帶人支援來啦！」葉仲敏高聲喊著，心中忽然升起一股莫名豪情，他一抖韁繩，就要策馬狂奔過來，卻忘了自己壓根兒馬術不精，而且迎面還飛來一枝弓弩，對準的正是他的腦袋。身旁的屬下拉了他一把，那弓弩貼著他的頭皮飛過去了，葉仲敏嚇得魂飛魄散，差點從馬上栽下來。

徐佑一見此情景，嘴角抽了抽。誰能告訴他這貨是從哪兒跑出來的嗎？他帶來的援兵可靠嗎？

葉仲敏文弱是文弱了些，但永和縣兵丁的戰力還是可以的，雖不能和灰衣人相比，但勝在人多呀！

灰衣人已經被沈薇這不要命的哀兵幹掉一半了，現在又來了一股援兵，三五個圍著一個打還不能取勝嗎？即便不能勝，總能拖住。

沈薇這邊一見來了援軍，頓時士氣大振，於是倒下的灰衣人就更多了。

還剩下的灰衣人一對視，知道這次的任務失敗了，再留下也是白白丟了性命，乾脆走吧，把消息送回去。

灰衣人且戰且退，企圖奪了馬匹逃走，沈薇看出他們的意圖，她此刻恨得牙癢癢，哪裡會容他們逃走？

「注意了，他們要逃！圍住，一個都不要放過！」沈薇怒吼著吩咐，帶頭殺了上去。

灰衣人一見逃跑無望，也使出渾身解數拚上命，一時間，倒也戰個旗鼓相當。

又是一陣廝殺，沈薇這邊到底占了人數優勢，灰衣人一個接一個倒地身亡，但最終還是被他們逃掉了兩個。沈薇氣得跺腳，拉住一匹馬，翻身上馬就要去追，被徐佑一把拉住了韁繩。「算了，窮寇莫追。」

沈薇這才悻悻地作罷。

仔細一清點，五百精兵死傷了近一半，沈薇的人也死了十幾個，傷的就更多了。慶幸的是沈虎頭居然沒事，雖然被長劍刺了個透，但沒傷到要害，柳大夫說若是再偏上半寸就妥妥地沒救了，真是命大啊！

此地不宜久留，大家跟著葉仲敏去永和縣衙安置。

死去的精兵被大家埋葬在這地方，沈薇這邊則一把火將死去的人燒了，即便是骨灰，她也要帶他們回家。

等大家回到永和縣縣衙已經快要天亮，每個人都飢腸轆轆，疲憊得不得了。

葉仲敏頗會來事，他把自己住的院子讓出來，安置沈侯爺等人，然後和夫人帶著下人張羅熱水和飯食，還派屬下把縣裡的大夫全請過來，周全的樣子讓沈薇不由多看了他幾眼。

她真的累了，沐浴時差點就睡在浴桶裡，幸好小迪跟進去，不然她非受風寒不可。

剛經過一場大戰，她飢腸轆轆，卻是啥都不想吃，最後廚房下了一碗熱騰騰的素麵，她這才吃下去。

一碗麵下肚，疲憊襲上心頭。反正後續的事情有祖父、永定侯、武烈將軍和徐大公子，自然不需要自己再操心，她還是先睡一覺吧。

沈侯爺幾人聚在房裡商量事情，一致決定這事太大了，必須上報給聖上。可派誰去呢？由昨晚的遇襲看來，他們的行蹤早就落入人家的眼裡，己方在明，敵方在暗，誰知道派出的人能不能平安進入京城？

更讓他們糟心的是，他們壓根兒不知道敵人是誰？說句誅心的話，除了聖上本人，還有誰手中握有那麼強大的勢力？可聖上是絕不會拆自己的臺，那會是誰呢？

幾人都覺得脖子上懸著一把看不見的刀，不安極了。

「要不，麻煩四公子跑一趟？」武烈將軍提出自己的建議。這位四小姐的能耐他是一直看在眼裡的，他覺得沒有比她更妥貼的人選了。

此提議一出，永定侯也有些心動，但沒有說話，而是看向沈侯爺。「沈侯意下如何？」沈小四是人家忠武侯的親孫子，要不要派他去送信得看沈侯爺的意思。沈小四是挺有能耐，可不怕一萬就怕萬一呢？若是路上有什麼閃失，沈侯爺還不把他們這些人給恨死？

說實話，沈侯爺真不願意孫女去冒這個險，昨晚孫女的發瘋，他可都看在眼裡，小迪也跟他稟報了，說是小姐身上有不少外傷，他是既內疚又心疼，這是個姑娘家，可不是皮糙肉厚的小子。

看永定侯的意思也是屬意小四的，沈侯爺就更不好說不同意了，可要讓他親口同意，他又不願意。

進退兩難之間，就見門口探出個腦袋。「祖父，你們商議好了沒有？是什麼章程？」沈薇蹦了進來。

她睡不到兩個時辰就醒了，實在是放心不下張雄、錢豹那幫手下。剛去看過他們，除了幾個重傷的躺在床上昏睡，其他人的狀況無礙，這才放心地來尋她祖父。

武烈將軍瞧見沈薇，臉上頓時笑開了。「四公子，咱們正商議怎麼給京中送信，老夫覺得唯有四公子能勝任這份差事，不知四公子意下如何？」

沈薇下意識地去看祖父。沈侯爺的眼底閃了閃，淡笑著點頭道：「正商議著呢，小四可有把握？這一路可不好走啊！」他語帶暗示，不希望孫女冒險。

沈薇聽懂了祖父的暗示，可她也有自己的想法呀！就看昨晚那個陣仗，誰吃了那麼大的虧都不會善罷甘休，接下來的路定是非常難走，他們這點人絕對別想一路平安回到京城的。怎麼辦？那就只有去跟聖上求援，讓聖上派軍隊來接。消息一天不送出去，他們就多一天危險。

「成啊，那我就跑一趟吧！」想到這裡，沈薇爽快地答應了，但見她祖父皺眉，忙安慰道：「祖父放心，我早就想好應對之策，不會有一點危險的。」一抹狡黠從她眼中閃過。

徐佑心中雖不願，卻也沒有出言反對。他心中雖然極想陪她一起走這一趟，卻又理智地知道絕不可能，他和沈侯爺、永定侯他們一樣，早就進了人家的視線，他若是陪在小丫頭的身邊，恐怕只會給她帶來更多危險。

「沈小四，讓江黑跟著妳去。」若真的遇到危險也是個幫手。

沈薇一口回絕了。「誰不知道江黑和江白是你身邊最親近的，他若是不在，豈不惹人懷疑？不成，我連歐陽奈都不帶。」

「那——」大家一聽她連歐陽奈都不帶，頓時擔心起來。

沈薇也很無奈，歐陽奈臉上那道疤痕太明顯，帶著他不是給自己暴露身分嗎？「放心吧，桃花和小迪跟著我就行啦，山人自有妙計。」她的眼珠子轉了轉，一副無比狡黠的樣子。

不一會兒，等沈薇三人再次出現在幾人眼前時，他們還真是大吃一驚。

沈薇換回了女兒裝，一身俐落的勁裝，佩戴漂亮的寶劍，活脫脫就是江湖女俠的打扮。桃花和小迪也同樣是女裝，不過扮的是侍女，三人湊在一起就像是哪個武林世家的嬌小姐不知天高地厚，帶著丫鬟闖蕩江湖的橋段。

「她、她——」永定侯指著沈薇，震驚得說不出話來。

第八十章

武烈將軍得意地攬住他的肩膀，哥倆好似的落井下石。「永定侯也沒想到吧？咱們的四公子可是位巾幗紅顏呢！當初我也是被嚇了一跳，沒事、沒事，習慣就好。」隨即又壓低聲音道：「四公子可是徐大公子未過門的媳婦，欸，還是人家沈侯爺會教育小輩啊！」他還假模假式地感慨了一番。

「祖父，怎麼樣？」沈薇得意地張開手臂，原地轉了一圈。

沈侯爺徐徐點頭。「這倒是不錯的主意。」

等沈薇三人都已經騎著快馬走遠了，永定侯才回過神來。唉唷，弄了半天四公子原來是四小姐！難怪沈侯爺不樂意讓她去冒險，誰家的小孫女不千嬌萬寵著？哪會讓她去冒這樣的危險？

他就說怎麼徐大公子老跟沈四公子湊一起？原來人家是未婚夫妻，難怪了！

「小姐，這已經是城中最大、最乾淨的客棧了，您就將就將就吧。」站在如意客棧門口，小迪苦口婆心地勸著。

而被她勸著的嬌小姐卻一臉不情願的樣子，沈薇朝裡頭瞄了一眼，滿臉都是嫌棄。「什麼最大、最乾淨？髒死了，吵死啦，本小姐有的是錢，妳個死丫頭就帶我住這破地方，看回去了我不讓爹爹懲罰妳？哼！」一把囂張跋扈、不講道理的刁蠻嬌小姐演得活靈活現。

小迪一臉無奈。「小姐啊，出門在外哪能和在家裡一樣？」她徐徐誘哄。

沈薇的臉上現出遲疑的神色，噘了半天嘴才一跺腳道：「那好吧，今兒就勉強住一晚吧。記住了，我要住最好的房間。」

「奴婢記住了，小姐您快請，咱們先吃點東西。」小迪做出如釋重負的表情。

因為兩個人說話的聲音都不低，尤其是沈薇，嬌小姐脾氣來了還不是怎麼不順心怎麼嚷嚷？所以客棧門口的這番鬧劇落入不少人眼中，紛紛咋舌這是哪家的小姐？性子可真是刁蠻，能嫁得出去嗎？

等沈薇三人走進客棧時，感覺到許多道目光的打量。嬌小姐可不會含羞帶怯，她只會虎著一張粉臉，惡狠狠地瞪回去。「看什麼看？再看把你的眼珠子給挖了！」

大多數人雖覺得這位小姐性子不討喜，但見她長得漂亮，即便惡狠狠地放著狠話也不怎麼讓人覺得討厭，頂多覺得這姑娘被家裡慣壞了。不過是個小姑娘，誰還跟她一般見識？

可坐在二樓欄杆邊的一桌卻不買帳，調戲了一句。「哪裡來的小娘皮這般囂張，過來陪爺喝一杯，爺就把眼珠子挖給妳。」

沈薇立刻俏臉緊繃，拔出腰間的寶劍就要衝到二樓找人算帳，被小迪死活抱住了她的腰。「小姐啊，您千萬不要衝動。您忘了上回您把萬梅山莊三小姐的臉給劃花了，老爺罰您禁足半年的事嗎？您若是在外頭再惹事，老爺跟公子就再也不許您出門了。」

什麼？劃花了姑娘家的臉？還只是禁足半年就放出來，這得多惡毒啊！眾人看向沈薇的目光頓時變了，恨不得離她遠遠的。

「哼，今兒本小姐心情好，不跟你一般見識，饒你一條狗命。」沈薇朝二樓欄杆處冷哼道，在小迪的拉扯下向櫃檯走去。

剛才出言調戲的人還想再說什麼，被旁邊的一人按住手。「二弟切莫惹事。」並示意他看那個婢女。「這姑娘頗有來歷，多一事不如少一事，咱們的正事要緊。」

那個被喚作二弟的人朝下面一看，臉色頓時變了。那個婢女的走路姿勢可是上等的內家功夫，難怪家裡敢放這麼刁蠻的小姐出來行走江湖，這還只是明面上的，誰知道暗處跟著多少人？

還是大哥說得對，不過是個丫頭片子了，還是正事要緊。

「大哥，你說這回的任務奇怪不？只說要找個年輕公子，可連個畫像都沒有，大海撈針的，咱們怎麼找？」二弟抱怨道。

「休要胡說，主子既然這樣吩咐了，肯定有他的道理。不是說了嗎？只要遇到肯定就能知道是此人，那這個年輕公子肯定有特別之處。讓咱們找咱們就找唄，哪來這麼多廢話？」大哥模樣的人低聲訓斥著。

另外一個人也低聲附和。「就是，大哥、二哥，咱們就專往長相特別或者行事特別的年輕公子方向找。」

那個二弟就有些不滿地嘟囔了。「咱們在這客棧都盯了三天，哪裡見過什麼特別的年輕公子？別是上頭——」

話還沒說完就被那個大哥阻住了。「住嘴。你不要命了？」

然後幾人便不再說話了。

沈薇的嘴角卻翹了起來，心情大好。

她特意挑了一個離那三人不遠的位子，挑釁地斜睨了他們一眼。飯菜端上來了，沈薇挑剔了半天才不情願地拿起筷子，一邊吃，還一邊抱怨這抱怨那。

於是，客棧裡吃飯的人都知道了這位刁蠻小姐此行是為了尋找未婚夫，她的未婚夫身邊似乎還跟著另一位姑娘，大家的心中便出現一場二女爭夫的戲碼，心道：若自己是那未婚夫，也受不了這麼刁蠻的未婚妻。

沈薇要了一間上房，往床上一躺，小迪立刻謹慎地打開房門朝左右瞧了瞧，沒發現什麼異常才又關門退了回來。

「不用那麼小心謹慎，早跟妳說了沒事。」沈薇從床上仰起頭。

小迪笑笑沒有說話。身為暗衛，小心謹慎是深入骨子裡的習慣。

沈薇打了個呵欠，道：「去找小二再多要兩床被子，桃花跟我在床上擠一擠，小迪妳就在桌上湊合一夜吧。」

小迪出來要被子的時候，又被眾人同情了一番。大冷天的，連張床都不讓睡，跟著這麼個主子，這婢女可真是倒了八輩子楣。

有了尋找未婚夫這個藉口，沈薇急促的行程一點都沒有引起懷疑。有意思的是，她這一路居然和如意客棧的那三人撞見了四回，有一次是一天裡碰到兩回。

沈薇總算順利回到京城，倒也沒有回忠武侯府，也沒有貿然入宮。她在皇宮對面的茶樓上坐了一天，夜幕降臨時，才按徐佑告訴她的方法找人聯絡。

宮裡很快就來了消息，領她進宮的是個胖胖的太監，還給她帶來一身小太監的衣裳。沈薇嘴角抽了抽，只得乖乖地換上了。

因為是夜晚，她也看不到皇宮裡的景色，便學胖太監的樣子收肩垂首向前走。走了許久，胖太監把沈薇直接帶到御書房外面，讓沈薇站在外面等著，他自個兒進去稟報了。

「聖上宣妳，快進去吧。」片刻工夫，胖太監便又出來了。

沈薇跟在他身後邁進了御書房，頭都沒抬就單膝跪地。「臣女沈四叩見聖上。」她行的是軍中的禮節。

看著這個單薄瘦弱卻又脊梁挺直的沈四，雍宣帝心中微微動容。在西疆邊城大展神威的沈四生得這般單薄呀！也是，姑娘家嘛，若是魁梧就不美了。

「起來說話。」雍宣帝想到這是自己的未來姪媳，面上便帶了三分親切。「妳單獨進宮見朕，可是忠武侯他們——」他以目光詢問。

「謝聖上！」沈薇索利地起身，從懷裡掏出密信，恭恭敬敬地遞上去。「回聖上的話，路上是出了些事情，不過好在損失不重，實際經過全都在密信裡，還請聖上御覽。」

大太監張全接過密信遞到雍宣帝的手上，雍宣帝看了一眼火漆完好的密信，拿過案上的竹刀裁開信封，倒出裡頭的密信，看了起來。

「居然還有這等膽大包天之人？」雍宣帝臉色大變，一下子就把密信拍在案桌上。

沈薇垂頭不語。聖上要發脾氣自然不關她的事情，她的任務是順利把密信送到雍宣帝的手中，現在任務已經完成了。

「可確定是軍中的人？」沈薇猛然聽到雍宣帝的問話。

她老實答道：「回聖上，他們使用的兵器是弩，大公子說只有軍中才有弩。而祖父和永定侯他們也瞧出了對方用的箭矢是軍中的定製。」

雍宣帝點點頭，沒有再問，眼底卻有寒芒閃過。西疆剛剛大勝，他這邊才宣沈平淵進京，那邊路上就出了事，調用的還是軍中的人，這是打他的臉呢！

哼，跟個老鼠似的藏了十多年，還以為他會繼續藏下去，沒想到在這個時候冒了頭，挑釁嗎？以為朕會怕？

雍宣帝的心思飛快地轉著，道：「妳把事情的經過再詳細說一遍。」

沈薇便遵命行事，從設伏的黑衣人說到後來的灰衣人，然後又說了永和縣縣令的救援。想了想，又給葉仲敏說了幾句好話。在她看來，葉仲敏的確是個頗有能力的官員。

雍宣帝又點了下頭，然後便打發沈薇回去了。

她出了宮，回了自己在京中的別院。

「小姐！」小迪和桃花在大門上等著，一看到她就快步迎上來。「小姐餓了吧？飯菜都在灶上溫著了。」小迪絮叨著，又吩咐桃花。「妳腳程快，讓廚房麻利地去辦，再瞧瞧熱水備好了嗎？小姐一會兒要梳洗。」

這些日子，小迪倒是磨練出來了，好好的一個暗衛成了全能大管事，把沈薇身邊的事務打理得井井有條。

沈薇還真的餓了，廚房送過來的四菜一湯被她消滅掉一半多，她摸著肚子靠在軟榻上歇息，只覺得這才是人過的日子。

「小姐，咱們何時去大覺寺？」小迪問。

沈薇這才猛然想起還有這事，眉頭蹙了蹙。「不急，先留在京中看看。」趁著祖父沒回來的這段時間，她趕緊把京城逛一逛。

「小姐，還是儘快去大覺寺吧？梨花她們指不定多擔心呢。」小迪勸道。

梨花她們擔心倒是其次，小迪是覺得小姐在西疆風吹日曬的，臉上手上都黑了一大截，得趁這段日子養一養，免得回了侯府被人瞧出端倪。當然在別院也能養，但別院裡只有她和桃花兩個女的。桃花就不提了，她是暗衛出身，打探消息、殺人放火是一把好手，可替小姐保養身體這活兒她還真幹不來。

想到梨花和湘眉嫂子，沈薇心中有幾分猶豫，但最終還是擺擺手。「過些日子再去吧。」還是逛京城的誘惑比較大呀。

第二日，沈薇又穿上了男裝，一件絳紅色帶暗紋的錦袍，腰間垂著一塊美玉，頭上束髮的玉簪也是上好的羊脂玉，再配上她如玉的容顏，好一個富貴又氣派的公子哥兒。

小迪扮作小廝，至於桃花，就留在別院裡玩。

沈薇帶著小迪漫步京城街道，手裡拿著一把摺扇，一副風雅無比的樣子。

京城可真是繁華，即便是這寒冷的初春，街上的行人也絡繹不絕，耳邊充斥著小販們的叫賣，大街兩旁的鋪子也都大開著門，有小夥計站在門口招攬生意。

路過南風館的時候，沈薇真想進去見識一番，可惜她的腳才剛抬起來，小迪就手疾眼快地把她拉回來。「公子，您走錯道了，走這邊。」拽住沈薇的胳膊就不鬆手，心裡可無奈了。

小姐的膽子真是越來越大了，那骯髒的地方是正經姑娘家去的嗎？

「你個臭小迪，還不快放開本公子？瞧瞧你膽子大的，是不是本公子這段時間對你太好了？」沈薇斜睨著小迪，摺扇直接就敲到她的手上。

小迪假裝吃疼，慌忙地鬆開，臉上做出害怕的樣子，心裡更無奈了。小姐這是演戲上癮了？這都回到京城了還演？之前演的是刁蠻嬌小姐，這回換跋扈少爺了。

沈薇對小迪的配合非常滿意，正想再教訓幾句，耳邊就聽到一聲輕笑，隨後是一個舒朗的聲音。「江兄你瞧，那少年好生有趣。」

沈薇循聲望去，只見南風館隔壁酒樓的二樓窗戶探出一個人頭，她正對上一雙滿含笑意的眼眸。

沈薇頓時惱了。你才有趣，你全家都有趣呢！

她翻白眼，撩起袖子就要衝進去找麻煩，可下一刻卻驚喜地呼喊：「江辰兄是你呀！真是好久不見。」那個隨後探過身的人，可不就是江辰嗎？

只想了一瞬，沈薇便決定去看看他這舊識。現在她可是個公子哥兒，並不是忠武侯府的四小姐。

江辰看著樓下不停朝自己揮手，笑得開心的沈薇也是一驚。雖然對方做男子打扮，可他一眼便認出這小公子就是沈薇。她怎麼做公子打扮？不是說兩人在京城別多聯絡嗎？

對面的男子饒有興趣地望著江辰。「江兄認識那位公子？」

江辰斂去臉上的驚訝，漫不經心地道：「萍水相逢而已。」

「什麼萍水相逢？咱們可是患難之交。」沈薇不滿地說道，走進來。「兩年多前一別，江辰兄風采更盛，不愧是中了探花、入了翰林院的才子。」

沈薇自來熟地拉把椅子就坐下來，不滿地瞅著江辰，又道：「還是江辰兄做了高官，便瞧不起我這貧賤之交了？」

江辰臉上現出幾分無奈。「不過是個窮翰林，哪裡是什麼高官了？怎比得上金公子家財萬貫，喔對了，金公子何時來京城的？」

說出金公子三個字的時候，江辰自個兒都覺得不自在。當初這個壞脾氣的丫頭說了，若是在京城見到她穿男裝，就喊她金公子，她叫金有錢，金銀的金，非常有錢的有錢。聽聽這名就知道這丫頭多麼愛財了。

「我就說江辰兄不是那樣的人，咱們可是共過患難的。」沈薇立刻眉開眼笑。「你看咱倆是不是有緣？我昨兒傍晚才來京城，今兒一出來就遇到了江兄。」

「是啊，孽緣！」江辰嘴上拆臺，眼睛卻不著痕跡地打量著沈薇。小丫頭長大了，都長成可以嫁人的大姑娘了。

一想到她被賜婚給晉王府的大公子，他就頗為擔心。那位大公子不僅身子骨不大好，在王府的處境也挺尷尬，小丫頭嫁過去能應付得來嗎？

幾個月前，聽說她去大覺寺祈福，後來他從蘇遠之那兒得知她其實是去了西疆邊城。這幾個月他擔心得睡不好覺，現在看她除了黑了點，倒也沒什麼不妥，擔憂的心才算放下。

隨後他心中啞然失笑。自己怎麼就忘了這丫頭多麼剽悍了？從認識她開始就沒見她吃過虧，她去西疆，遭殃的恐怕是西涼，自己這是白擔心了。

第八十一章

「什麼孽緣？你讓這位兄臺評評理，明明是我拚了老命從土匪窩裡把你救出來。」沈薇不滿地喊道，然後巴拉巴拉扯起他們相識的過程。

「救我？」江辰斜睨著沈薇。「要不是因為你，我會進土匪窩？我的下人都已經把我救出來了，還不是你吵得把土匪全都引過來了？」

江辰似笑非笑地望著沈薇，沈薇裝作不由得有些氣短，嘴上卻強道：「別管過程怎麼樣，最後還不是我拉著你跑出來的？咱們不都沒事嗎？你也真不夠意思，好歹我也救了你，我爹派人來抓我回家，你不僅不幫忙，還落井下石丟下我走了，哼！」沈薇滿腔憤懣地指控著。

「我和你非親非故的，憑什麼阻止你爹帶你回家？」江辰老神在在。「話說現在你爹怎麼就放你出來了？別是又逃家了吧？」

一提起這事，沈薇頓時一副蔫了的模樣。「別提了，我爹那人也不知怎麼想的，祖輩好幾代都是做生意的，非逼我讀書考功名。小爺我聰明是聰明，可我喜歡的是做生意賺銀子呀，誰耐煩讀那勞什子書？你不知道，兩年前我被抓回去後，我爹給我配了八個小廝，專門監督我讀書，連上個茅房都有人在外頭等著，日子過得可苦啦！」一副訴起苦來的姿態。

「嘿嘿，還好我聰明，我跟我爹說了，京城的學風濃，鴻儒也多，於是我爹就同意我來京城求學啦。不過他也真夠狡詐的，陪我來京城的全是他的心腹，喏，看見沒，這一個也是。」沈薇狡黠地笑著，斜了站在一邊的小迪一眼，忿忿地道。

小迪明白該自己出場了，哭喪著臉。「公子啊，您就別為難小的了，老爺都是為了您好。」又看向江辰，不住地拜託。「江公子，您是我們公子的好友，可得多勸他一些。」

沈薇瞪了小迪一眼，眼睛一閃，轉了話鋒。「江辰兄，這位兄臺是？給介紹介紹唄！」

沈薇拐了他一下，一副哥倆好的樣子。

江辰嘴角一抽，道：「這位是我在翰林院的同僚，姓謝，跟我是同科。」

沈薇立刻就發揮金公子的厚臉皮。「原來是謝兄啊！小弟我姓金，叫金有錢，我爹叫金富貴，家裡是做買賣的。久仰，久仰。」一裝模作樣地拱拱手。

江辰一口茶差點沒噴出來。有個金有錢就得了，這又整出個金富貴，沈大人知道嗎？

沈薇卻不滿地瞪他。「怎麼，瞧不上我們爺倆這名？你別看這名字俗氣，這可是經過高僧掐算的。我跟你們說啊，就因為有我們爺倆這名字鎮著，我家的生意才做得那麼順利。知道我爺爺叫什麼不？金銀！現在我們家可不就是每天進金進銀？」一臉得意洋洋。

這回連姓謝的公子都忍不住要噴茶了。這位小公子可真有趣！

他徐徐笑著，優雅無比的樣子，親切地道：「在下姓謝，單名一個飛，和江兄是同僚好友。江兄的朋友便是在下的朋友，何況金公子這麼風趣俊秀，在下就更得交金公子這位朋友了。」

從兩人的對話中，謝飛大抵能拼出這兩人相識的故事來，也看出這位金小公子就是個沒心眼的人。可他哪裡知道這個故事不過是沈薇和江辰臨場發揮，編出來的？

沈薇見這個謝飛態度友好，不出咧開嘴傻傻地笑了，卻冷不防聽到謝飛又道：「在下這是和金公子頭一回見面，金公子久仰什麼呢？」

沈薇臉上的笑容頓時僵住了，不好意思地撓撓頭道：「你們讀書人見面不都喜歡這麼說嗎？」隨即又自嘲道：「不瞞謝兄，我打小就喜歡做生意，最喜歡在庫房裡數銀子。雖然被我爹逼著唸了好多年的書，其實胸無點墨，還望謝兄見諒。」面上真誠，心裡卻正咬牙切齒。這個姓謝的看著就不是個好人！江辰也是，怎麼和這樣的人做朋友？這會兒她連江辰都遷怒上了。

謝飛的嘴角卻依舊噙著笑，道：「跟金公子開了個玩笑，莫怪！其實我是最喜歡金公子這樣的實在人了。」

「真的？」沈薇驚喜地睜大眼睛，笑得更加憨傻實在了，看得江辰嘴角直抽。這壞丫頭若是實在，天底下就沒有狡詐的人了。

接下來的談話更是融洽了，主要是沈薇和謝飛的談話，江辰只是坐在一旁，淡笑地望著他們。

兩個人一個直言直語，熱情豪爽，以最真誠的態度說著噎死人的話語。一個雲淡風輕，姿態高雅，好似壓根兒就沒聽出言外之意，還非常贊同地點頭附和。

江辰和小迪的冷汗都要冒出來。小迪心想：幸虧沒帶桃花出來，否則以她那傻樣還不得把小姐的餡兒給露了？

用罷午飯，謝飛起身告辭，沈薇還一臉的意猶未盡。「謝大哥，咱們下次有機會再聚。」這一會兒工夫，已經成功地跟謝飛稱兄道弟了。

沈薇看著謝飛下了樓，見他上了路邊的一輛馬車，眼睛頓時瞇了起來。她看了江辰一眼，卻沒有說話。

江辰會意，忙道：「相請不如偶遇，金公子去在下府上認認門吧。」沈薇也欣然同意了。

江辰雖然在翰林院，還真不是窮翰林，這廝賊有錢了，看他住的三進大院子就知道，亭臺樓閣、假山水榭，是花了心思佈置的。

進了書房，沈薇就自動占了那張大大的太師椅，身子放鬆地靠在椅背上。「江辰，你怎麼就沒娶個夫人，這麼大的院子多冷清呀！」這廝也年過二十了，長得又是一表人才，京城不都流行榜下捉婿的嗎？怎麼就沒把他捉去？

江辰看了沈薇一眼，慢騰騰地道：「業未立，何以成家？」

沈薇嗤笑一聲。都翰林了還業未立？那得入內閣做首府次府才算立業？可有得等了。

「那個謝飛是什麼來頭？」沈薇問起了自己關心的問題。

江辰想了想道：「應該跟我差不多吧？家世不差，學識也不差，在翰林院裡中規中矩，交際也不多。怎麼，他有不妥？」

沈薇聽了，搖搖頭。「也許是我想多了，只是這個謝飛是個練家子。」她臉上的表情有些凝重，他上車時，一個無意間的動作暴露了自己會武的事實。

江辰卻面露懷疑。「不會吧，上個月他走路沒注意，還從臺階上摔下來，養了半個多月才好。」若是個練家子，怎麼還會摔著？「管他是不是，跟咱們也沒關係。」不過是個同僚，八竿子打不著的人。

「你家裡如何了？你祖父有什麼打算？」沈薇問道。

江辰的臉上便帶著譏誚的笑。「還能怎麼著？自然是巴著我！我那好母親跟好舅舅密謀，非說表妹是我未過門的妻子，被祖父攔了，我那舅舅還鬧上門去，也是我祖父出頭壓下去的，回去後就把我母親給禁足了，現在家裡的生意是二哥在打理。」大哥成了廢人，祖父顧忌著他，二哥可不就是最好的人選嗎？

沈薇沒再說話，家家都有本難唸的經，侯府的事也不少，就因為如此，她才不願意回去，若是能一直住在別院就好了。

在江辰府上待了大半下午，直至黃昏，沈薇才告辭出來。馬車在街上行著，忽然，她聽到一聲短促的呼救，然後是什麼東西倒地的聲音，還有幾聲猥褻的笑聲。

小迪的反應也很快，立刻把馬車停在一邊。

這是一條長巷子，是他們回去必經之路，現在巷子裡肯定是有情況，自然就不能再往前走了。

沈薇和小迪對看一眼，兩人悄無聲息地朝前摸過去。

「你跑呀！繼續跑呀，錦衣玉食地養著你，倒供出個白眼狼來了！」

「你不是挺有能耐的嗎？連館主都被你騙過了，還當你是個乖的，沒想到你卻包藏禍心！想跑？在咱們的地盤上你能跑到哪裡去？」然後是鈍鈍的拳頭聲。

「嘖嘖，瞧瞧這身皮肉，瞧瞧這張小臉，還真誘人啊，既然你不想過人上人的日子，那今兒就先伺候伺候哥兒幾個吧，把哥兒幾個伺候好了，說不準還真能給你一條生路。」是巴掌拍在臉上的聲音。

「哥兒幾個還沒玩過這樣的絕色，哈哈，今天咱也嘗嘗這上等貨色的滋味，哈哈！」

幾道猥瑣而淫蕩的笑聲尤為刺耳，被毆打和調笑的對象卻沒發出任何聲音，可見也是個倔強的。

這是青樓抓逃妓的戲碼？沈薇和小迪對視一眼，均有些驚訝。哪家青樓行事這麼囂張？既然遇到了，那就救人唄！沈薇和小迪悄悄往前摸去，只見有三個勁裝大漢圍著個跌坐在地上的姑娘，嘴裡污言穢語，有一個還解起了衣裳。

沈薇對小迪使了個眼色，小迪彎腰撿起一顆小石子扔過去，正砸在解衣裳那人的手上。他吃疼，唉唷一聲。「是誰?!」

另外兩個人也警惕地朝這邊看來。「是誰？出來！藏頭縮尾算什麼英雄好漢！」

沈薇和小迪自暗處走出來，那三個大漢見管閒事的是個富家小公子，再瞧瞧小公子只帶了個身形單薄的小廝，便放下心來。

「我勸這位公子還是莫要管閒事的好，否則——」剛才解衣裳的那人獰笑著冷哼，話語間的威脅不言而喻。其他兩人也抱臂冷笑，其中一個還道：「大哥，瞧這小公子也是細皮嫩肉的，何不……」

那赤裸裸的惡意讓小迪氣炸了肺。敢對小姐不敬，該死！她身形如電，勁裝大漢只覺得眼前一花，那個出言不敬的人已經被割了喉嚨，倒在地上。

「這便是對我家公子不敬的下場。」小迪冷冷地說道。

還剩下的兩個人頓時戒備地朝後退了兩大步，眼底的防備更甚。「你們是什麼人？這是咱們的家務事，公子還是當作沒看見的好。剛才我這位兄弟多有冒犯，公子的貴僕也已經懲罰過他了，咱們素不相識，還是不要結仇的好。」

沈薇嘆了一口氣，手中的摺扇輕輕拍打著掌心，聲音裡無比的悲天憫人。「這位壯士說得有理，本公子只是個路人，還真是不想惹麻煩。」

那兩人聽沈薇這樣一說，正要抱拳道謝，卻聽沈薇話鋒一轉。「雖然本公子不想惹麻煩，可麻煩卻偏偏惹上了本公子。你說京城這麼大，你們哪裡不好處理家務事，偏跑到本公子歸家的必經之路上，這不是給本公子添堵嗎？你們當本公子是三歲小孩？你們這些亡命之徒的話也能信？今兒若是放你們走了，還不是給自己留個禍患？本公子雖年幼，卻也知道斬草除根這句話的。」

話音未落，身形先動，那兩個勁裝大漢兵器都還沒來得及亮出來，就身子一僵，倒在地上。

沈薇看了看手中的摺扇，心道：這暗器還真是好使。

原來小迪塞給自己的這把摺扇可不單單是裝飾用的，其實是一件頂好的暗器，裡頭藏著毒針，見血封喉。

「小迪，走了。」沈薇搖了下頭，喊著小迪。心情有些不好，任誰在回家的路上殺了人，心情都好不了。

小迪瞅了一眼跌在地上的姑娘，到底沒說什麼。

「公子，救命。」地上的姑娘猛地一撲，抓住了沈薇的衣襬。

沈薇一怔。這不是個姑娘嗎？之前這人垂著頭，頭髮遮住了臉，她只看到他身上月白的衣裳，再綜合那三個大漢的話，便先入為主地以為這是哪家青樓逃出來的姑娘。

可現在這姑娘一出聲，她便發現這分明是個年輕男子。

他莫不是從小倌館裡逃出來的那啥吧？沈薇的臉色怪異起來。之前還想去那地方長見識呢，這會兒就有個小倌送到自己面前，連老天爺也要成全她的心願嗎？

沈薇心中腹誹了一番，但還是不大想管這閒事。她無法眼睜睜看著那三個歹人在眼皮子底下作惡，現在那三人已經死了，她也算是救了這人，非親非故的，她能做到這樣已經仁至義盡了。

「我已經救了你，放手。」沈薇清冷的聲音響起。地上，安家和的心卻沈了下來。他忍辱負重這麼多年，難道今日就要命喪於此嗎？可他身上背負的血海深仇——

想到這裡，安家和的眼底露出堅毅，緊抓著沈薇的衣襬死不放手。「求公子救命！」他不能死，不能死在這裡，他還要報仇呢。

沈薇又嘆了一口氣，看著地上的人，道：「既然你能逃出來，那肯定是謀劃好的，現在抓你的人已經死了，你大可按你之前的計劃躲起來便是。」

安家和聽了這話，心中不由一凜，卻更加堅定求救的決心。「求公子救命！」他是能躲起來，可現在身上受了傷，行動不便，即便躲起來還不是會被找到？眼前這位公子雖年歲不大，但是個頗有能耐的人，若能得他庇護，自己說不定還真有大仇得報的一天。

「求公子救命，我雖淪落塵埃，自幼卻也飽讀詩書，琴棋書畫也都涉獵，於機關算數也是精通，還求公子乞憐，救我一命吧。」雖然心中覺得屈辱，安家和卻依舊倔強地望著沈薇。

沈薇聽到他說自己飽讀詩書的時候，心中已在嗤笑。身為小倌要博取客人賞識，可不得要學習這些本領嗎？百無一用是書生，除了討好客人有什麼用？待聽到他還會機關算數，她的眼睛卻亮了。算數倒也罷了，機關方面的人才還真不好找。

「小迪，還不快把這位公子扶起來？」沈薇對小迪吩咐。

小迪明白小姐這是願意救人了。安家和的心也總算放下來，心情一放鬆，下一刻，他便陷入黑暗之中。

「沒事，只是昏過去。」小迪探了探他的鼻息道。

「那就好。」她都決定不怕麻煩收了這個人，若是他死了，自己不是白救了？

沈薇多了一個心眼，沒有貿然把人帶回別院，而是送到暗衛歇息的一處小院，把人扔給輪守的暗衛，才帶著小迪回別院。

第八十二章

那晚，沈薇自御書房出來之後，雍宣帝背著手站了許久。光影裡，他臉上的神色陰晴不定。

然後，他道了一句。「出來吧。」

便有個黑衣人詭異地跪在地上，待雍宣帝吩咐了幾句，那黑衣人身子一扭，又消失在室內，就好像沒出現一樣。

當晚，西山大營一支五千人的軍隊悄悄出發了。

這事沈薇自然不知道，但她也能猜到。這麼大的事，聖上不會無動於衷，肯定會有對策，至於什麼對策，那就不是她一個小女子該操心的了。

沈薇估算著祖父快回來了，才趕忙去大覺寺，也是趁著夜色直接從後窗翻進屋子裡。

扮作她的素娘正準備歇息，猛然看到從後窗翻進來一個人，嚇得驚呼一聲，在外間的梨花立刻衝進來。

「嘿，是我！」沈薇看到素娘已經從枕頭下摸出剪刀，衝進來的梨花手裡也拎著板凳，慌忙出聲示意。

「小姐！」梨花呆愣住了，又驚又喜，激動得眼淚都出來了。

沈薇頓時覺得心裡暖暖的，笑著柔聲安慰道：「哭什麼？我這不是回來了嗎？」

「小姐，真的是妳？」梨花慌忙抹眼淚，咧開嘴，努力想笑，眼淚卻流得更凶了。「奴婢這是高興啊！」每一日，她都在佛祖跟前跪上許久，祈求佛祖保佑小姐能平安歸來。

「好了，好了，看妳那傻樣，一會兒桃花該笑話妳了。」沈薇笑著打趣。

梨花很驚喜。「桃花也來了？」隨後反應過來，小姐在哪兒，桃花自然也是在哪兒的。

沈薇朝後窗一示意。「不是在那兒嗎？」就見桃花也從後窗翻了進來，咧著嘴高興地喊：「梨花姊姊。」

主僕幾個見面自然十分高興，沈薇看向恭敬立在一旁的素娘，道：「妳放心，答應妳的事肯定算數，只要妳的嘴巴緊，半生富足還是跑不了的。」

素娘面露感激。「小姐放心，素娘知道輕重。」頓了一下，道：「小姐您請歇息吧，素娘去湘眉嫂子那裡擠一擠。」

素娘退出後，梨花立刻收拾起床鋪。素娘用過的東西自然不能給小姐用，梨花把一套嶄新的鋪蓋鋪在床上，又張羅著讓人燒熱水，忙得團團轉。

還是沈薇看不下去，拉住她。「行了，我是吃過才來的，不用這麼麻煩，將就一夜得了。來，跟我說說這幾個月妳們的情況。」

梨花這才放下手裡的東西，絮絮叨叨說起了這幾個月大覺寺的日子。

「小姐，自您走後，奴婢們便謹遵您的吩咐在這小院中安心祈福，每頓的吃食都是幾位嫂子輪流去拿，奴婢和湘眉嫂子都極少出去。那個素娘也是個乖的，安安靜靜待在屋裡抄寫佛經，即便是去大殿上香，也是戴著帷帽，由奴婢陪著過去。日子倒是清靜，就是擔心小姐。小姐一走幾個月，連點消息都沒有，奴婢可著急了。小姐，您怎麼黑成這樣啊？您的婚期就在三月，這都二月了，沒有多少日子了，怎麼辦？」小姐曬成這樣可怎麼出嫁？若是姑爺嫌棄了怎麼辦？梨花可急了。

沈薇不以為然。她也沒黑到哪兒去，何況這和嫁人有什麼關係？難不成徐佑還敢嫌棄她不成？

「還說我呢？妳瞧瞧妳，整個人都瘦了一大圈，怎麼了？大覺寺的飯食難吃？」沈薇一撇嘴道。

梨花哪會不知道小姐是在轉移話題，嗔怪道：「奴婢還不是因為擔心小姐？」這話倒是真的，尤其聽說西疆的情況如何不好，梨花都憂心得整宿睡不著覺，一閉上眼睛就看到小姐渾身是血。

「好梨花，我都平安回來了，妳就不要唸了吧。趕了好幾十里的路，我現在都睏了。」沈薇打了個呵欠。

梨花滿腹的話說不下去了，趕忙張羅服侍小姐歇息。「小姐，奴婢帶著桃花睡外間，您有事就喊奴婢。」心裡已經盤算起怎麼給小姐保養身體，務必讓小姐做個最美的新嫁娘。

第二日，沈薇見了前來拜見的湘眉嫂子，看到同樣瘦了一大圈的湘眉嫂子，她內疚的同時又覺得心暖。能這樣為她牽腸掛肚的，也就是她從沈家莊帶回來的這些人了，他們比所謂的親人還要親。

既然來了大覺寺，就是裝樣子也得裝幾日，總不能昨兒來，今兒就走吧？用罷早飯，沈薇親手抄了一篇佛經，然後供到大殿佛前。這一回依舊是梨花陪著她，只是沒有戴帷帽。

跪在佛前，她的心底一片安寧。她敬佛，卻不信佛，不然以手上的人命來算，她真是罪孽深重了。

可沈薇坦然從容，她堅信自己殺的都是該殺之人，眾生平等那是佛家的信條，她的信條則是以殺止殺，怒目金剛。

出了大殿，沈薇對梨花說：「還沒瞧過這大覺寺呢，走，咱們好生轉轉。」說實話，初春的大覺寺還真沒啥可看的，古樹是挺多，但上頭連片葉子都沒有，光禿禿的枝椏在風裡嗚咽著，她一點興趣都沒有。

雖然景色不好看，但沈薇感興趣的是那些在寺裡行走的和尚，有中年有老年，更多的還是年輕的小和尚。他們穿著灰色的僧袍，光著一顆頭，規矩且內斂地各司其職，遇到沈薇主僕，就會雙手合十避到路邊。

「小姐、小姐，那個人怎麼老是跟著咱們？」正逛著時，梨花突然拉著沈薇的衣袖，朝身後示意了一下。

沈薇假裝撩髮，朝身後看了一眼，見梨花說的那人是個年輕男子，穿著一件鴨蛋青衣裳，一副書生模樣。

「妳看錯了吧？說不準人家也是看景呢。」她對自己看人的眼光還是很有自信的，那年輕男子神情坦然大方、眼神周正，怎麼瞧也不像壞人。

梨花卻堅持。「小姐，奴婢真的沒看錯，那個人從那棵大榕樹開始就跟在咱們後面了，剛才竹林邊的小道咱們走了三回，他也跟著走了三回。」她十分認真地說道。

沈薇的眉頭蹙了起來。「不要聲張，也不要回頭，咱們接著走。」對梨花吩咐一聲，抬腳拐上另一條小道，越發往偏僻的地方走去。

沒想到那個年輕男子還真的跟在她們後面，大大方方的，絲毫不見閃躲，沈薇心中就更覺得奇怪了。

「這位公子，敢問你跟著我們做什麼？」在偏僻處，沈薇猛地轉身質問。

那年輕男子沒料到這位小姐這麼大膽，加上又被揭穿了跟蹤行為，整個人忽然不好意思起來。

但只是片刻，他便恢復了從容，衝著沈薇一拱手，道：「請問小姐是否住在大覺寺最東邊的小院？」

沈薇揚眉。「是。」

那年輕男子的臉上閃過一道驚喜，隨即又問：「院中是否有個三、四歲大的女孩？」

沈薇一下子就想到了湘眉嫂子和妞妞，但她沒有立刻回答，而是審視著這個年輕男子。只見他臉上帶著急切，雙目中含著隱隱的期盼。

「你一個大男人打聽這個做什麼？莫不是要行那拐騙之事？」沈薇故意沈著臉道。

那年輕男子慌忙擺手，急急解釋道：「不是，小姐誤會了。在下也是讀書明理之人，怎麼會做那等傷天害理之事？」

「你說不是就不是了？壞人的腦門上也沒有刻著字不是？」沈薇斜睨著他道。

年輕男子便嘆了一口氣，似有難言之隱般地道：「實不相瞞，上個月在下路過大覺寺，在此歇腳，見到一個四、五歲的小女孩，面容長得很像在下失蹤的妻子。在下那妻子和小女失蹤已有兩年多了，在下亦找了兩年多，一直沒有頭緒。」

沈薇注意到他說到失蹤的妻女時，臉上滿是傷心和難過。

「在下看那小女孩進了最東邊的院子，上前詢問，卻被擋在外面。當時在下有急事在身，就先回了京城。辦完了事在下即刻返回，卻再也沒見過那個小女孩，那座小院的門也關著。寺裡的師父說那是官家小姐在此祈福，不便打擾。在下也怕壞了小姐清譽，只好遠遠地守著，今日才看到小姐出來，在下實在無法，才做出如此不敬的舉動，還望小姐海涵。」他說著，深深地作了一個揖。

沈薇和梨花對視一眼，均覺得不可思議。到底是沈薇鎮定，不動聲色地問：「你叫什麼？家住哪裡？你的妻子和女兒又叫什麼？」

「在下李致遠，是寧平縣人士。在下的妻子姓薛，閨名湘眉，小女乳名叫做妞妞。」年輕男子急切地道：「小姐可是認識我那妻女？」一臉的小心翼翼。

沈薇和梨花又對視了一眼，梨花剛要開口說話，被沈薇以眼神止住了。其實她心中也是震驚不已，記得湘眉嫂子的夫君是叫李致遠來著……

但這也太狗血了吧？隔了幾千里路也能重逢？

她不露聲色，而是道：「看你的模樣也是個讀書人，可考取了功名？你那妻女是如何去的？一個弱女子還帶著個孩子，誰知道能不能活下來？若是她們早不在人世，你就這麼一直找下去？」

雖然湘眉嫂子說了，她和夫君感情甚篤，可誰又知道兩年多後的今天，這個李致遠有沒有琵琶別抱、另娶佳婦？若是他身邊已有了嬌妻，甚至有了愛子，那湘眉嫂子算什麼？湘眉嫂子的命已經夠苦了，她也不能讓她再去受那個屈辱。

李致遠卻堅定地搖頭，一口咬定。「不會的，在下的妻女肯定還活著。老家的鄰人說了，救走小女的是位年輕少爺，而那個搶走在下妻子的寧平縣令欲害在下不成，反被巡查江南的欽差大人拿了把柄。據他指稱：在下的妻子是被人救走的，她沒有死。在下堅信她們只是被好心人救走了，肯定還活得好好的，等著在下去找她們。一年找不到就兩年，兩年找不到就五年、十年，窮我一生總能找到的。」聲音不高，卻鏗鏘有力。

沈薇繼續試探道：「哦，原來你妻子是被縣令搶走的，你就不嫌棄她失了清白？」

「不，這不是在下妻子的錯，是在下沒用，護不住妻兒，在下只會更加心疼她，怎麼會嫌棄？」李致遠說得異常認真。他亦是個聰明人，見沈薇問了這麼多，肯定知道自己妻女的下落，心中不由一陣激動。

「這位小姐，若是知道在下妻女的下落，便請小姐告訴在下吧。在下不是那薄情寡義之人，在下只求能一家團聚，平安過日子。」

沈薇笑了。她是真為湘眉嫂子高興，能得到一個如此有情有義的夫君真是福氣，若是有一天自己遇到了這等情況，也不知徐佑那廝能不能對她不離不棄？

「你猜得沒錯，我確實知道你妻女的下落，你看到的那個小女孩正是你的女兒妞妞。兩年多前，是我親自破門從你家裡抱出來的，你的妻子薛湘眉也是我從縣衙大牢救出來的，她們此刻就跟我住在那座小院裡。」沈薇朗聲說道，見李致遠都激動得要熱淚盈眶了，卻話鋒一轉。「不過現在湘眉嫂子想不想見你，我就不知道了，畢竟她受過那麼多苦，還差點死了。這樣吧，你先回去等著，我先問問湘眉嫂子。」她邊說邊注意李致遠的神色。

李致遠先是驚喜激動，隨後臉上出現幾分失望，他的拳頭握得緊緊的，最終卻是朝著沈薇深深一拱手。「在下感謝小姐的大恩大德，以後小姐但有差遣，在下莫敢不從。還請小姐多多勸慰拙荊，使在下一家能早日團聚。」

沈薇坦然地受了李致遠的禮，帶著梨花回了東邊的小院。

李致遠一直看著她的背影走遠，仍癡癡地望著，不肯離去。

沈薇一進小院便直奔湘眉嫂子的房間。湘眉嫂子正在做針線，妞妞趴在一旁的小几上吃果子。沈薇一看她手裡的衣裳就知道是做給自己的，嘴角不由翹了起來。

「小姐回來啦，怎麼去了那麼久？」湘眉嫂子放下手裡的衣裳，給沈薇倒了一杯茶。「小姐餓了嗎？想吃什麼？我去給小姐做點。」作勢就要出去。

沈薇一把拉住她。「嫂子不用忙，我不餓。對了，跟嫂子說個好消息，知道我剛才在寺裡遇到誰了嗎？妞妞她爹，李致遠。」她開心地道。

她滿臉茫然地抬起頭。「誰？小姐說誰？」

「李致遠啊，妞妞她爹，妳的夫君李致遠。」沈薇又重複了一遍。

湘眉嫂子抓著衣裳的手緊了緊，嘴唇哆嗦著，眼眶都紅了。可下一刻，她便平靜下來。「喔，是他呀。」那語氣就像說一個毫不相干的人，而不是情深意重的夫君。

沈薇有些摸不著頭腦。「怎麼？湘眉嫂子不高興嗎？他可是找了妳們好久呢。」湘眉嫂子不是心心念念著要找到妞妞爹的嗎？現在找到了，怎麼這樣平靜？

湘眉嫂子卻別過頭，悄悄拭去眼角的淚水，轉過頭來微笑。「小姐，他能找我們母女，我記著他的情分。只是我和他再不可能了，他若是想要接走妞妞，我也同意，畢竟跟著他，比跟著我這個沒用的娘要強。」

「怎麼就不可能了呢？他又沒有另娶，可見心裡是惦記著妳的，妳也一直記掛著他，你們一家團聚多好呀！」沈薇不解地問道。

湘眉嫂子便嘆了一口氣，道：「小姐啊，哪是您說的這麼簡單？他現在肯定是功成名就了吧？我是什麼？殘花敗柳之身，我不能連累他，讓他被人非議，他有這個心，我就知足了，以後我就安心跟在小姐身邊了。」

沈薇立刻不同意了。「什麼殘花敗柳？那個寧平縣令可沒碰過妳一根指頭，妳清白著呢。妳家夫君也說了這不怨妳，妳怎麼倒自己嫌棄自己了？」

沈薇越說越激動起來。她最看不上眼的便是古代的這一點，女人不小心被男人看個胳膊、看個腿就被指失貞，規矩大的都能逼著妻女去死，疼閨女的也不過是捏著鼻子把閨女嫁了，也不管那男人是不是品行惡劣。

「我不早就跟妳說過嗎？女人活得比男人艱難，更要自立自強。妳只管過好自己的日子就是了，嘴巴長別人身上，妳管他們說什麼？」沈薇疾聲勸道：「再說了，妳自請下堂，他肯定會再娶，妞妞落在別的女人手裡妳能放心？到時她要是虐待妞妞怎麼辦？」

「不能吧，妞妞是他的親閨女，又是個女孩子，不爭家產的。」湘眉嫂子臉上帶著不確定。

「是，妞妞是他的親閨女，可他每天要忙朝堂上的事情，哪有精力注意到後宅？後宅的手段多著呢，人家有心要瞞，他一個大男人肯定發現不了，咱們妞妞豈不是慘了？不爭家產那也是眼中釘肉中刺。這些日子，妳在侯府還沒看清楚嗎？」

「可是……」湘眉嫂子遲疑起來，她咬著唇，眼底閃爍不定。「可我不能讓流言蜚語毀了他呀！」

沈薇都要氣得跳腳了。「妳不能讓流言蜚語毀了他，那妳就委屈自己？妳傻啊！丈夫，丈夫，一丈之內才是夫！他都不是妳丈夫了，妳管他去死啊？他一個為官作吏的，連這點風雨都禁不住還怎麼給朝廷辦事？行了，還是聽我的，梨花，妳去把李致遠請過來和湘眉嫂子見面。然後妳收拾收拾東西，帶著妞妞趕緊跟他走，免得妳再犯傻，看妳犯傻我都頭疼。以後若是受了什麼委屈，記得回來找本小姐給妳作主，聽到了沒有？得，估計妳也不走心，我還是交代妞妞得了。」

沈薇也不管湘眉嫂子的意願，直接替她作了主。

第八十三章

沈薇把湘眉嫂子和李致遠往房裡一扔。

自個兒說去鬧去抱頭哭去，說完鬧完哭完，趕緊給我好生過日子去，小姐我懶得再管你們了！

直到下午，她才再次見到湘眉嫂子一家。李致遠手裡抱著妞妞，湘眉嫂子跟在旁邊，眼睛紅紅的，卻又帶著無限嬌羞。

「小姐……」湘眉嫂子還未開口，眼淚就先掉下來，哽咽著說不出話來。

李致遠見狀，便把妞妞遞到她懷裡。「沈小姐，我李致遠不是那等忘恩負義之人，這份恩情我記下了。現在我們一家團聚了，還請沈小姐開恩放拙荊和小女歸家，她們的身價銀子是多少？在下願意付出十倍，喔不，百倍為她們贖身，還望沈小姐成全。」他看著沈薇誠懇地說。

沈薇眉一揚。「難道湘眉嫂子沒有告訴你，她和妞妞都是自由之身嗎？」還十倍百倍，說得好像她多缺銀子似的。

李致遠一怔，看向自己的妻子。湘眉嫂子擦了擦眼角的淚，嗔怪地瞪了他一眼。「誰要跟你回家？誰要你贖身？我們母女跟著小姐，日子好過著呢！你就是個急性子，我話還沒說完，你就非拽著我來見小姐，我還當你要做什麼呢。小姐從來都沒讓我和妞妞簽下賣身契，甚至還準備等妞妞大點了就送去學堂唸書，我們跟著小姐日子可舒心了，才不跟你回去。」

她懷裡的妞妞也跟著附和。「跟著小姐，小姐好，小姐最好。」她對著沈薇揚起燦爛的笑臉，可愛極了。

沈薇笑笑，對著妞妞伸出手，妞妞立刻從她娘懷中滑下來，撲進沈薇的懷抱。「小姐最好了。」她的胳膊緊緊抱住沈薇的脖子。

李致遠面上動容，心底的感激更甚，一撩袍子就要跪下。沈薇連忙讓人阻攔，湘眉嫂子卻道：「小姐，您就讓他跪吧，沒有您就沒有我們母女，妞妞總是他的親閨女吧，他謝謝您是應該的。」

沈薇嘴角抽了抽。她一個小女子讓朝廷命官跪她，何德何能？

但因為這兩口子的堅持，沈薇還是受了李致遠的重禮。「沈小姐，大恩不言謝，在下不會說漂亮的話，今後您就瞧著在下的行動吧。」

沈薇卻道：「李大人此言差矣，我救人時壓根兒就沒想著誰的回報，舉手之勞，對得起自己的良心罷了。行了，既然你們一家團聚，你就帶著她們走吧。」又對湘眉嫂子道：「其他的話也不用說，妳家相公現在在戶部任職，同在京城，還怕沒有見面的機會？妞妞啊，妳娘看著爽利，實則最是個沒用的，以後誰若是欺負妳們，妳就來找小姐，小姐為妳們作主。」她又低頭跟懷裡的妞妞說。

妞妞笑嘻嘻地不住點頭。「找小姐作主。」

李致遠站在一旁，笑而不語，心中明白這話是說給自己聽的，亦是對他的敲打。他不僅沒心生反感，反而更加感激。看來這位沈小姐對他的妻女是真的照顧。

湘眉嫂子依依不捨，一步三回頭地被沈薇趕出了大覺寺。

李致遠看著抹著眼淚不住回頭的妻子，攬著她的肩安慰道：「我還要在戶部歷練幾年，一時半會兒也不會出京，妳若實在捨不得，等回去安頓好了，也可以遞帖子登門拜訪。」

因禍得福，當初那個寧平縣令使人害他，恰好被巡察江南的欽差周大人撞見，被他所救。周大人賞識他的人品才華，便收留他在身後；後來春闈他考了二甲第二十七名，靠著周大人的幫忙在戶部謀了個不錯的官職。

薛湘眉先是一喜，隨後卻搖頭。「還是不了，侯府的門檻哪是那麼好進的？我還是不要給小姐添麻煩了。下個月小姐就要大婚，我給她多繡些東西才是正經。」

「娘，妳看！小姐給的。」在一旁乖巧坐著的妞妞忽然揚著小荷包對她娘獻寶。

薛湘眉接過去一看，是個精緻的荷包，上頭繡著一隻小白貓，看針腳像是梨花的手藝，她便笑著點點女兒的小鼻子。「小姐給的，妳就自個兒收著唄！」

妞妞卻噘起了嘴，不滿地道：「可是小姐說要交給娘。」她真的很喜歡這個荷包呀！

薛湘眉心中一動，當下就把荷包打開，從裡頭拿出一個摺得方方正正的東西，展開一看，驚了，居然是張五千兩的銀票。

李致遠也驚呆了。「這……」

「妞妞，小姐跟妳說什麼了？」薛湘眉的眼眶迅速紅了。

妞妞睜著一雙懵懂的大眼睛，歪著腦子想了想，搖了搖頭，才道：「沒有，小姐就說把荷包交給娘。」

薛湘眉的眼淚又掉了下來，倒在夫君李致遠的懷裡抽抽噎噎的，哭得可傷心了。

李致遠摟著妻子輕聲安慰，眼底閃過複雜的流光。這位沈小姐對他的妻女何止是頗為照顧，他李家上輩子是積了多大的功德，才庇佑到他的妻女身上啊！

送走了湘眉嫂子，沈薇和梨花唏噓了一番，感嘆人生真是奇妙。當初她們特意找過李致遠，結果一無所獲，如今不找了，他反倒自個兒送上門來，真是應了那句話：踏破鐵鞋無覓處，得來全不費工夫。

三日後，小迪送來消息，說沈侯爺他們明日便能入城。

沈薇使人連夜收拾東西，第二日一早就出了大覺寺回侯府。

「小姐回來了！」風華院上下頓時沸騰起來，荷花、桃枝把滿院的下人支使得團團轉，備水備飯，小姐的屋子都檢查三遍了，務必保證連牆角處都不能落下一點灰塵。

沈薇緩步邁進侯府，早就等著的桃枝、荷花立刻圍上來。「小姐，您終於回來了！」

望著一張張激動不已的臉龐，沈薇覺得心裡暖暖的。她的嘴角微微上翹，笑意染上雙眸。「是呀，小姐我回來了。走，咱們回風華院論功行賞。」

眾人更加激動了，簇擁著沈薇朝風華院走去，而一邊府裡別處的下人則滿臉羨慕。

還是自己的院子舒服呀！沈薇沐浴後，換過衣裳，靠在軟榻上直打瞌睡。梨花看不過去了，輕輕推了推她，提醒道：「小姐，該去給老太君請安了，請過安再睡不遲。」

雖然去大覺寺祈福前，沈薇去松鶴院請安都是三天打魚兩天曬網，動不動就報病，但在大覺寺一待幾個月，回府的頭一天還是要去松鶴院走個過場的，不然一個不孝的罪名砸下來就不美了。

沈薇去了松鶴院，老太君問了幾句她在大覺寺祈福的事情，沈薇簡單地回答了。老太君皺著眉，不大滿意。

這個薇姊兒，一走好幾個月，連姊妹出嫁都未歸，可見是個薄涼的；在自己這個祖母跟前都陰陽怪氣的，真是氣人。

沈薇更不想應付了。「祖母可還有吩咐？若是沒有孫女就告退了。祖父已經進宮了，孫女養足精神，也好拜見祖父呀！」

老太君臉上一沈，有心想要訓斥幾句，又想到快要歸家的丈夫，頓時沒了精神，揮揮手讓沈薇退下去了。

罷了，罷了，這個孫女就是個渾不吝的，她不在跟前礙眼更好。

沈薇頭也不回地走了，老太君望著她的背影，只覺得心裡堵得滿滿的。

沈侯爺前腳出了皇宮，封賞後腳就送到府裡。

雍宣帝批下了沈侯爺的摺子，沈弘文成了新任忠武侯，沈平淵自然就成了老侯爺。沈平淵退下來了，雍宣帝也很滿意他的知情識趣，便加封他為太子太傅，雖然沒有實權，但地位崇高。除此之外，雍宣帝還加封沈老侯爺的孫女沈氏阿薇為嘉慧郡主。

這道旨意一經傳下，闔府都目瞪口呆，連沈薇都覺得被一個好大的餡餅砸中了。是郡主啊，太子親王的閨女才能封為郡主，她一個小小侯府小姐居然被封為郡主，估計整個京城都要震驚。

唯一平靜的只有沈老侯爺。一來在皇宮中，聖上稍稍透了口風，二來在沈老侯爺看來，小四的功績就是封王都夠格了，區區一個郡主，還是只有祿米沒有封邑的郡主，不過是名聲好聽而已，他還覺得委屈了小四。

除了加官進爵，雍宣帝還大手筆地賞下了大筆金銀珍寶。

當晚，沈老侯爺把沈弘文哥仨和許氏召到前院書房，開門見山地道：「侯府我交給了老大，老三憑著自個兒的本事，在禮部混得也不差；唯獨老二不爭氣了些，但我也給你娶了個嫁妝豐厚的妻子，富貴沒有，但也不會餓死。對你們仨，能給的我都給了，能做的我也都做了。我老了，辛苦了大半輩子，以後剩餘的日子我就想過些舒心自在的日子，你們以後就各憑本事吧。」

哥仨對視一眼，紛紛道：「看父親說的，兒子這點經驗哪夠呀？咱們侯府還得您老在後頭撐著呢。不過父親放心，兒子定會好生孝敬您老人家的。」

沈弘文這話是真心實意的。他身為長子，自小便知道自己身上的責任，奈何心有餘而力不足，還得老父一把年紀鎮守西疆，每每想來只覺得慚愧啊！

老侯爺卻把手一揮。「我還能替你撐一輩子？老大你就是性子太軟，你要是能像謙哥兒一樣，你爹我也不至於一把年紀了還在外頭賣命。」

一句話說得沈弘文訕訕地垂下頭。

老侯爺又道：「召你們過來是有件事情要跟你們說，我準備把我的私房都留給薇姊兒。」

「為什麼？」老侯爺的話音一落，老二沈弘武就跳出來反對了，他的表情無比委屈。「父親，您的私房不是該分給我們哥仨的嗎？怎麼就越過我們給薇姊兒？您不是已經給她掙了個郡主嗎？大哥封了侯爺，三房有個郡主，唯獨我們二房啥也沒有，父親，您不能這麼偏心啊！我難道不是您親兒子？」

老侯爺一揚眉。「你以為薇姊兒的郡主是我跟聖上討來的？不是，那是薇姊兒憑著自己的功勞得到的。」

沈弘武哪裡相信，嘟囔著道：「她一個小丫頭片子能有什麼功勞？不就是去大覺寺抄了幾本佛經嗎？父親您就不要騙兒子了。兒子是庶子，兒子不要求跟大哥、三弟平分您的私房，但分三成總是應該吧？」

沈侯爺面無表情，目光轉向大兒子和三兒子。「你倆呢？也覺得我偏心薇姊兒嗎？」

沈弘文和許氏對視了一眼。他也覺得父親把所有的私房都留給薇姊兒有些過了，姑娘家早晚是潑出去的水，是別人家的人，父親偏疼薇姊兒可以多給些嫁妝，也用不著把私房全給了她呀？

「父親，這是不是有些過了？薇姊兒是個懂事的孩子，但她畢竟是要出嫁的呀！」沈弘文斟酌著言詞說道。

許氏也是一樣的想法，老侯爺偏心薇姊兒她沒意見，但偏心太過，她就有話說了，自己的女兒都一樣孫女，薇姊兒憑什麼？而且她身為管家的夫人，不像夫君那麼不懂錢財。老侯爺打了一輩子的仗，手裡的好東西還會少？這些都該是由她兒子繼承大頭的呀！

老三沈弘軒卻是面色複雜。對於父親作出這個決定，他心裡是有點隱約猜測，可他身為薇姊兒的父親能說什麼呢？

「兒子一切都聽父親的吩咐，兒子沒意見。」沈弘軒垂下眼眸。他倒沒傻得往外推，薇姊兒是他的女兒，薇姊兒得利也就是三房得利，看薇姊兒維護珏哥兒那架勢，她得了利能不想著珏哥兒？

「你們三房占了大便宜，你當然沒意見了。」沈弘武不滿地嚷道：「父親您也看到了吧？大哥也不同意呢，我們可不是惦記您的私房，只是見不得您這樣偏心。」他倒理直氣壯起來了。

老侯爺的目光從三個兒子臉上緩緩滑過。說實話，他心裡不是不失望的，可再失望也是他的兒子呀！但想到薇姊兒一個姑娘家不遠千里、不顧危險地跑到西疆戰場替他、替侯府出生入死，連她娘親的嫁妝都賠進去了，他又覺得愧疚，亦心疼，就更堅定了要把私房給薇姊兒的決心了。

「誰跟你們說薇姊兒在大覺寺？不，她在西疆！西疆的戰報一傳入京中，她就帶人押著三萬石糧草去了西疆，這幾個月一直待在西疆。」老侯爺面無表情地緩緩說道。

「這不可能！」沈弘武立刻出聲反駁。「父親，您就不要哄騙兒子們了，薇姊兒一個丫頭片子，哪有這麼大的能耐？」他是一點都不相信。

沈弘文十分震驚。兒子的家書中是提過沈四什麼的，他以為是沈家莊那邊的哪個後輩，就沒放在心上。

許氏則是心中一跳。來了，薇姊兒果真去了西疆，難怪侯爺這般另眼相看。她心中閃過百般念頭，眼底晦澀不已。

沈弘軒依舊垂著頭。他早從兒子那裡知道了這個消息，現在聽父親再次提起，他的心情還是一如既往的複雜。

老侯爺依舊面無表情。「我有必要騙你們嗎？武烈將軍和永定侯都可以證明，朝廷一共才給西疆撥了一萬石糧草，指望著這點糧草，你爹我早就餓死在西疆了，是薇姊兒賠上了她娘親的全部嫁妝才養活了西疆幾萬大軍，你爹我才打了勝仗平安歸來。你們指責我偏心薇姊兒，怎麼不想想西疆危機的時候，只有她一個姑娘家站出來呢？你們哪個想到給我送兩車糧草、送點銀子？沒有，你們哪一個都沒有！我沈平淵三個兒子六個孫子，沒一個抵得上薇姊兒中用的！」

老侯爺威嚴的聲音在室內迴盪著。沈弘軒垂著頭，看不見表情；沈弘武臉上訕訕的，沈弘文則無比內疚，也恨自己沒用，不能替他爹分憂啊！

許氏嘴上雖不說，心中卻有些不以為然。老侯爺中箭昏迷的消息一傳入京城，她家夫君不就連夜去求聖上了嗎？謙哥兒不是立即就奔赴西疆了嗎？現在兒子還留在西疆呢，怎麼就比不上薇姊兒一個丫頭了？薇姊兒手裡是有銀子，但她能比謙哥兒更有能耐？謙哥兒才是名正言順的長子嫡孫，老侯爺這樣捧著個丫頭算什麼意思？

她這樣想，臉上便不免顯示出一些。

老侯爺多精明的人，搭眼一瞧就明白了她的心思，不由心中冷哼。許氏這個長媳，是他掌眼為大兒子求來的，這些年教養子女、掌管中饋一直都做得很好，他也很滿意。然她的格局還是太小，只看到自己偏心薇姊兒，卻沒想到薇姊兒能為侯府帶來的利益。

若是他，別說是公爹的私房，就是再多加半個侯府他都願意，只有薇姊兒和侯府牽得越深，以後侯府遇了事情，她才會盡力相助。

自己這麼為他們謀劃，他們一個個的還不領情，這讓老侯爺心裡很失望。薇姊兒怎麼就不是個小子呢？

第八十四章

老侯爺的目光看向大兒子。「你覺得我委屈了謙哥兒是吧？愚蠢！我可以清楚地告訴你，若薇姊兒是個小子，忠武侯的爵位哪還有你的分兒，我直接就請旨給了薇姊兒！你去邊城走一走訪一訪，軍中也好，百姓家也罷，看他們是知道四公子還是知道大公子？我告訴你，沈四公子在西疆的名頭比你爹我都大！」

緩了一口氣，他繼續道：「就是謙哥兒，也是有薇姊兒護著，才在歷次危險中活下來。我把私房給薇姊兒，這事謙哥兒也同意，他還嫌給得少了，畢竟我的那點私房看著是多，其實還抵不上薇姊兒付出的一半。薇姊兒賠進去的可不止阮氏的嫁妝，還有她名下的二十多間鋪子！若是你，你可捨得？你能力平庸，我就不說了，可你作為大伯，不該連這點心胸都沒有，連謙哥兒都不如！謙哥兒還知道有事找薇姊兒商量，因為他知道自己不如人，那就得寬宏大度，拿出長兄該有的姿態來，因為他知道薇姊兒做的這一切，都是他該做而沒做到的，是薇姊兒替他做的！」

老侯爺擲地有聲，語氣愈加嚴厲，像一把錘子敲打在每個人的心上。

不能訓斥兒媳，那他總能教訓兒子吧？

沈弘文臉色的愧疚更深了。「父親，兒子錯了。您別生氣，兒子聽您的，您把私房給薇姊兒，兒子沒意見。等薇姊兒出嫁，兒子再多出一份嫁妝。」沈弘文是個孝順的，他不能替父親分憂已經覺得很內疚了，現在他爹好不容易回京，他怎會惹父親生氣？

許氏也趕緊表態。「父親私房本就該由父親處置，我們做小輩的一點意見都沒有。薇姊兒是個可人疼的，又為咱們府裡出了大力，父親補償她一二也是應該的，兒媳沒有任何意見。」

老侯爺這哪是訓兒子？那番話分明是說給她聽的。許氏想起娘家父親的告誡，心中頓時一個激靈。她現在無比慶幸薇姊兒是個丫頭，不然這侯府還不定落在誰手裡呢！

老侯爺臉上的神色這才和緩了一些，直接略過面猶不甘的二兒子道：「你們能這樣想就對了，無論哥兒姊兒，都是我沈平淵的孫子。我偏疼薇姊兒，那是因為她擔起了你們所有人的擔子，這一回若是沒有薇姊兒，我就死在西疆了，別說大勝封賞，咱們侯府還不被人踩到腳底下？」

書房內的人全都心頭一凜，就是草包般的沈弘武也知道，這些年忠武侯府的榮耀是身繫於父親一人身上，他爹若是不在了，侯府瞬間便要沒落。

大哥、三弟還好，總能養活一家人，靠著侯府混日子的他可就不行了，到時侯府定是會分家，他大哥肯定不會再養他，那他要過什麼樣的日子？沈弘武打了個激靈，不敢去想，想要爭私房的心也淡了許多。

老侯爺見他們若有所思，又道：「今兒我也給你們透個信，聖上封薇姊兒為郡主，是因為西涼國主、王子以及諸位大臣，是她和晉王府的大公子一起帶人深入西涼國俘虜回來的，拿銀子換人和要求賠償損失也是她提出來的。這麼大的功勞，賞個郡主也不為過，聖上本來還想把老三的官職提一提，還想再給珏哥兒賞個虛職的，被我給拒了。樹大招風，咱們侯府現在處於風口浪尖上，還是低調些的好。這事你們自個兒知道就行，切記不要到外面胡咧咧！尤其是老二你，別灌了二兩貓尿就不知道自己是誰了，你們誰出了岔子，別怪我家法伺候！」老侯爺嚴厲警告。

「是，兒子知道了。」哥仨加上許氏齊齊應道。這樣的事，誰敢往外說？

沈弘文哥仨退出了書房，老侯爺背著手站著，半張臉隱在影池裡，讓人看不清臉上的表情。

「侯爺您別傷心，文少爺他們都是孝順的孩子。」老親兵沈安從沿襲舊日的稱呼。

沈老侯爺輕輕嘆了一口氣，道：「安從哪，你說我的命是不是不大好？」

沈安從反駁道：「誰說的？侯爺您的命好著呢，您從一無所有到掙下這偌大家業、兒孫成群，您的命是最好的了。」

沈老侯爺卻不這麼認為。他若是命好，早就該頤養天年了，哪還會一把年紀還在為兒孫操心？他若是命好，滿府的兒孫哪會連個挑大梁的都挑不出來？

難道是自己手上人命太多，傷了天和，以至於老天爺這樣懲罰他？想到這裡，他吩咐沈安從道：「安從哪，雖然現在二月了，天氣還是冷得很，你明兒提一千兩銀子買些米麵棉衣，悄悄地散給城西的貧苦人家。找個眼生的去做，也別提咱們侯府的名。」權當是給子孫積德了。

自己老了，也沒有以前的雄心壯志，也許真的該如薇姊兒說的那樣，兒孫自有兒孫福，他也該輕輕鬆鬆享幾年福了。

此時的風華院卻歡聲笑語，雖然小姐不在的這幾個月，他們小心翼翼，但小姐一回來就大手筆賞賜，連守院門的婆子都得了五兩銀子，誰能不高興呢？

屋裡，沈薇安靜地聽弟弟說著自己離開後，京城和府裡發生的事情及變化。「……出嫁前她鬧著，想把劉氏放出來，還說動了祖母和父親，我硬壓著沒同意。」

沈玨的眼睛亮亮地看著自己姊姊，一副求表揚的樣子。沈薇不由笑了，毫不吝嗇地誇獎。「玨哥兒做得很好。」

沈玨臉上便有些不好意思。「其實都是耿夫子和蘇先生教得好。我就想著，我姊姊好不容易打開的局面，我一定要守好。」

然後沈玨又纏著姊姊詢問西疆的戰事，沈薇也樂意講給他聽。男孩子麼，總要知道外頭的天地，這樣才不會養得嬌氣。

沈玨聽得是心潮澎湃，雙眼冒光，拳頭握得緊緊的，恨不得自己趕緊長大，也去戰場上一展雄風。

沈薇看出他的心思，輕笑了聲，語重心長地道：「玨哥兒，男兒生在世間總會有建功立業的機會，但在此之前還需學好本事。有句老話說得好，『打鐵還需自身硬』，無論是征戰沙場還是立足朝堂，前提是你自己有本事，這樣別人才不會輕看你。像你姊姊我，為什麼有那麼足的底氣？祖父為什麼偏著咱們姊弟倆？還不是姊姊有能耐，能為侯府出力？」

見沈玨的臉上閃過若有所思，其中似乎還有一種說不清道不明的情緒，沈薇心中了然，道：「玨哥兒，你也莫要埋怨祖父，利用也是一種承認，有利用價值總比沒有利用價值好吧？」

沈玨歪著腦袋想了想，然後釋然了。「姊姊，我明白的。」心裡卻暗暗下定決心，即便被利用那也該是利用他，以後他絕不許誰再利用他的姊姊，哪怕是自己都不行。

第二日，沈老侯爺就把私庫的鑰匙交給沈薇。「薇姊兒，這是祖父答應過妳的，妳看是把東西搬回妳院子，還是另外派人來接手？」

沈薇看著手中的鑰匙，詫異地揚眉。「祖父，真的都給我？您手裡不留點體己，就不怕大伯父他們不孝順您？」

雖然在西疆時，她常吵著跟祖父要私房銀子，不過是嘴上說說，提醒祖父別忘了她的付出罷了，心裡壓根兒就沒想真拿祖父的私房。

沈老侯爺瞪著眼睛笑罵。「給妳就老實拿著，哪來這麼多歪話？妳大伯父他們不孝順，不是還有妳嗎？妳難道不是我孫女？還能不管我了？」

沈薇立刻麻溜地把庫房鑰匙收起來。「那敢情好，祖父，我真覺得您這想法不錯。聖上不是給徐大公子封了個郡王爵位嗎？那他肯定是會另外開府的，祖父就跟我一起住過去吧，家有一老如有一寶，孫女我指定孝順您老人家。」

沈老侯爺心中暖暖的，卻板著臉在孫女的頭上敲了一下，數落道：「聽說過陪嫁金銀、鋪子、田莊的，還沒聽說過有陪嫁祖父的。妳這是要讓外人戳妳大伯父的脊梁骨啊！」眼底的笑意卻是怎麼也隱藏不住。

沈薇面露失望。古代這點不好，嫁出去的女兒潑出去的水，即便是家中沒有兒子，父母也不能跟獨生女過去養老。

「祖父，要不孫女給您留座院子吧？您三不五時過去住幾天，權當散心了。」沈薇又提議。她是真想奉養祖父的，依她祖父的見識能耐，她嫁過去的日子肯定過得舒心。而且她真的很喜歡祖父，開明不迂腐，即便是算計她也是講明的。

沈老侯爺又敲了孫女一下。「人家徐大公子自有長輩，哪裡就輪到妳祖父去住了？而且妳能作得了徐大公子的主？」他斜睨著沈薇道。

「他家長輩不是有王府嗎？哪能看上小小的郡王府。」沈薇的鼻子皺了一下，不以為然地道：「怎麼作不了他的主？孫女我貌美如花，又聰明又有能耐，性格還好，收拾一個男人還不手到擒來？他能夠娶到我這麼個媳婦，不知道上輩子燒了多少高香，還敢不聽話不成？」她的頭揚得高高的，得意不已的樣子。

沈老侯爺嘆氣。真不想承認這個不可一世的丫頭是他的孫女啊！

最終，沈薇沒有把祖父的私房搬回風華院，也沒有派人過來交接，只是收了鑰匙。她可理直氣壯了。「在祖父您的院子裡，由您的人管著，孫女還有什麼不放心？」

而徐佑封郡王的旨意下到晉王府，聖上還把京中那座有名的青園賞給他做郡王府，晉王妃面上笑盈盈，衣袖內的指甲都掐入肉裡。

青園，那可是前朝攝政王的別院，美輪美奐，光是修建這座院子就花了上百萬銀子，這怎能不讓她嫉妒惱怒？

「大哥，弟弟恭喜你了。」晉王府世子徐燁笑著對徐佑道。

徐佑扯了扯嘴角，道了聲。「多謝。」便不再言語了。

好在徐燁知道自家大哥是個不愛說話的性子，倒也不在意，忙前忙後幫著招呼宣旨的太監。

徐炎、徐昶和徐行也都過來恭喜，尤其是徐昶，一臉羨慕，還有懊惱。早知道功勞這麼好撈，他也跟著去西疆了。看看大哥，不過是個病秧子，往西疆走了這麼一趟，回來就封郡王，他身子骨總比大哥強健吧，大哥都能封郡王，他憑什麼不行？

最近京中鋒頭最盛的就是忠武侯府。

老忠武侯加封太子太傅，三房的四小姐加封郡主，於是往侯府恭賀送禮的人絡繹不絕，忠武侯府就是再想低調，也免不了要宴客答謝一番。侯夫人許氏找人算了又算，又和心腹嬤嬤商議許久，才擇定一個黃道吉日。

娘家有喜事，出嫁的姑奶奶們自然要回府恭賀，大小姐沈瑩嫁得太遠就不說了，京中的沈霜、沈櫻和沈雪第二日就回了娘家。她們夫家不約而同地備了豐厚的禮物，打發兒子陪著兒媳回娘家。

沈霜嫁的是舅舅家的表哥，兩家本就是姻親，即便沒有沈霜，許家也是要登門的。婁氏本就喜歡這個外甥女兼兒媳，現在兒媳的親爹襲了爵位，成了新一代忠武侯，哥哥留守西疆，堂妹還成了郡主，這對自個兒兒子的前程都是極有幫助。

沈櫻所嫁的文家也是喜氣洋洋，雖然這位兒媳是庶出，但教養不差，長得漂亮，小倆口的感情頗不錯，現在娘家祖父加封了太子太傅，親妹妹又是郡主，唉唷，這門親事結得可真值！

文夫人陳氏對兒媳更加和顏悅色了，還不住吩咐兒子路上好生照顧媳婦，到了侯府也要有禮。

小倆口走後，文大人夫妻依舊滿臉喜色。「老爺，這消息可屬實？真的給你補了大理寺少卿的缺？」文夫人陳氏一臉的不敢相信。

他們入京候缺也有些時日了，只是一直沒有什麼頭緒，直至兒子娶了忠武侯府的這位小姐，方才得了句準話，說會儘快安排。他們都已經做好了大不了回原地的準備，誰能想到親家老侯爺一入京，立刻有人殷勤地給他們透露消息，說是有望能補大理寺少卿。說是有望，文大人心裡明白，這肯定是板上釘釘了。

文大人微笑著點頭。「這還有假？」

陳氏拍著胸脯，直唸阿彌陀佛。「太好了，這回咱們能留在京裡了。」

文大人也很高興，大理寺少卿是正四品，實在是個上上等的好缺，但他心裡也明白，若是憑自己能活動個五品的官職就不錯了，他這是沾了兒媳的光，沾了忠武侯府的光。

「妳以後待韜哥兒媳婦上心一些，韜哥兒身邊伺候的丫鬟也都再敲打一遍，可不能讓他媳婦吃了氣。」文大人提醒著。

陳氏嬌嗔地斜了他一眼。「看老爺說的，這還用你提醒？她是咱們的兒媳婦，我還能苛待她不成？」媳婦雖出身侯府，難得的是不驕縱，對她孝順，對兒子也上心，娘家又得力，她又不是那等惡婆婆，一家人和和美美地過日子多好，還非得找事不成？

文大人徐徐點頭，欣慰道：「辛苦大人了。對了，也不知韜哥兒媳婦和她那位郡主妹妹感情如何，回頭妳也點她幾句，要她們姊妹好生相處。這位郡主要嫁的可是晉王府的大公子，如今這位大公子封了郡王，這可是韜哥兒的正經連襟，處好了對韜哥兒的前程有百利而無一害。」

陳氏一聽關係到兒子的前程，立刻鄭重起來。「老爺放心吧，我都明白的。」對這位出身高貴的兒媳，還得好上再好才行，誰讓人家出身好底氣足呢？她現在心中已經在盤算著，是不是把兒子身邊伺候的幾個丫鬟全都換成小廝？她是女人，自然明白女人的心思，只要韜哥兒待兒媳好，他們文家都待兒媳好，還怕兒媳不死心塌地向著夫家？

——未完，待續，請看文創風572《以妻為貴》4

落日圓／筆鋒犀利，精彩可期

文創風 576-579

《旺宅閒妻》

全套四冊　**11/7 陸續出版**

重生歸來，葉如濛竟大走桃花運！
自認才貌普普，卻有三位好男兒上門求親，來者還個個不凡——
當朝第一才子宋懷遠，和她青梅竹馬、情投意合；
將軍之子顏多多，行俠仗義不落人後，耿直性子與她最合拍。
至於位高權重、才能卓絕又俊美非凡的祝融，呵呵，只能說抱歉王爺請回！
誰教前世吃太多他的虧，心不設防死得快，姑娘已有覺悟，
府裡姊妹不可信，而那腹黑王爺祝融更得避而遠之、小心為上……
祝融實在不甘願，堂堂王爺被嫌惡得莫名其妙！
偏偏心心念念只牽掛她一人，多年前的救命之恩早已牽起兩人的姻緣線，
姑娘無情沒關係，他可不當負心漢，這護花使者他當定了！
明的不行來暗的，追妻心切爺拚了！姑娘不想見他的俊顏，他索性蒙面登場，
知她吃貨性子不改，他投其所好張羅美食送上，月夜傳情別具浪漫；
葉家有難他全擋，連她老實的爹都仕途順遂得不得了！
他暗中打點心甘情願，只盼能討得那粗神經天下無敵的美人歡心……

新書優惠　**75折**，另加送紅利金(一本10元)，可在下次購書時使用喔！

文創風 580-582

《明珠福女》

全套三冊 11/21 出版

孤獨病逝卻因此穿越到古代，姜玉珠太感謝神的安排，
她終於不再是遇誰剋誰的天煞孤星，變成人見人愛的小福女～～
還有高僧的福籤加持，連皇帝都對她另眼看待，賞下縣君封號。
這等好運豈能浪費啊，她決定替疼她的爹娘賺飽荷包，振興落魄伯府，
拿出前生縱橫商場的實力，開鋪子只是小菜一碟，大家準備數銀兩吧！
本以為就此好吃好喝悠哉度日，孰料難關已在後頭等著她──
大瑞皇家果然水深，有人打算重挫太子，竟利用姜府當砲灰；
而她的福命與美貌更引來其他皇子覬覦，揚言納她為側妃，對奪嫡志在必得，
幸虧定國公府的世子沈羨處處迴護相挺，她才有勇氣陪家人度過難關。
雖然傳言說沈羨喜怒無常、冷情冷面，同他往來簡直嫌命長了，
但她瞧著，這世子爺不過臉臭了點、話少了點，其實是個好兄長呢，
如今得家人嬌寵，又多個可靠大哥哥護著，路再艱險，她也能昂首向前走！

新書優惠 **75折**，另加送紅利金(一本10元)，可在下次購書時使用喔！

昭華／情投意合，心心相繫

文創風 583-585

《龍鳳無雙》

全套三冊　11/28 出版

納蘭崢心裡藏著一個秘密。
七年前她莫名被害，丟了性命，卻沒丟掉前世的回憶，
如今再世為魏國公府四小姐，她步步為營，不忘查探當年真凶。
她天資聰穎，胞弟卻資質平平，為替他謀個似錦前程，
她研習兵法，教授胞弟，豈知她在這頭忙，另一頭竟有個少年慫恿弟弟蹺課！
她納蘭崢可不是那種不吭聲的良家婦女，她與少年結下了梁子，
可說也奇怪，這少年一副睥睨姿態，竟說自己是當朝皇太孫——而他還真的是！
她自知惹上不該惹的人物，豈料這誤打誤撞，反倒讓她被天家惦記上了?!
湛明珩貴為皇太孫，什麼窈窕貴女沒見過，卻偏偏被一個女娃擺了一道！
閨閣小姐學的是溫良恭儉讓，她學的是巾幗不讓鬚眉，
一口伶牙俐齒，總能教他啞巴吃黃連。
想他平時說風是風，說雨是雨，如今卻拿捏不住一個女子，
說出去豈不被人笑話？他非要讓她瞧瞧厲害不可！
怎知他算盤打得叮噹響，還沒給她一個教訓，心就被她拐了去……

新書優惠　**75折**，另加送 紅利金 (一本10元)，可在下次購書時使用喔！

池上早夏／故事千迴轉，情意扣心弦

宋雨桐／愛意纏綿，挑惹妳的心！

橘子說 1255

《醉愛是你》

11/7 出版

杜天羽，一個身上帶點滄桑，臉上總是帶著溫柔微笑的男人，
他，像海洋，可以溫柔沈靜的包容她的所有，無論悲喜愛憎；
也會在不經意間掀起千層巨浪，無情冷漠的將她給吞噬……
他，更像一杯酒，淺嚐怡情養性，喝多了便要宿醉頭痛，
偏她總愛喝點小酒，每天都要微醺一下，怎能不迷戀上他？
「不要喜歡我。」他對她說。
「我沒打算喜歡你。」她驕傲地回了他一句。
她說謊，口是心非，個性要強不肯服輸，
就算偷偷哭著想他一千一萬回，也要躲他躲得遠遠的！
因為她知道，這男人的心裡一直住著一個女人，
她寧可當他的朋友，就算形同陌路也行，
都好過喜歡上這男人，卑微地等待可能永遠不會成真的愛情……

新書優惠 75折，另加送紅利金(一本10元)，可在下次購書時使用喔！

Family Day ＼快來加入橘子會員吧！／

官網購書每滿100元，可得紅利點數1點哦！

輕鬆集點，超值兌換！

3 點	長頸鹿繞線器
3 點	臉紅兔萬用貼紙
5 點	貓耳造型便利貼
10 點	悠閒時光家計簿
20 點	續會員卡一年
20 點	加入橘子會員一年
30 點	180元紅利金
100 點	600元紅利金
200 點	7-11禮券1000元

※ 禮物顏色以實物為準

Family Day 購書注意事項：

1. 購書滿千元(含)以上免郵資。未滿千元部分：
   郵資65元(2本以下郵資50元)／超商取貨70元，限7本以內／宅配100元。
2. 請在訂購後三天內完成付款手續，逾期不予優惠，本社會以付款先後依序處理，可到「我的帳戶」查詢最新處理進度。
3. 歡迎海外讀者參與(郵資另計)，請直接上網訂購或是mail至love小姐信箱(love@doghouse.com.tw)詢問。
4. 使用信用卡傳真付款，請傳真後來電確認是否有收到。
5. 預購新書須等書出齊才會一起寄送，親自至本社購買亦享有相同折扣，請先電話連絡欲選購書籍，但紅利積點及紅利金則限網購會員獨有。
6. 加入會員及紅利積點辦法詳見狗屋官網橘子會員相關事項。

※狗屋・果樹　有權修改優惠活動的實施權益與辦法。

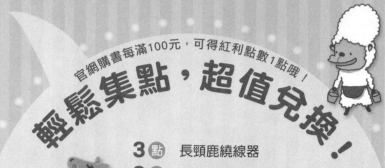

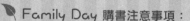

流浪貓狗介紹所

為流浪貓狗加油 和貓寶貝 狗寶貝

廝守終生(一定要終生喔！)的幸福機會

對人來說，貓寶貝狗寶貝只是生活的一部分，但妳（你）對牠們來說，卻是生活的全部，領養前請一定要考慮清楚——

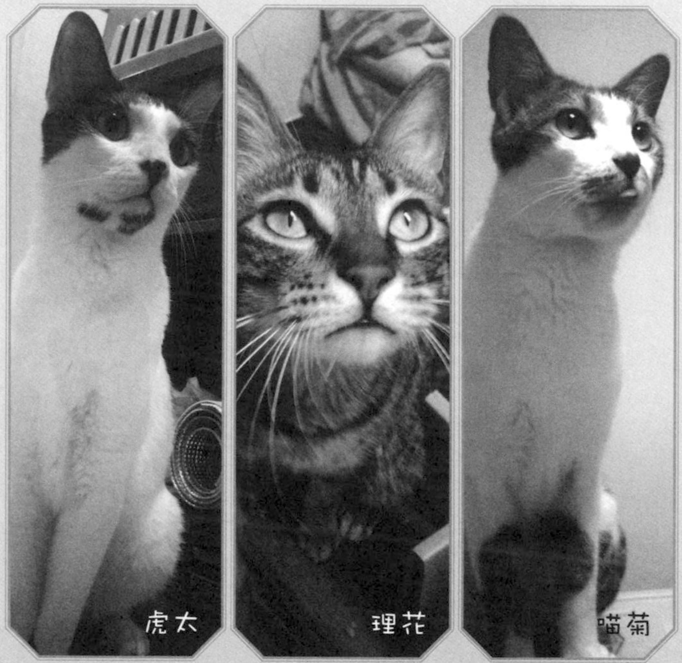

虎太　理花　喵菊

▲ 三貓三色的「三隻小貓」虎太&理花&喵菊

性　　別：都是男生

品　　種：都屬米克斯

年　　紀：皆是4歲

個　　性：1. 虎太起初較怕生，熟悉後變得黏人、愛玩

2. 理花能很快適應環境，也愛玩

3. 喵菊親人、愛玩，較會爭寵

健康狀況：已結紮、植入晶片、施打狂犬病疫苗

(2017年9月到期，須補打)

目前住所：台北市士林區

『虎太＆理花＆喵菊』的故事：

中途說，會遇見「三隻小貓」是因為前同事。當時的同事養了不少貓，都是在幼貓時被他撿回家，「三隻小貓」也是。「小時候好可愛，長大怎麼跟白癡一樣？」他這麼跟中途說。中途看著貓貓們一起被關在籠子，甚至在發情期互相打架也都被置之不理，實在不忍心；於是，中途申請了政府的節育手術，也因此貓貓們的「官方主人」變成了中途。今年七月，貓貓們被前同事的家人帶到收容所去，中途被通知後，只能先將牠們帶回安置。

虎太稍微怕生，但熟悉後很親人，喜歡坐在人旁邊；牠也熱愛逗貓棒、爬高高，因此打造安全、友善的環境對牠而言非常重要。理花的個性則較大剌剌，也很親人、愛玩，只要給牠小玩具，便能自己玩一整個下午；但他更熱愛跟人互動，非常好奇、好相處。至於喵菊一樣很親人，但比較聽話，甚至一叫就來，很像狗狗（笑）；牠亦喜歡逗貓棒、爬高高，但其實只要會動的都會引起牠的注意。

中途進一步提到，虎太適合熱愛與貓咪互動者；而喵菊因較會爭寵，推薦給家中無飼養任何動物的貓奴；至於理花，就是隻好好先生，很好照顧。「三隻小貓」在被棄養前，就已經失去前主人的關愛，中途由衷期望能幫牠們找到真正愛牠們的家人。若您想進一步了解「三隻小貓」，請來信stella1350@hotmail.com，或致電0909-981-368（Stella 阿薇），或上FB搜尋「貓戰士－8隻萌寶找家人」。

認養資格：

1. 認養者須年滿20歲，有穩定收入及適合的環境，且經過同住者、房東的同意。
2. 每年須帶貓咪施打預防針、狂犬病疫苗。
3. 每日須給適當的食物和水、足夠的關愛和照顧，及安心的休息空間。
4. 不可放養或半放養、打貓、長期牽繩或關籠飼養，外出須放外出籠。
5. 須同意簽認養寵物切結書，並提供身分證影本將寵物主人名字及資料更新。
6. 須提供照片讓中途追蹤貓咪現況。
7. 若飼養期間有任何問題，請先與中途反映，不可私自決定棄養或送出。

來信請說明：

a. 個人基本資料：姓名、性別、年齡、居住地、同住者、職業與經濟來源等。
b. 預定如何照顧貓咪，以及所能提供之環境和承諾（如：食物、飼養方式）。
c. 若未來有結婚、懷孕、出國或搬家等計劃，將如何安置貓咪？

文創風
571

以妻為貴 3

國家圖書館出版品預行編目資料

以妻為貴 / 淺淺藍著. --
初版. -- 臺北市 : 狗屋, 2017.10
冊 ; 公分. --（文創風）
ISBN 978-986-328-784-1（第3冊 : 平裝）. --

857.7　　　　106014531

著作者　淺淺藍
編輯　張蕙芸
校對　黃薇霓　周貝桂
發行所　狗屋出版社有限公司
地址　台北市104中山區龍江路71巷15號1樓
電話　02-2776-5889～0
發行字號　局版台業字845號
法律顧問　蕭雄淋律師
總經銷　知遠文化事業有限公司
電話　02-2664-8800
初版　2017年10月
國際書碼　ISBN-13　978-986-328-784-1

本著作物由瀟湘書院〈www.xxsy.net〉授權出版

定價250元
狗屋劃撥帳號：19001626
網址：love.doghouse.com.tw　E-mail：love@doghouse.com.tw